I0690925

LES COWBOYS NE CHEVAUCHENT PAS DE LICORNES

TARA LAIN

LES COWBOYS NE CHEVAUCHENT PAS DE LICORNES

TARA LAIN

Publié par
DREAMSPINNER PRESS

5032 Capital Circle SW, Suite 2, PMB# 279, Tallahassee, FL 32305-7886 USA
www.dreamspinnerpress.com

Les cowboys ne chevauchent pas de licornes
Copyright de l'édition française © 2021 Dreamspinner Press.
Titre original : Cowboys Don't Ride Unicorns
© 2017 Tara Lain.
Première édition : mars 2017
Traduit de l'anglais par Emmanuelle Guilluy.

Illustration de la couverture :
© 2021 L.C. Chase
http://www.lcchase.com.
Illustration de la couverture original :
© 2017 Reese Dante 2017
http://www.reesedante.com.
Les éléments de la couverture ne sont utilisés qu'à des fins d'illustration et toute personne qui y est représentée est un modèle

Édition e-book en français : 978-1-64405-749-0
Édition imprimée en français : 978-1-64405-750-6
Première édition française : juin 2021
v 1.0

Édité aux États-Unis d'Amérique.

Pour Papa Don, qui partageait de super phrases de cow-boys avec moi
et qui m'inspire chaque jour !

REMERCIEMENTS

UN MERCI spécial à Elizabeth North – pour tout, et en particulier pour nous avoir dit l'an dernier à l'atelier Dreamspinner Press que les cow-boys sont un favori constant des lecteurs de romance.

I

MEEEEE-RDE ! LES os du fessier de Danny claquèrent sur le dos du taureau alors que l'énorme animal faisait un cercle, la cloche résonna, ses sabots creusant des sillons dans la poussière de l'arène. C'était peut-être un rodéo minable, mais le taureau n'avait pas eu l'info. Danny serra la corde de la main gauche tandis que la droite saluait les cieux, et ses genoux rebondirent alors même qu'il essayait de maintenir un semblant de contrôle pendant les huit secondes les plus longues selon l'expérience humaine. *Et je fais ça pour m'amuser !*

Oh merde ! Le taureau tourna et donna un coup sur le côté en ondulant le ventre. Les fesses de Danny glissèrent ; il resserra sa prise sur la corde et lutta pour garder l'équilibre.

Biiiiiip. Une douce musique à ses putains d'oreilles. La sirène signala la fin du tour et Danny relâcha sa prise. Pendant une seconde, il attendit que le taureau tourne sa pirouette dans la direction opposée, puis Danny s'écarta d'un coup, réussit à atterrir sur ses pieds et recula vers la porte alors que les clowns du rodéo, alias les toreros, s'avançaient en courant pour distraire le taureau et risquer leur propre vie juste comme ça.

La vue des clowns lui causa un petit frisson. *Pas d'inquiétudes. Ce rodéo était trop du menu fretin pour lui.*

La foule sauta sur place et hurla, applaudissant frénétiquement alors que le présentateur lâchait à plein volume :

— Super monte pour Danny Boone, les amis. Offrez-lui un tonnerre d'applaudissements. Il a fait honneur à son homonyme.

Danny frissonna. D'accord, oui, il avait été soûl la nuit où il avait inventé son nom – et il vivait avec les répercussions depuis lors. *Danny Boone. Sérieusement ?*

Deux ou trois cow-boys lui claquèrent les fesses alors qu'il passait. Il attrapa un brin de paille, le coinça entre ses lèvres, s'appuya contre la palissade et regarda les deux derniers monteurs de la série. Ça ne le dérangerait pas d'avoir un millier en plus à mettre sur son compte en banque, mais il devait bientôt rentrer au ranch. Il était parti trois jours et son patron, Rand, avait besoin de lui. Peut-être pas autant qu'il avait eu besoin

1

de lui avant qu'il épouse Kai, mais celui-ci était retourné en cours pour obtenir son diplôme et l'autre ouvrier agricole à temps plein, Manolo, avait une famille, alors cela mettait Danny à la tête de la meute.

Danny se concentra sur l'action dans l'arène. Le monteur qui le suivait, Worthman, avait choisi un taureau pas tout à fait aussi fougueux que celui de Danny, mais quand même difficile. Le taureau décida qu'il était un cheval sauvage, bondit et cassa la corde en deux. Worthman la perdit et ce fut la fin de son tour.

D'accord, un de moins. Le suivant – Maury Garcia, de loin le meilleur monteur de la compétition. Un des meilleurs au monde. Il avait tiré un taureau plus tape-à-l'œil qu'avec de la substance, mais il réussit à avoir l'air sacrément bon en tenant les huit secondes facilement. Il rajouta même deux ou trois secondes en plus avant de descendre en glissant. Avançant d'un pas nonchalant vers la palissade, Maury agita son chapeau vers la foule et alla droit vers Danny, souriant, alors que les toreros faisaient leur travail derrière lui. Apparemment, Señor Taureau Tape-à-l'œil était énervé par le comportement de Maury, parce qu'il échappa aux clowns et fonça sur les fesses de ce dernier, les cornes toutes prêtes.

— Maury ! Attention !

Danny agita son chapeau vers le taureau pour le distraire.

Maury regarda par-dessus son épaule, les yeux écarquillés et sauta vers la palissade, mais n'y arriva pas et tomba tête la première.

Sans réfléchir, Danny bondit par-dessus la barrière et attira Taureau Tape-à-l'œil avec son chapeau en sifflant. Le gros noir se tourna, vit Danny, grogna et se rua vers lui alors que deux clowns traînaient Maury hors de l'arène.

Danny tendit son chapeau sur le côté et exécuta une *pase natural*, comme l'appelaient les matadors espagnols, guidant le taureau autour de son corps. La foule se déchaîna. *Eh bien, tout va bien, alors.* Il recula et tendit son Resistol devant lui comme une foutue petite cape. Tape-à-l'œil secoua la tête et chargea. Danny tournoya hors du passage dans un mouvement classique de *veronica*. Cris, encouragements, tapes du pied et hurlements.

Deux toreros sautèrent devant M. Tape-à-l'œil. Danny hocha la tête et recula. Le public continua d'applaudir, alors il fit une petite révérence et disparut ensuite derrière la palissade. Deux des autres monteurs l'attrapèrent.

— Géant, putain, vieux, dit Earl Westerman. Maury est à coup sûr content que tu te sois pointé.

2

— C'était la chose la plus cool que j'ai jamais vue, déclara Larry Flores en frappant son dos.

— Merci, répondit Danny d'un sourire.

Il commença à avancer vers son camping-car, garé sur le parking de la fête foraine. Larry l'arrêta.

— Hé, Danny, tu as gagné, mec. Reviens par là.

— Quoi ?

— Tu as gagné !

Sans déconner ? Quelques autres gars commencèrent à lui faire signe, alors il se glissa à travers la barrière, fit une grande révérence à la foule hurlante et jeta son brin de paille dans la poussière de l'arène. Puis il alla récupérer son prix

Quand il arriva près du présentateur, celui-ci dit :

— Félicitations, Danny, non seulement pour une monte géniale, mais pour avoir risqué votre peau pour un autre monteur. C'est ça, l'esprit du cow-boy.

Danny accepta le trophée et l'enveloppe qui ajouterait un autre petit matelas à son capital ranch-et-école.

— Merci, monsieur. Très honoré de recevoir ce prix et reconnaissant envers les juges. J'ai eu une rude compétition.

Il tira sur le bord de son chapeau, dans ce salut qu'il associait à Rand. Les femmes aimaient cette connerie cow-boy. Les hommes aussi. Il sourit. Il ne mentionnerait pas cette partie.

Il salua de nouveau la foule, puis descendit du podium. Earl Westerman attrapa son bras.

— Hé, mec, viens boire un verre. Maury veut te remercier personnellement.

— Pas besoin de remerciements, assura Danny avec un hochement de tête.

— Allez, vieux. Maury est vraiment reconnaissant.

Hé, une chance de rencontrer un héros.

— D'accord, j'apprécie. Je n'ai pas beaucoup de temps, mais je peux rester pour une bière.

Il attrapa un brin sur une botte de paille alors qu'ils passaient à côté et le cala au coin de sa bouche.

Earl accrocha un bras lourd autour de ses épaules pendant une seconde, mais Danny était tellement plus grand que marcher ainsi fut bizarre, alors il le laissa retomber.

3

— C'était un sacré spectacle que tu nous as fait. Où as-tu appris ce truc ?

— J'ai regardé les toreros surtout, répondit Danny avec un haussement d'épaules. Ils sont les vrais professionnels.

— Si tu le dis, sourit Earl.

LE BAR le plus populaire dans le coin était juste de l'autre côté de la rue, en face du terrain de rodéo. Danny trottina à côté d'Earl tandis qu'ils traversaient la voie très passante et entraient ensuite dans la semi-obscurité du repaire des cow-boys.

— Hé, Earl, par ici, cria quelqu'un.

Earl entraîna Danny vers l'arrière du bar. Tandis que ses yeux s'ajustaient, Danny vit un groupe de huit ou dix cow-boys, certains monteurs de taureau et certains venant d'autres spécialités, rassemblés autour de quelques tables qui avaient été collées ensemble. Des pichets de bière semblaient déjà bien utilisés. Maury Garcia était assis en leur centre. Un des plus populaires et talentueux monteurs de taureaux, Maury concourait habituellement pour l'Association des Cow-boys de Rodéo Professionnels et leurs événements à gros prix, mais depuis qu'il était en Californie, il était apparu à certains des plus petits rodéos régionaux pour faire frissonner les foules. Il agita une main.

Il repoussa une chaise en face de lui avec le pied. Danny se glissa sur le siège et repoussa son Resistol.

Maury se pencha en avant et tendit la main. Danny la prit. Maury avait probablement sept ou huit bonnes années de plus que ses vingt-quatre ans, mais en monte de taureaux, si vous ne mouriez pas, l'expérience vous rendait meilleur.

— Tu m'as sauvé les fesses, cow-boy. J'ai une dette envers toi.

— Ce n'était pas grand-chose. Tu l'aurais fait pour moi.

— Donnez un verre à cet homme assoiffé.

Quelqu'un poussa un verre propre devant Danny et un autre gars le remplit à partir de deux pichets.

— Merci bien.

Danny leva son verre. Il déplaça la paille dans la poche de sa chemise et prit une longue gorgée. Froide et humide. Un bon goût.

— Tu es un sacré bon monteur de taureaux. Je ne t'ai jamais vu monter avant ? demanda Maury, faisant lentement tourner le verre devant lui.

— Tu pourrais m'avoir vu.

4

— Tu fais partie de l'ACRP ?

— Ouais.

— Mais tu n'es pas sur le circuit ?

— Pas régulièrement, répondit Danny en secouant la tête.

Il est temps d'y aller, les amateurs de sport.

— Où as-tu appris ces trucs de toreros ? demanda un jeune type qui avait vu Danny monter un peu plus tôt. C'était génial.

— Des clowns, surtout, expliqua Danny en haussant les épaules.

— Tu en connais beaucoup ? interrogea Maury, les yeux plissés.

— Quelques-uns, répliqua Danny, vidant son verre. Je ferais mieux d'y aller. J'ai de la route à faire ce soir.

— D'où tu viens ?

— Un petit ranch près de Chico.

— Le tien ?

— Malheureusement non. Je travaille pour un type.

— Tu vas monter à l'événement ACRP le week-end prochain à Chico ?

— Non.

Bien trop proche de chez moi.

— Originaire de là ?

— Quoi ?

— Californien ?

Danny rabaissa le bord de son chapeau de paille.

— Non. Du Wyoming à l'origine, lâcha-t-il avant de tendre à nouveau la main. Heureux de t'avoir rencontré. Je suis un grand fan.

Maury prit sa main – et la garda.

— Je t'ai déjà vu monter sous un nom différent ?

Oh, merde.

— Peu probable.

Il jeta un coup d'œil aux huit durs à cuire environ rassemblés autour d'eux. Ça pourrait être vraiment douloureux si la conversation continuait.

Maury ne le lâcha pas. Il transperça Danny de son regard aux yeux sombres.

— Tu es un sacré bon monteur – et il semblerait, un homme sacrément bon. S'il y a quelque chose que je puisse faire pour toi, fais-le-moi savoir.

Il lâcha la main de Danny, saisit une serviette, et claqua des doigts vers Earl, qui sortit un stylo de sa poche. Maury nota un numéro sur la serviette, puis la poussa vers Danny.

5

— Cela a été un coup dur pour toi.

Fils de pute. Il sait.

— Merci, dit Danny après avoir dégluti.

— Si tu veux recommencer à monter pour un gros paquet de fric, appelle-moi.

Danny hocha la tête.

— Et change d'avis pour l'événement à Chico. Il y a de bons monteurs. Je serai là. Tu aimerais.

— Trop tard pour s'inscrire.

— Non, déclara Maury avec un sourire. Par ailleurs, j'ai des relations.

Danny regarda rapidement le groupe, attrapa la serviette et essaya de ne pas avoir l'air de courir vers la porte.

Après quelques pas, il tourna hors de vue de l'entourage de Maury, mais il entendit Earl dire :

— C'est le fils d'Eldon Jones, pas vrai ? Quel est son nom ? Sawyer ?

Danny ralentit ses pas.

— Ouais, répondit Maury.

— Un des meilleurs monteurs que j'ai jamais vus.

— Attendez, dit quelqu'un d'autre. Sawyer Jones. Vous voulez dire la tarlouze ?

La voix de Maury claqua comme un fouet :

— Ferme ton clapet, Sam. Cette tarlouze m'a sauvé la vie.

Le cœur de Danny battait comme un tam-tam – un peu de peur, un peu de colère, beaucoup de gratitude. *Merde, Maury Garcia vient juste de prendre ma défense. Même s'il m'a traité de tarlouze.*

Danny sortit du bar dans la chaleur toujours torride de la fin d'après-midi. Il sentait la serviette dans la poche de son jean. Quelle journée sérieusement tordue ! Il avait battu Mauricio Garcia à la monte de taureaux, puis entendu cet homme dire que Danny avait eu un coup dur. *Bon sang ! Que quelqu'un claque des doigts et me réveille.* Il haussa les épaules et retraversa la rue vers son camping-car usé. Eh bien, ce numéro de téléphone et vingt dollars lui payeraient une bouteille de bourbon.

Il démarra le véhicule, appuya sur l'accélérateur et prit le chemin du retour.

À mi-chemin de Chico, son téléphone sonna. Il jeta un coup d'œil à l'écran. *Frank.*

— Salut.

6

— Salut, chéri. Comment ça va ?

— J'ai gagné.

— Fils de pute ! Félicitations, mec.

— Oui. C'était intéressant. J'ai même concouru contre Maury Garcia.

— Rude concurrence. Je pensais que c'était juste le rodéo d'un petit patelin.

— C'est le cas, mais tu sais que Maury vient localement parfois ? Il était là.

— Le battre n'est pas une petite affaire. Tu devrais être fier.

Frank était le meilleur genre d'ami plan-cul. Accent sur l'ami.

— J'ai tiré un meilleur taureau.

— Ce qui veut dire un plus susceptible de te tuer ? rigola Frank.

— En quelque sorte. Pas tellement dans ce cas-là. C'est une longue histoire.

— Tu vas me raconter ça avec quelques bières et un tour dans la paille, ou tu es trop fatigué ??*Suis-je fatigué ?* Sa queue se tendit. D'accord, mais pas trop pour ce que Frank offrait.

— Je suis plutôt crevé et je dois retourner bosser demain. Nous avons des tonnes d'élèves, plus des nouveaux clients qui sont arrivés. Ça va être chiant. Peut-être plus tard dans la semaine ?

— Bien sûr. Bon sang. Ma bonne main droite peut apprécier un peu d'exercice.

— Désolé.

— Ça va, chéri. Je sais à quel point faire du rodéo te met sur les rotules. Merde, je pense que ça fait remonter tes problèmes de père.

— Peut-être, lâcha Danny entre ses dents serrées.

— Alors, dors bien. Ne te fais pas mordre par les punaises de lit. Et je suis impatient de pilonner ton cul à un moment ou un autre après mercredi.

— Ouais. Je t'appelle bientôt. Merci, Frank.

Il raccrocha. Sa partie intéressée sous la ceinture était maintenant complètement au garde-à-vous. *D'accord, merde. Je viens juste de renoncer à une occasion d'être passif pour – eh bien, tu sais pour quoi.* Frank ne savait pas exactement que l'accord de Danny d'être le passif allait au-delà d'une question de chance. Il ne savait pas également qui Danny désirait réellement. Non pas que Danny aurait pu lui dire. Ils étaient simplement amis et pas très exclusifs. Mais Danny ne racontait pas ce secret à n'importe

7

qui. Malheureusement, cela signifiait qu'il passait beaucoup de temps à ne pas avoir ce qu'il voulait.

À la périphérie de Chico, il quitta brusquement la nationale et avança jusqu'au bar retiré qu'il avait aperçu la dernière fois qu'il était passé. *Je tente dix minutes. Si je ne trouve personne, je ferai sans.*

Il se gara à quelques rues du bar, laissa son chapeau sur le siège passager et marcha lentement vers l'enseigne ringarde, clignotante et rose. Il n'était jamais venu ici avant – mais il avait entendu quelques rumeurs. Deux hommes passèrent à côté de lui et, bon sang, comme ils lui ressemblaient beaucoup – jean, bottes, Stetson. Ils étaient tous les deux costauds et l'un portait une barbe. Pas très prometteur. Des mecs comme des étalons, il pouvait en trouver partout. Il n'y avait pas plus alpha que Frank. Tellement qu'il avait du mal à convaincre les mecs qu'il était gay. C'était une des choses qui les avait rapprochés.

Peut-être que je devrais faire demi-tour et rentrer ?

Son membre tressauta en protestation.

D'accord, un coup d'œil à l'intérieur.

Il se faufila jusqu'à l'entrée et ouvrit la porte. *Vlan.* Lumières, musique, parfum, plumes et – des folles. Plus d'une douzaine d'entre elles. Des adorables minets aux divas entièrement travesties, le festin s'étalait devant lui, entouré de paillettes. Danny sourit et se dirigea nonchalamment vers le bar, puis attrapa un tabouret alors qu'un bear partait.

Un barman enjôleur aux cheveux noirs de type hispanique se pencha vers lui.

— Qu'est-ce que tu prendras, mon beau ?

— Merci, répondit Danny avec un signe de tête, et je prendrai une bière. Ce qu'il y a en pression.

Il ne prévoyait pas de boire longtemps.

Il se tourna et appuya le dos contre le bar. Les efféminés n'étaient pas en majorité, mais ils se distinguaient des cow-boys comme des fleurs dans un vase en plastique.

Un gros motard avec des tatouages et une barbe de deux jours se glissa à côté de lui au bar.

— Salut, je peux t'offrir un verre ?

— C'est gentil, mais j'attends quelqu'un.

Danny se pencha derrière lui et attrapa la bière que le barman lui avait servie.

8

— Désolé d'entendre ça. S'il ne vient pas, je serai là-bas.

Il pointa du doigt une table dans le coin où deux autres hommes, qui maintenaient probablement à flot les affaires de Harley, buvaient à même des bouteilles avec un long goulot.

Danny hocha la tête et le type retourna tranquillement à sa table, montrant beaucoup de muscles fessiers en avançant. Le temps de Danny venait juste de se compresser. S'il ne trouvait personne rapidement, ce type reviendrait.

Il regarda autour de lui. Une jolie drag queen rousse pérorait dans un coin, entourée de ses sœurs. Trop difficile de l'extraire de la troupe. Motard remarquerait qu'elle n'« attendait » pas Danny. Qui d'autre faisait danser le pas de deux à sa queue ?

Il sirota le reste de sa bière et put sentir les yeux de Motard sur lui. *Merde. Je ferais mieux d'y aller.* Il jeta un regard à sa montre, puis glissa de l'argent sur le bar.

— Tu dois y aller, mon beau ? demanda le barman avec un sourire. Je finis à deux heures.

— C'est sacrément tentant, avoua Danny en rendant le sourire, mais je dois travailler tôt demain.

— Tu es cow-boy ?

Il hocha la tête.

— Y a-t-il une chance que je ne sois simplement pas ton genre ? continua le barman en se rapprochant.

— Tu es très beau. Aucun problème là-dessus.

— Mais tu ne réponds quand même pas à ma question.

— Pourquoi demanderais-tu ça ?

— Je t'ai simplement vu regarder les mignons. C'est ce que tu veux ? interrogea-t-il, inclinant la tête. Parce que si tu attends trois minutes de plus, tu rencontreras mon cousin, Pedro, et je pense qu'il pourrait illuminer tes yeux verts.

— Tu es un amour, dit Danny avec un sourcil levé.

— Oui, un vrai saint. Mais Pedro doit manger aussi.

— Alors il est... ? commença-t-il en agitant la main.

— Disons juste qu'il aime les cadeaux.

— C'est gentil, mais je doute d'avoir assez de, euh, cadeaux pour intéresser Pedro et je dois y aller.

9

Il ajouta quelques dollars de plus pour le pourboire et glissa du tabouret.

Alors qu'il se levait, Motard repoussa sa chaise en même temps que le barman faisait un signe de la main.

— Hé, Pedro. Par ici.

II

DANNY OBSERVA le mec avançant vers eux – petit, svelte, cheveux noirs jusqu'aux épaules, une pointe de rouge à lèvres et de grands yeux sombres et vifs qui passaient la foule en revue pour trouver une proie. Quand Pedro arriva au bar, il se pencha par-dessus et embrassa son cousin, puis recula et étudia Danny des bottes aux cheveux blond roux comme un collectionneur estimant une peinture.

— Bonjour. Je suis Pedro. Mais tu peux m'appeler Pedrita

— Salut.

Danny jeta un coup d'œil à Motard, qui avait arrêté de se lever de sa chaise, mais fixait avec les sourcils froncés le nouvel arrivant.

— Mince alors, *guapo*, s'exclama Pedrita avec un sourire, tu es un superbe cow-boy.

— Merci, tu es plutôt superbe toi aussi.

Du moins, son sexe le pensait.

— Tu veux me payer un verre ?

— Avec plaisir.

Danny se leva et laissa Pedrita s'asseoir sur le tabouret. Le barman posa un verre de champagne et une autre bière, plus une grosse addition pour les bulles probablement diluées.

— Alors, Jose me dit que je suis ton genre.

Pedrita sourit alors qu'il sirotait son champagne.

— Jose est ton cousin, le barman ?

Un hochement de tête.

— Quand t'a-t-il dit ça ?

— Quand il m'a appelé et m'a dit de ramener mon joli cul par ici pour voir le plus beau cow-boy en ville.

— Désolé, contredit Danny avec un haussement d'épaules, mais il a un peu exagéré tout ça. Je suis juste un pauvre cow-boy sans le genre d'atouts qu'une ravissante dame comme toi mérite. Je prends une bière et retourne ce soir au ranch où je travaille. Il n'y avait aucune raison d'accourir. Bien que je sois très content que tu l'aies fait, déclara-t-il après un regard à travers ses cils.

11

Un léger pli creusa le front lisse de Pedrita pendant une seconde et disparut.

— Je ne suis vraiment pas si inabordable.

— Eh bien, tu devrais l'être, répondit-il avec un sourire en secouant la tête. Je dois te dire, cependant, que je suis un peu dans le pétrin.

— Oh ?

— Dans le coin, il y a trois gros motards – ne regarde pas – et l'un d'eux semble s'être pris d'affection pour moi. Je lui ai dit que j'attendais quelqu'un. Il pense maintenant que ce quelqu'un c'est toi. Je ne veux vraiment pas devoir défendre mon honneur contre trois types ce soir si je n'en ai pas besoin. Par hasard, tu sortirais d'ici avec moi pour prouver que je ne suis pas disponible ?

Pedrita se tourna légèrement et regarda discrètement vers la table dans le coin.

— Oh là là, ils ont passé beaucoup de temps dans la salle de sport de la prison, pas vrai ?

Danny grogna. Ils ressemblaient bien trop aux autres types qu'il connaissait.

Pedrita descendit le reste du champagne.

— Bien sûr que je vais sortir avec toi, *guapo*. Je vais même rajouter du spectacle.

Il se pencha et embrassa Danny sur la joue. Celui-ci rigola.

— Si tu insistes.

Il aida Pedrita à se lever du tabouret, lança de l'argent supplémentaire sur le bar pour Jose et partit vers la porte, avec Pedrita accroché à son bras. Du coin de l'œil, il vit les trois hommes trapus repousser leur chaise et se lever. *Merde* ! Il continua d'avancer, mais il se pencha et murmura :

— Ça pourrait être une idée merdique. Ils suivent et je ne veux pas te mettre en danger.

— Je ne m'effraie pas facilement, *guapo*, répondit Pedrita en serrant son bras, et j'ai un rasoir dans ma poche. Voyons ce qu'ils font.

— Tu es sûr ?

— Oui. Personne n'attaque Pedrita parce que je suis gay.

— Tu as de sacrées couilles derrière ce rouge à lèvres, rit Danny.

— Tu as tout compris.

Danny ouvrit la porte du bar et la tint pour Pedrita. L'air frais fit frissonner sa colonne. Ils tournaient au coin de la rue quand il entendit la porte du bar s'ouvrir derrière eux. Il ne voulait pas regarder, mais cela devait être les trois motards.

— Je dois avouer que je n'ai pas réfléchi plus loin. Je pensais que nous sortirions et que ce serait tout.

— Où est ta voiture ?

— J'ai un camping-car. J'étais parti pour le week-end.

— Voyons ça.

Ils traversèrent la rue et Danny essaya de marcher d'un pas nonchalant. *Ne parais pas inquiet.* Curieusement, ils arrivèrent jusqu'au camping-car sans attaque, mais des pas crissaient toujours derrière eux. Il ouvrit la porte.

— Monte.

Pedrita bondit dans les escaliers avec Danny derrière lui. Il claqua la porte et la verrouilla. Pedrita regardait déjà par la fenêtre.

— Que diable veulent ces mecs ?

— Peut-être qu'ils aiment regarder, rigola Danny.

— Lequel t'a dragué ?

Danny pointa celui avec tous les tatouages.

— Il a l'air plutôt délicieux. Pourquoi n'as-tu pas accepté son offre ?

— Il n'est pas mon genre.

— Mais je le suis, indiqua Pedrita en se tournant.

— Oui, dit-il avec un sourire. Peut-être sans le rasoir dans ta poche.

Ils fixèrent dans la nuit les trois types, qui se tinrent là à fumer et à boire de la bière pendant quelques minutes de plus, puis passèrent le coin et partirent comme s'ils n'avaient jamais eu l'intention de blesser quelqu'un.

— Je pense qu'ils s'étaient attardés parce que l'Excité voulait se glisser dans ton pantalon. Quand tu es parti, ils sont partis. Ils n'ont probablement jamais voulu te déranger, grogna Pedrita en observant leurs dos qui s'éloignaient. Si tu ne comptes pas un petit gang bang.

— Je suppose que nous ne saurons jamais.

Pedrita se laissa tomber sur la banquette étroite qui servait de siège, croisa les bras et regarda autour de lui.

— C'est un camping-car de merde, mec.

— Je te l'ai dit. Je suis pauvre.

— Dommage, dit-il, ses sombres yeux calculateurs brillaient. J'adorerais à coup sûr avoir un petit ami sexy pour une fois.

— Je vais te reconduire à la porte du bar et m'assurer que tu y entres sans soucis. Juste au cas où ils seraient encore dans le coin. J'ai un peu d'argent que je peux te donner pour te remercier de m'avoir sauvé les fesses.

13

Il mit la main dans sa poche, tâtant le chèque de son prix.

— Nous ne savons pas vraiment si je les ai sauvées. Peut-être qu'ils allaient juste dans la même direction que nous.

— Quand même.

— Combien tu as ?

— Environ trente-trois dollars, annonça-t-il en sortant quelques billets de sa poche.

Pedrita lui lança un regard évaluatif.

— Je fais normalement payer cinquante, mais nous allons combiner ton argent et ta beauté hors-norme comme paiement pour la pipe de ta vie. Marché conclu ?

— Merde, oui.

Pedrita se pencha en arrière et glissa les bras le long des coussins marron délavé.

— D'accord, cow-boy, voyons ce que tu as.

Danny rigola, descendit lentement sa fermeture et sortit son membre par l'ouverture. Les yeux de Pedrita s'écarquillèrent.

— Merde, *guapo*, pourquoi gardes-tu ce chef-d'œuvre dans ton pantalon ? Pourquoi ce n'est pas une statue en bronze sur une étagère à trophée ?

— Merci chaleureusement pour votre appréciation, madame.

Il exposa ses fossettes, mais malheureusement, beaucoup de gens auraient aimé lui enlever la queue – et pas parce qu'ils considéraient que c'était une œuvre d'art.

Pedrita tendit les mains et saisit les hanches de Danny, amenant son sexe bien dressé vers ses lèvres roses.

— Je sucerai ce bébé gratuitement.

DANNY FIT tourner le camping-car sur la zone de parking derrière le baraquement. Sombre et silencieux. Il était resté avec Pedrita plus longtemps qu'il ne l'avait prévu. La fellation avait été si foutrement bonne, il avait fini par retourner la faveur, ce qui avait amené sa queue à revenir dans l'action, et Pedrita avait offert son joli cul pour une baise. Bien que Danny puisse ne pas aimer être actif, Pedrita s'y attendait – ils s'y attendaient toujours – et il avait apprécié. Aucun argent n'avait changé de main, même s'il avait essayé de pousser Pedrita à le prendre et il avait promis de le chercher la prochaine fois qu'il viendra en ville à Chico. Peu probable. Pedrita valait

14

bien une seconde visite, mais se présenter à des bars gays plus d'une fois pouvait être mauvais pour la longévité d'un cow-boy. En particulier quand ce cow-boy était lui.

Sa région inférieure donnait l'impression d'être détendue et sacrément bien. *C'est ce qui peut arriver quand on obtient vraiment ce qu'on veut.* Il laissa son équipement de monte dans le camping-car, mais prit les jeans et les chemises qu'il avait besoin de laver et les fourra dans son sac à dos. Le balançant sur son épaule, il descendit et inspira la paix du ranch McIntyre. Des étoiles brillantes, la douce odeur des chevaux, le bruissement des bestioles dans les buissons. C'était peut-être la Californie et près d'une ville de bonne taille, mais si tard dans la nuit, on aurait dit une région sauvage.

Il ouvrit la porte du baraquement en grimaçant au grincement familier et la referma doucement derrière lui. Non pas qu'il y ait beaucoup de dormeurs à déranger, puisque Manolo rentrait souvent voir sa femme et son fils plutôt que de rester dans sa chambre. Malgré tout, un des saisonniers pourrait être là, car les chambres d'hôtes avaient été toutes réservées tout l'été, Manolo et lui assumaient beaucoup de responsabilités du « ranch éducatif » pendant que Rand et Kai s'occupaient des leçons d'équitation et de l'élevage des chevaux. Ça laissait un trou dans le domaine des corvées générales et Rand faisait souvent appel à Pauly, un gamin adorable qui travaillait dur et voulait vraiment être un ouvrier à temps plein.

Danny dépassa deux portes fermées, puis tourna à gauche à la suivante, la refermant derrière lui avant d'allumer. Qu'on était bien chez soi – un lit simple, une chaise, une commode, une étagère, une petite armoire, un tapis d'artisanat indigène et un couvre-lit qui lui appartenait – la seule chose qu'il tenait de sa mère. Amusant. Quand il avait autrefois monté pour de grosses sommes, il aurait appelé cette chambre un trou à rats. Maintenant, c'était le seul endroit où il se sentait vraiment en sécurité.

Le faible coup sur sa porte le fit se retourner.

— Oui.

Souriant, Manolo passa la tête par la porte. Il était un des rocs dans le flot rapide de la vie de Danny. Un bon cow-boy et un bon ami. Ses dents ressortaient bien blanches sur son visage rond et bronzé.

— Comment ça s'est passé, cow-boy ?

— J'ai gagné, déclara Danny en rendant le sourire.

— Fils de pute !

— Entre et assieds-toi. Comment se fait-il que tu sois debout si tard ?

15

Manolo prit la seule chaise en bois dans un coin et elle craqua sous sa solide corpulence.

— Je suis rentré chez moi pour mettre le gamin au lit et voir ma femme.

Il leva un sourcil de manière significative. Clairement, il avait fait la même chose que Danny.

— Je me suis endormi quand je suis revenu, mais j'ai entendu ton furtif pas lourd.

— Désolé de t'avoir réveillé.

— Pas de problème. Alors, raconte-moi, dit-il avant de lever une main. Pendant seulement une seconde. Nous avons une sacrée charge de travail demain et tu as besoin de ton sommeil réparateur pour impressionner nos nouveaux visiteurs avec ton impressionnante cow-boyitude.

Danny se jucha sur le bord du lit.

— Je suis arrivé au dernier tour avec deux autres types et, crois-le ou non, l'un d'eux était Maury Garcia.

— Mee-rde, je ne connais pas grand-chose sur le rodéo, mais même moi j'ai entendu parler de lui. Alors tu l'as battu ?

— J'ai tiré un meilleur taureau.

— Ne m'as-tu pas dit que les gros calibres comme Garcia choisissaient leurs propres taureaux ?

— Oui, et je suppose qu'il a choisi celui qu'il voulait. Le taureau était noir et vraiment tape-à-l'œil, mais tous ceux qui s'y connaissaient pouvaient dire qu'il n'était pas un défi aussi grand que le gris que j'ai monté, expliqua Danny en croisant les jambes et en s'appuyant dessus. Une chose étrange est arrivée, cependant. Maury l'a monté facilement, mais quand il est descendu, il est devenu trop sûr de lui et a tourné le dos au taureau.

— Ce n'est pas inhabituel, pas vrai ?

— Non. Mais je pense qu'il n'avait pas énormément de respect pour son taureau. La bête a décidé de s'en prendre à lui et j'ai, euh, fini par en quelque sorte aider Maury à s'éloigner du taureau.

— Que veux-tu dire ?

— Rien d'énorme. J'ai simplement distrait le taureau pendant que les toreros aidaient Maury.

— Tu penses que c'est pour ça que tu as gagné ?

— Pas sûr, répondit Danny en haussant les épaules, bien qu'avec un sourire. Mais j'ai été invité à prendre une bière avec Maury. Un gars sympa.

— Sans déconner. Tu côtoies les gros calibres.

16

Personne ne savait beaucoup de choses sur le passé de Danny. Ils savaient qu'il avait fait du rodéo, mais pas à quel niveau. C'était tout aussi bien.

— Alors qui sont ceux qui arrivent demain ?

— Nous avons quatre nouveaux clients en plus des deux qui sont arrivés ce week-end. Ceux déjà là sont un père et son fils – les Landsdowne. Le fils est fou de chevaux et le père l'a amené pour son anniversaire. Demain, nous avons Elena Chavez et sa meilleure amie, Nora Benson. Les deux femmes ont environ soixante-dix ans, de ce que j'ai entendu. Puis il y a un couple gay. Un type riche nommé Chilcott et son petit ami, qui est un genre de décorateur ou autre chose.

— Mince, nous emmenons la diversité vers de nouvelles hauteurs.

— Ouaip. Alors, prépare-toi à l'assaut, dit-il en claquant l'épaule de Danny. Je te vois de bonne heure et de bonne humeur.

— Bonne nuit.

Manolo partit et Danny se doucha et se lava les dents dans la salle de bain commune, au bout du couloir, puis se glissa, nu, entre des draps propres et frais. Il aimait vraiment garder ses affaires propres. Cela n'avait pas été le fort de son père. Non. Le point fort de son père avait été le pire cauchemar de Danny.

LA BARBE. Même en plein été, Danny se levait avant le soleil. Ce matin-là, cependant, ses testicules étaient heureux et pendaient bas tandis que le reste de son corps prenait la célèbre route de la difficulté. Il se tint devant la fenêtre ouverte, inspira l'air frais du matin et s'étira en arrière aussi loin qu'il put se le permettre avec ses muscles douloureux.

— Tu fais ton yoga matinal ?

Rand le salua de la main à l'extérieur du baraquement.

Merde !

— Salut, Rand. Désolé, je ne voulais pas divertir les voisins. Je serai là dans une seconde.

Rand ricana et Danny tira les rideaux sur la fenêtre, enfila son jean et sa chemise, se précipita dans le couloir pour aller se soulager et se laver, et courut vers la porte. Heureusement, ses poils blonds signifiaient qu'une barbe d'un jour ne se voyait pas trop. Il ferait ses corvées, puis reviendrait pour se raser. Non pas qu'il soit en retard, mais bon sang, il détestait quand Rand le devançait aux écuries.

17

Il entendit des pas derrière lui et jeta un coup d'œil pour voir Manolo, encore en train de rentrer sa chemise alors qu'il s'élançait hors du baraquement. Aux écuries, Rand soulevait déjà la nourriture. Danny avança près de lui.

— Laisse-moi faire ça, patron.

— Va plutôt panser les montures pour les leçons, répondit Rand en secouant la tête.

— Nous allons monter les clients aujourd'hui ?

— Ne jamais monter les clients, Danny, sourit Rand. Ne t'ai-je donc rien appris ?

Manolo grogna derrière lui et Danny lâcha un petit rire.

— Mais oui, nous aurons tous nos clients en selle d'ici la fin de la journée. Une fois qu'ils auront été installés, fait le tour de la propriété et pris un en-cas pour les caler jusqu'au déjeuner.

— Que prépare Felicia aujourd'hui ?

— Je ne sais pas, mais ça sent sacrément bon.

— À quelle heure arrivent les nouvelles personnes ?

Manolo vérifia la tablette qu'il emportait partout – la vie moderne au ranch.

— Pauly récupère les dames en centre-ville de Chico à neuf heures. Chilcott et son invité arrivent à un moment ou l'autre ce matin, par leurs propres moyens. Je vais laisser à Landsdowne et son garçon une heure de plus environ avant de faire sonner la cloche du wagon-cantine.

Il rit à la référence archaïque. Danny regarda l'emploi du temps par-dessus l'épaule de Manolo.

— Il serait mieux que je fasse un tour d'accueil après l'arrivée des dames, ensuite un autre quand les deux hommes arriveront.

Il attrapa un brin de paille et le coinça dans sa bouche. La journée venait officiellement de commencer.

— Ça semble bien, acquiesça Rand.

— À quel point les vieilles dames vont-elles être un défi, à ton avis ?

— Aucune d'elle n'a coché les cases pour des exigences spécifiques ou des limites, alors je ne suis pas sûr, expliqua Manolo avec un haussement d'épaules.

— Je suppose que nous le découvrirons.

Il commença à avancer vers le box du fond, puis se retourna.

— Est-ce que Kai est à la fac aujourd'hui ?

18

Rand hocha la tête avec ce doux sourire qu'il avait quand le nom de Kai était mentionné.

— Oui. Il aime vraiment les cours qu'il suit cet été. Il aura ce diplôme assez vite.

— C'est génial.

— Danny, tu es rentré ! Tu es rentré ! As-tu gagné ? As-tu gagné ?

Un missile volant de neuf ans plein d'enthousiasme heurta le ventre de Danny et Aliki leva les yeux vers lui, montrant l'espace entre ses dents.

— Pour tout te dire, j'ai gagné, répondit Danny en l'étreignant.

— Je le savais ! Je te l'ai pas dit, Pa ? N'est-ce pas ?

Danny jeta un coup d'œil à Rand, dont le sourire fendait presque le visage. Quand Rand avait épousé Kai, il avait accepté l'ensemble, y compris une adorable sœur de douze ans, Lani, et son sauvage petit frère fou, Aliki. Après l'adoption, Lani appelait encore Rand Oncle, mais Aliki était passé à Pa et Papa, ce qui était compliqué, puisque Kai était en fait le demi-frère bien plus âgé d'Aliki. Quand ils étaient avec des gens qu'ils ne connaissaient pas, Kai et Rand faisaient tous les deux référence à Lani et Aliki comme étant « leurs enfants », malgré le fait que Kai aurait dû avoir Lani quand il avait huit ans. Une famille plus heureuse que Danny ne l'avait jamais vu – non pas qu'il ait une tonne d'expérience.

— Merci, Aliki, dit Rand. Désolé de ne pas lui avoir demandé moi-même. Alors tu as gagné ?

— Ouaip.

— Félicitations. Nous aimerions tous venir te voir monter un de ces jours.

— Oh oui ! Je veux y aller.

Aliki fit presque craquer son t-shirt tant il battit fort des mains.

— Peut-être, concéda Danny.

Mais pas s'il pouvait l'empêcher.

— Alors, préparons ces chevaux pour nos clients, d'accord ? Aliki, viens m'aider. Où est Lani ?

— Elle aide Felicia. Elle a dit de te dire qu'elle serait là dans quelques minutes.

Il hocha la tête. Accro aux chevaux, Lani ne manquerait jamais une occasion de panser Star Sight, le grand palomino. Il ouvrit la porte de l'enclos. Jusque-là, simplement une habituelle journée folle. *Je me demande à quoi ressemblent les clients ?*

19

III

— DANNY, TRÉSOR, est-ce que je le fais bien ?

Les mots ressemblaient à du beurre et du sirop.

Danny sourit à Nora Benson, qui étrillait un côté du corps docile d'Apple, pendant que son amie, Elena Chavez, s'occupait de l'autre côté.

— Vous vous en sortez très bien, madame.

« Amies » s'avérait être un euphémisme pour les deux dames qui avaient tout traversé ensemble depuis les années 1960. Apparemment, elles avaient donné naissance ou adopté quatre ou cinq enfants, géré un restaurant et construit leur propre maison au sud de la Californie.

Nora sourit doucement.

— Nous aimons essayer de nouvelles choses, dit-elle en se mettant sur la pointe des pieds et en regardant Elena par-dessus le cheval. N'est-ce pas, chérie ?

— Hum-hum.

Le manque de bavardage d'Elena était plus que compensé par Nora, qui parlait assez pour deux.

Danny rit tandis qu'il se mettait à trier et cirer les brides qu'il utiliserait sur les montures des deux clients supplémentaires.

— On dirait que toutes les deux, il ne vous reste plus grand-chose à essayer. Quelle vie géniale.

Il le pensait vraiment.

— Eh bien, merci, très cher. Nous le pensons aussi.

Danny sortit un des chevaux au soleil et jeta un regard vers Lani. C'était super de la voir rire. Elle s'était transformée d'une fille de douze ans hyper sérieuse quand ils s'étaient rencontrés en une adorable adolescente gracieuse, et elle semblait avoir plus qu'un coup de cœur pour Andy Landsdowne, leur client. Les deux avaient à peine arrêté de discuter depuis qu'Andy s'était levé ce matin-là et aucun d'eux ne pouvait se lasser des chevaux.

Le bruit de pneus et un tourbillon de poussière firent lever les yeux à Danny. *Ça doit être les deux derniers clients. Mer-de, ça, c'est de la voiture.* La Porsche Spyder bleu layette s'arrêta brusquement devant le pavillon du

20

ranch et Danny accrocha les rênes à la barrière et avança en trottinant pour l'accueillir. Même s'il n'y avait pas de toit à la voiture, la structure montante cachait les passagers jusqu'à ce que la portière conducteur s'ouvre et qu'un homme de taille moyenne, trapu et aux cheveux gris, en sorte. *Ça doit être Chilcott.* C'était le genre de type que les journaux auraient appelé *beau* et *imposant. Tellement pas mon genre.* Danny enleva la paille de sa bouche et la mit dans sa poche.

L'homme fit le tour de la voiture et ouvrit la portière. Une gracieuse main manucurée émergea et il la prit. Sortit alors une longue jambe dans un pantalon moulant noir enfoncé dans des bottes jusqu'aux genoux. Ce qui suivit poussa la mâchoire de Danny à tomber de quelques centimètres. Grand, bien que plus petit que Danny ou Rand, et mince comme un lévrier, mais la ressemblance avec un chien s'arrêtait là. *Putain de bordel de merde !* L'homme – et c'était un homme à la façon dont ce pantalon moulait son paquet – portait un foulard autour de la tête, enroulé comme Grace Kelly ou Audrey Hepburn dans les vieux films. Il leva la main et le déroula. Ses cheveux à hauteur d'épaules brillaient comme – quelle était cette couleur dont Apple qualifiait ses téléphones ? Or rosé. Presque argent. Presque rose. D'énormes lunettes de soleil sombres couvraient ses yeux, mais il tourna la tête et s'arrêta, faisant face à Danny. Un sourcil rose-doré se leva par-dessus le bord des lunettes.

L'autre homme – oh oui, il était encore là – se tourna et vit également Danny. Il agita une main.

— Salut. Vous semblez être le bon type pour ces vacances.

Il rigola à sa propre plaisanterie alors qu'il avançait avec la main tendue. Il saisit celle toujours catatonique de Danny et la serra.

— Je suis Grove Chilcott. Voici mon compagnon, Laurie Belmont.

— Laurie ? demanda Danny, penchant la tête.

— Diminutif pour Lawrence, expliqua le jeune homme avec un sourire. N'avez-vous jamais lu *Les Quatre Filles du Dr March* ?

Danny ne répondit pas. Ne pouvait pas répondre. Cette voix. Comme si quelqu'un avait mélangé Marilyn Monroe et Scarlett Johansson avec du champagne et remué. Les mots ondulèrent le long de sa colonne et attaquèrent ses testicules comme un aphrodisiaque. Son membre commença à appuyer contre sa fermeture. *Merde, j'ai de sérieux ennuis.* Il tira sur le bord de son chapeau.

— Désolé, je ne peux pas dire que je l'ai lu.

21

— Voyons, Laurie, rit Chilcott, ne teste pas le cow-boy sur ses choix littéraires avant même d'avoir défait tes valises.

Danny coinça de nouveau la paille entre ses lèvres.

— Je suis Danny Boone. Laissez-moi vous montrer votre chambre. J'aiderai avec vos bagages.

Chilcott claqua une main contre son propre torse.

— Vous plaisantez avec ce nom ? L'homme de notre ranch éducatif s'appelle Daniel Boone ?

— Danny.

— Quand même, je m'attends à ce que les caméras de *Punk'd* me sautent dessus.

Il rit, mais au moins, c'était aimable. Pas un vrai connard.

— Et si vous parlez de porter les sacs de Laurie, vous allez avoir besoin d'une armée en plus de vous.

Laurie leva de nouveau un sourcil.

— M. Boone, pourriez-vous, s'il vous plaît, nous montrer notre chambre ?

— Bien sûr.

Allez. Réveille-toi et fais ton boulot. Il pointa le doigt vers une structure basse, de l'autre côté du parking, surplombant une petite mare.

— Voilà les quartiers des clients. Il y a de la place pour se garer de l'autre côté, si vous voulez bouger votre voiture d'ici.

— D'accord, dit Chilcott.

Il hocha la tête et repartit vers la voiture. La voiture très, très chère.

— Je vais marcher avec vous, si ça ne vous dérange pas, prononça Laurie. J'en ai assez d'être assis.

Sa tête était tournée vers Danny, mais celui-ci ne pouvait pas voir grand-chose à travers les sombres verres.

— Bien sûr. Venez.

Ils firent quelques pas dans un silence gênant. La poche arrière de Laurie vibra et il sortit un téléphone de la bonne couleur or-rosé.

— Bonjour, Maman, salua-t-il avant une pause. Oui, nous venons juste d'arriver. Comment va Papa ?

Un petit pli apparut entre ses sourcils.

— Oui, très chère. Ne t'inquiète pas. Je demanderai à Grove de regarder.

Un long et doux soupir s'échappa de ses lèvres.

22

— Oui, très chère, mais souviens-toi que Grove a choisi les vacances, alors je suis sûr qu'il les appréciera, dit-il avec un sourire. Je t'aime aussi.

Se renfrognant de nouveau, il remit le téléphone dans sa poche, puis accéléra et marcha à côté de Danny.

— C'est ma première fois dans un ranch éducatif.

Danny lui jeta un coup d'œil, puis regarda droit devant.

— Nous l'appelons ranch d'hôtes, en fait, bien que la fonction primaire soit d'élever des chevaux.

— Oh vraiment ? Comme c'est intéressant. Alors nous payons pour la véritable exploitation cow-boy ?

— Vous aidez. Les chevaux sont coûteux, mais Rand – c'est le propriétaire, Rand McIntyre – est un bon juge pour les chevaux et a réussi à monter une bonne affaire de ventes et d'étalons.

Tais-toi. Tu parles à tort et à travers.

— Oui, j'ai remarqué tout de suite les qualités d'étalons du ranch.

Danny regarda Laurie, mais ne put pas voir une seule chose derrière les verres – et ces lèvres légèrement colorées ne souriaient pas.

Il s'évanouit presque de soulagement quand ils arrivèrent à la dépendance et retrouvèrent Chilcott, se tenant près de la Porsche. Danny s'écarta de la chaleur de Laurie.

— Votre chambre est par ici.

Chilcott avait réservé la seule suite qu'ils avaient au ranch, ce qui signifiait qu'ils avaient une chambre, un petit salon, une salle de bain attenante et un joli porche qui donnait sur la mare. Danny ouvrit la porte.

Laurie y fit son entrée, comme la reine de foutrement tout, et regarda autour de lui. Doux Jésus, qu'est-ce qu'une orchidée de serre comme lui penserait de leur quartier traditionnel ?

— C'est adorable. Nous serons très bien installés ici.

Danny lâcha un lent soupir.

Chilcott regarda la chambre rustique avec les sourcils levés, puis lança un regard à Laurie.

— Tu es tout sauf prévisible, mon amour.

Il laissa tomber ce qui devait être son sac de sport sur la chaise la plus proche de la porte. Ce satané truc coûtait probablement plus cher que tous les gains de Danny en risquant sa vie sur un taureau.

— Je vais aller chercher vos sacs.

Danny s'échappa vers la voiture. Comme promis, ils avaient un million de valises, toutes assorties, dans un genre de cuir souple qui ne

23

devait jamais avoir été soumis à un porteur. L'une d'elles était ce qu'on appelait probablement une trousse à maquillage – le genre que Danny voyait dans les vieux films avec des femmes élégantes prenant le train vers des lieux exotiques. *Sérieusement ?*

— C'est plutôt exagéré, n'est-ce pas ? souffla la voix sensuelle, faisant descendre un frisson sur la colonne de Danny.

— Oui. Un peu. Je n'en avais jamais vue de mes yeux.

— Elle est en fait assez ancienne, expliqua Laurie en saisissant la trousse. Je l'ai trouvée dans une boutique qui vend des antiquités et des objets de seconde main. Vous êtes déjà allé dans une boutique comme ça ?

Danny haussa les épaules.

— Je suis plutôt obsédé par elles.

— Il pourrait en avoir à Chico, dit Danny en s'éclaircissant la gorge. Euh, je pourrais me renseigner.

— Ce serait adorable, s'exclama Laurie avec un petit bond. Merci.

Danny souleva quatre des sacs et Laurie marcha près de lui en portant la trousse à maquillage.

À l'intérieur de la suite, Chilcott eut un petit pli sur le front quand ils entrèrent, mais ensuite sourit.

— Alors, qu'y a-t-il sur notre agenda de cow-boy ?

— Il y a le déjeuner au pavillon du ranch. C'est plutôt génial habituellement et vous pouvez rencontrer les autres clients. Puis Manolo et moi, nous vous emmènerons faire une balade à cheval.

— Oh, amusant, gloussa Laurie.

— Vous montez ?

— Un peu.

— Et vous, M. Chilcott ?

— Appelez-moi Grove. Diminutif pour Grover, mais il est facile de comprendre pourquoi je ne veux pas qu'on m'appelle ainsi, pas vrai ? justifia-t-il avec son gros ricanement affable. Eh oui, je monte un peu, mais je suis légèrement rouillé, alors je vous laisserai le soin à vous, les vrais cow-boys, de me perfectionner.

Danny tira sur le bord de son chapeau.

— Défaites vos bagages et installez-vous, puis revenez au pavillon – où vous vous étiez arrêtés à l'origine – et nous déjeunerons.

Fuis ! Il se précipita vers la porte, inspira l'air chaud et retourna d'un pas raide vers la grange. Tous les autres s'étaient dispersés et l'endroit était

24

moite et silencieux. Se glissant dans la stalle de Star Sight, il appuya la tête contre le flanc du grand palomino.

— Je n'ai pas besoin de cette distraction. Merde, ou de cette frustration. J'ai besoin de comprendre ma queue. C'est un client – un client avec un petit ami. Par-dessus le marché, Laurie est clairement habitué aux meilleures choses et j'ai quatre jeans, un camping-car usé et un petit compte épargne pour un futur imaginaire. Un type comme lui va toujours choisir un mec comme Chilcott. Il ne va pas changer d'avis pour moi.

Star Sight hennit et regarda Danny.

— Merci d'avoir écouté.

Danny prit une profonde inspiration de l'odeur de cheval, se redressa, plaqua son meilleur sourire professionnel sur son visage et sortit faire son travail.

QUAND DANNY entra dans la salle à manger du pavillon, Nora, Elena, M. Landsdowne et son fils étaient déjà là. Chose surprenante, Lani était à table à côté d'Andy Landsdowne. Elle était habituellement trop réservée pour se joindre aux clients durant les repas et mangeait avec Rand et Kai, mais Andy semblait avoir les charmes pour surmonter la timidité de Lani. Aliki ne connaissait pas une telle hésitation. Il avait pris un siège face à Nora et Elena. Le gamin paraissait toujours graviter vers des figures de grand-mères, y compris la mère de Rand, qu'il adorait.

— Coucou, trésor, salua Nora en levant les yeux vers Danny. Venez vous asseoir à côté de moi.

— Avec plaisir.

Il jeta son chapeau sur un porte-manteau à proximité et se décala sur la chaise en bout de table, entre Nora à sa droite et Aliki à sa gauche. Tout le monde mâchait déjà l'extraordinaire pain multi-grains de Felicia avec du beurre. Manolo entra et prit une chaise à l'autre bout de la table, ce qui laissa deux chaises visiblement inoccupées.

— Rand se joindra-t-il à nous ? demanda Nora avec un signe de tête vers les sièges.

— Non, madame, répondit Danny en secouant la tête. Rand est occupé avec des élèves à cet instant, mais nos autres clients devraient nous rejoindre sous peu.

— Oh oui. Ce sont les gens dans la suite.

— Exact.

25

Felicia commença à servir le ragoût de bœuf dans de grands bols avec une grande cuillère pour servir la viande, les légumes et sa délicieuse sauce.

— Ça sent délicieusement bon, Felicia, dit Nora en se frottant le ventre.

— Merci, répondit-elle avec un sourire. J'espère que vous allez apprécier. J'ai fait une version végétarienne, au cas où quelqu'un préférerait – bien que je ne pense pas que quelqu'un ait demandé une alimentation sans viande.

Allez, Danny, sois sociable.

— Alors, M. Landsdowne, que faites-vous dans la vie ?

Landsdowne, un homme agréable dans le début de la quarantaine, qui pourrait avoir été beau avant de prendre du poids et de perdre ses cheveux, essaya de sourire avec la bouche pleine de ragoût.

— Désolé, s'excusa Danny en rendant le sourire. J'aurais dû être dentiste. Toujours à poser des questions aux pires moments.

— Appelez-moi Arthur, dit Landsdowne après avoir avalé, et je suis pharmacien.

Nora se pencha en avant et baissa les yeux sur Arthur.

— J'ai entendu dire que c'était une profession très demandée.

— Oui. Les jeunes entrant en école de pharmacie font ce qu'ils veulent.

— Oh là là ! Andy, prévois-tu de suivre les pas de ton père ?

Andy jeta un regard à son père, puis secoua la tête.

— Non, je veux élever des chevaux, comme M. McIntyre.

— Eh bien, n'est-ce pas charmant ? Et de quel genre d'études auras-tu besoin pour faire ça ?

— Euh, un diplôme en élevage d'animaux.

— Cela ne semble-t-il pas délicieusement scandaleux ? ricana Nora. Je parie que c'est ton but aussi, Lani. N'est-ce pas ?

Un léger pli apparut entre les sourcils sombres de Lani.

— Je pense que j'aimerais obtenir un diplôme de commerce, si c'est possible. Ou à la place, je pourrais obtenir mon diplôme de premier cycle en agriculture et élevage d'animaux, et ensuite passer à une maîtrise en gestion.

— Mon Dieu, tu as une vision si claire pour quelqu'un de si jeune. Qu'est-il demandé pour étudier l'élevage d'animaux ?

La porte d'entrée ouverte fut soudain remplie par le corps grand et mince de Laurie, maintenant habillé d'un jean noir moulant rentré dans des bottes d'équitation anglaises et une chemise qui aurait pu être décrite

26

comme western hollywoodien des années 1950 – des franges, des fermoirs en perles excessives et des ornements en cuir. Comment diable réussissait-il à rendre ça attrayant ? *Oh oui ! Parce que sur lui, tout a l'air bien.* Laurie examina le groupe avec de grands yeux légèrement relevés, d'une teinte de bleu qui aurait pu rendre jalouses les publicités pour les Caraïbes. Il sourit.

— Élevage d'animaux ? Est-ce que quelqu'un dit des obscénités ici ?

Il lâcha son ricanement mélodieux qui semblait partir de quelque part dans son ventre – et retournait celui de Danny.

IV

LE GROUPE rassemblé se figea en un tableau de stupéfaction. Bouches ouvertes. Yeux écarquillés. *Ouaip, plutôt stupéfiant.*

La voix d'Aliki sembla s'échapper par accident.

— Waouh, vous êtes magnifique.

Qui aurait cru que ce gamin avait si bon goût ?

Laurie sourit et inclina la tête vers Aliki.

— Comme tu es gentil. Puis-je m'asseoir à côté de toi ?

— Bien sûr, répondit-il avec un énorme sourire.

— Bonjour, tout le monde, salua Laurie en regardant la table. Je suis Laurie Belmont. Mon compagnon, Grove, sera là dans quelques minutes. Il y a quelque chose qui sent vraiment bon.

— C'est le ragoût de Felicia, indiqua Aliki, et il déchire !

— Je te crois. Quel est ton nom ?

Il tira la chaise vide près d'Aliki et s'assit.

— Je suis Aliki, le fils de Rand. Enfin, reprit-il en haussant les épaules, fils adoptif. Et là, c'est ma sœur, Lani.

— Je suis heureux de te rencontrer, Lani, dit Laurie avant de revenir à Aliki. Et je suis sûr que Rand pense à toi comme son propre fils, alors pas besoin de plus d'explications.

Eh bien, merde, jusqu'à quel point pourrait-il être charmant ?

Nora tendit la main par-dessus la table.

— Je suis Nora Benson. Appelez-moi Nora. Et voici ma partenaire, Elena Chavez.

— Enchanté de vous rencontrer, toutes les deux.

Nora prit en charge les présentations et, très vite, Laurie avait intégré le groupe – bien qu'il ressortirait comme un joyau exotique n'importe où.

— Alors que faites-vous, Laurie ? interrogea Nora.

— Je suis décorateur, rit-il.

— Certainement, répliqua Nora en montrant ses fossettes.

— Ne le laissez pas vous tromper, déclara Grove en passant la porte. Vous avez entendu parler d'Armisted Designs ?

— Bien sûr. Qui n'en a pas entendu parler ?

28

— Laurie est le véritable cerveau et le bon goût derrière cette société.

Laurie prit son bras et lui offrit une demi-étreinte.

— Merci, chéri. Malheureusement, personne excepté Grove ne semble reconnaître ce fait. Ah là là, les frustrations du talent artistique.

Il appuya le dos de sa main sur son front dans un geste grandiloquent, puis éclata de rire.

Nora le pointa d'un doigt.

— Si vous avez quelque chose à voir avec ces magnifiques compositions à Armisted, c'est juste une question de temps avant que tout le monde connaisse votre nom. Vous êtes jeune. Laissez une chance au monde de se mettre à jour.

Laurie tendit le bras par-dessus la table, attrapa sa main et l'embrassa.

— Que Dieu vous entende, ma chère. Vous êtes si gentille.

— Au fait, je suis Grove Chilcott, dit celui-ci en tendant la main. Désolé d'être en retard. Je devais appeler Hong Kong.

Que diable faisaient ces deux arrivistes riches et clinquants au petit ranch d'hôtes McIntyre ? Doux Jésus, comme ils semblaient ne pas être à leur place.

Chilcott tira la chaise près de Laurie, puis serra les mains autour de la table, ce qui impliqua beaucoup d'inclinaisons et de bras tendus.

Felicia apporta leur ragoût, et Laurie prit une petite bouchée, la grosse cuillère semblant presque comique dans sa main gracieuse. Il ferma les yeux et le sexe de Danny remua comme un serpent en train d'être charmé.

— Oh mon Dieu, souffla Laurie. Je vais simplement m'asseoir ici et manger ça pendant quatre jours.

Felicia, qui se tenait encore à la porte de la cuisine, rougit et sourit.

— Gracias.

Mince. Je vais me couvrir de ridicule. Danny repoussa sa chaise, produisant un grincement sur le sol de pierre.

— Si vous voulez bien m'excuser, j'ai besoin de préparer notre promenade. Rien ne presse. Profitez de votre délicieux repas et faites peut-être un petit tour avec Manolo sur la propriété après ça – juste pour digérer. Puis nous monterons en selle.

Il remit d'un coup son Resistol sur sa tête, en toucha le bord, et avança vers la porte, essayant d'ignorer l'expression étonnée de Manolo. Ce dernier préparait habituellement les chevaux et Danny faisait faire le tour de la propriété. *Et puis merde. Le changement est bon pour l'âme, pas vrai ?*

29

À l'extérieur, dans le vif soleil d'après-midi, il fonça directement dans Rand montant les escaliers du pavillon. *Waouh.*

— Désolé.

Rand attrapa les bras de Danny pour l'empêcher de tomber à la renverse.

— Doucement, cow-boy, s'exclama-t-il avant de regarder son visage. Qui t'a enfoncé une bardane dans les fesses ?

— Pas de bardane. Je vais juste préparer les montures.

Il s'écarta et avança d'un pas lourd à travers la poussière jusqu'à l'écurie. *C'était vraiment idiot et pas cool.* Il inspira. *Parfois, les chevaux sont les seuls qui comprennent.*

Dix minutes plus tard, il avait six de leurs plus dociles et gentils chevaux sellés et bridés. Toujours mieux de commencer lentement. Si une personne était prometteuse, elle pourrait passer à un animal différent. Il s'appuya contre l'intérieur de la stalle et ferma les yeux.

— Danny ? Tu es là ?

Danny se redressa et agita une main par-dessus le mur.

— Par ici, patron.

Rand contourna la porte de la stalle. Moxie, la jument noire d'un naturel doux, tourna la tête pour chercher d'éventuelles friandises. Rand caressa son museau.

— Tu as un problème avec l'un de nos nouveaux ?

— Non, répondit-il en mâchant un nouveau brin de paille.

— Tu as laissé Manolo faire la visite.

— Ouaip.

— Voyons, Danny, dit-il avec un sourire. Je suis celui qui manque de mots, pas vrai ?

— Pas aujourd'hui, répliqua Danny en rendant le sourire.

— Un groupe assez diversifié.

— Oui. Lani semble avoir trouvé un ami.

— Hum-hum.

— Ne t'inquiète pas. Je garderai un œil sur eux. Je pense que c'est surtout un amour partagé pour les chevaux.

Rand lui lança un regard de côté.

— Tant qu'il n'y a pas de chevauchement.

Danny rit si fort qu'il recracha sa paille.

— Il ne faut pas grand-chose pour te transformer en père protecteur, fit-il en attrapant une autre paille. Mais tu as toujours été fait pour ce travail.

30

— Un type super beau que nous avons dans la suite, ce n'est pas ce que tu dirais ?

— Ouaip.

— J'ai vu des stars de cinéma qui ne lui arrive pas à la cheville.

— Comme Angelina Jolie.

Il ricana. *N'en montre pas trop.*

— Il y a quelque chose chez eux qui te prend à rebrousse-poil ?

— Je me demande simplement ce qu'ils viennent faire dans un petit ranch d'hôtes reculé de Chico, Californie, mais sinon, je n'ai pas d'avis, expliqua-t-il avant de hausser les épaules.

— Oui. Je me suis aussi posé cette question. Je suppose que nous le découvrirons.

Le bruit de voix approchant de la grange fit tourner la tête de Danny. Rand hocha la tête.

Aliki arriva en premier – bien sûr.

— Danny, je peux monter aussi ?

— Bien sûr. Tu peux m'aider comme guide de sentier.

— Excellent.

Lani se précipita à l'intérieur, presque tout aussi excitée, et s'empressa de montrer à Andy son cheval, Star Angel. Bien que Lani monte depuis à peine deux ans, elle avait le talent naturel de son grand frère, Kai. Rand et lui avaient offert Star Angel à Lani pour son treizième anniversaire.

Arthur Landsdowne semblait un peu nerveux de l'intérêt d'Andy envers Lani, mais encore plus mal à l'aise à propos des chevaux. Il avait besoin d'être surveillé. Danny eut un contact visuel avec Manolo quand il entra dans l'écurie et fit un petit signe de tête en direction d'Arthur. Il en obtint un en réponse.

Nora et Elena avaient déjà démontré toutes les deux une aisance naturelle avec les chevaux, alors il avait choisi deux hongres calmes pour elles. Rand avança les montures jusqu'aux deux femmes et commença à leur donner des conseils sur l'assiette et la position des jambes.

Laurie et Grove entrèrent tranquillement dans l'écurie en derniers. *Merde.* La combinaison du jean étroit et de ces hautes bottes noires lisses donnait l'impression que les jambes de Laurie faisaient deux kilomètres. Ça n'aidait pas de rêver où Danny voulait enrouler ses jambes. *Respire simplement.* Pour ne rien arranger, Laurie avait tiré en arrière cette superbe crinière de cheveux roses en une queue, mettant en avant de larges

31

pommettes sous un Stetson noir bas. Ça aurait définitivement dû avoir l'air stupide. Au lieu de ça, ça devenait dévastateur pour sa queue.

Danny obligea ses yeux à se diriger vers Grove Chilcott.

— Laissez-moi vous montrer les chevaux que j'ai choisis pour vous deux.

Il fit sortir les deux juments de leurs stalles, hochant la tête vers la quarter horse blanche, puis tapotant le naseau de la noire.

— Voici Lady et celle-ci est Tramp.

Laurie s'avança et glissa une main sur le nez de Tramp.

— Oh, Tramp, tu dois avoir mauvaise réputation. [1]

Il sortit des morceaux de pomme de sa poche et les présenta sur sa paume au cheval, qui les engloutit joyeusement. Il regarda vers l'arrière de l'écurie et ses yeux s'écarquillèrent.

— Et qui cela pourrait-il bien être ?

— Oh, c'est Star Sight, répondit Danny en suivant son regard.

— Une jument ?

— Oui. Arabe.

— Elle est magnifique. Puis-je la monter ?

— Euh, nous aimons habituellement évaluer les capacités d'un cavalier avant de le mettre sur un cheval aussi fongueux qu'un Arabe. Pourquoi ne commençons-nous pas avec Tramp ? Elle a de l'énergie, je vous le promets.

Laurie appuya une joue contre le cou noir et lisse.

— Je ne voulais pas manquer de respect à ton énergie, miss Tramp. Je suis sûr que nous ferons une équipe géniale.

Danny eut du mal à déglutir.

— Bon, tout le monde, sortons les chevaux et nous vous donnerons à tous quelques conseils.

Vingt minutes plus tard, Rand, Manolo et lui avaient une bonne idée des capacités de chaque cavalier. Comme Danny s'y attendait, Arthur paraissait à la fois novice et mal à l'aise. Rand monterait près de lui, en plus de surveiller Andy, pour s'assurer que Lani ne le pousserait pas à aller trop vite. Nora et Elena semblaient bien s'en sortir, mais Manolo les surveillerait de près. Cela laissait Grove et Laurie avec Danny. Grove semblait avoir exagéré ses compétences d'équitation, pendant que Laurie pourrait avoir considérablement minimisé les siennes. *Nous verrons.*

---

1 Tramp : Clochard ou traînée.

32

À dos de cheval, Laurie ressemblait à un genre de centaure. Il était assis profondément dans la selle, ses longues jambes poussées vers l'avant en style western malgré les bottes de luxe.

Danny emmena le groupe sur le chemin le plus simple – surtout du plat, avec quelques obstacles, mais quand même de beaux paysages – sa colonne picotant au seul fait de savoir que Laurie montait juste derrière lui. *Il ne regarde pas. Reprends-toi.*

Aliki trotta à côté de lui.

— As-tu amené à manger, Danny ?

— Non.

— J'ai demandé quelques friandises à Felicia, Aliki, dit Laurie derrière. Je promets de partager.

— Oui ! s'exclama le garçon, levant le poing en l'air.

Il recula de là où il montait près de Danny pour sautiller à côté de Laurie.

— Alors, vous décorez des choses ?

— Oui.

— Comme quoi ?

— Oh, la maison des gens. Parfois des bureaux.

— Est-ce amusant ?

— Oui, la plupart du temps.

— Quand n'est-ce pas amusant ?

— Quand les gens posent trop de questions, marmonna Danny par-dessus son épaule.

— Oh Danny, grogna Aliki. Ne faites pas attention à lui. Il est simplement grincheux aujourd'hui.

Je le suis ? Ce n'est pas bon si même Aliki le remarque.

— Pas de problème, répondit la voix soyeuse de Laurie. Tu peux poser autant de questions que tu veux.

— Vous allez être tellement désooolé, chantonna Danny et Laurie ricana.

— Alors, où vivez-vous ? questionna Aliki, ne montrant aucun découragement.

— San Francisco.

— Oh. Est-ce agréable ?

— Oui. Il y a beaucoup de collines et de grands immeubles et une vue sur la mer.

— Je suis allé à Disneyland.

— Eh bien, c'est un peu différent, mais très amusant aussi.

33

Assez.

— Aliki, n'es-tu pas supposé être mon guide de sentier ? Pourrais-tu examiner le chemin devant nous pour être sûr qu'il n'y a pas d'obstacles ?

— Et comment, Danny ! À plus, lança-t-il avant de partir au trot

— Sois prudent.

— Je le serai. Promis.

Il augmenta l'allure jusqu'à être au petit galop, un mouvement qu'il avait perfectionné récemment.

Le chemin s'élargit un peu et Laurie trottina près de Danny.

— Il semble être un enfant génial.

— Oui, c'est le jeune frère du mari de mon patron. Mais ils l'ont adopté, alors il est le fils de mon patron.

— Votre patron est Rand ?

— Ouais. Vous rencontrerez bientôt Kai. Il est en cours certains jours.

— Kai est... ?

— Le mari de Rand.

— Rand est gay ?

— Oh oui. Désolé. Je pensais que vous l'aviez compris.

— Alors, c'est pour ça que cet endroit nous a été chaudement recommandé, à Grove et moi.

Il produisit à nouveau ce rire qui devrait être illégal.

— Oh ? Il a été recommandé ?

— Oui. Il y a beaucoup de complexes touristiques gay, mais pas tellement de lieux du genre ranch éducatif. De plus, nous en voulions un pas trop loin de chez nous. Grove doit retourner en ville pour une réunion dans quelques jours. Puis il reviendra pour moi. Pas vrai, chéri ?

Il regarda par-dessus son épaule Chilcott, qui luttait pour rester à hauteur de Danny et Laurie. Son cheval faisait preuve de bonne volonté, mais Grove continuait de lui faire signe de ralentir. Laurie agita une main.

— Euh oui, répondit Grove, semblant un peu essoufflé.

Danny leva un sourcil.

— Je dois admettre, je me demandais assez comment vous aviez réussi à nous trouver.

— Quoi ? demanda Laurie en appuyant une main aux longs doigts sur sa poitrine. Nous ne sommes pas votre cible type ?

Danny sourit et ralentit son cheval pour que Chilcott les rattrape.

— Juste un conseil rapide. Serrez le cheval avec vos cuisses, mais pas vos mollets. En resserrant le bas de vos jambes, vous dites à Lady qu'elle

34

devrait ralentir ou tourner, alors elle veut coopérer, mais elle est un peu confuse. Ce n'est pas intuitif, mais essayez. Ça fonctionnera mieux.

Le visage de Chilcott montra son désir naturel qu'on ne lui dise pas quoi faire – et probablement d'avoir l'air bien devant Laurie. Malgré tout, il prit sur lui, hocha la tête et sourit.

— Merci. Je suis plutôt rouillé.

— Vous vous en sortez bien. Je suppose que vous avez probablement appris sur un genre différent de selle.

— Euh, oui, je pense que vous avez raison.

Un téléphone vibra et Laurie se renfrogna, tendant la main vers sa poche.

— Ne réponds pas, dit Grove.

— Bon sang, je dois répondre. Désolé. Laurie à l'appareil, dit-il après avoir enfoncé un bouton, puis il écouta. Oui, Carlson, je suis en vacances. J'ai rempli la demande il y a des mois et tu l'as approuvée.

Il soupira doucement. Grove regarda Danny et leva les yeux au ciel. Laurie passa une main sur son cou.

— J'ai dit à tous mes clients que je serais parti et j'ai mis June et AC au courant de chaque détail de chaque dossier. Je ne sais pas ce que je pourrais faire d'autre. Je n'ai pas pris de vacances depuis que j'ai rejoint l'entreprise.

Bon sang, je suis chanceux de travailler dans un endroit que j'aime.

Laurie se pencha et caressa la crinière de Tramp, comme si c'était réconfortant. Mais même Danny put entendre le cri strident à travers le téléphone.

— D'accord. Je serai parti seulement une semaine. Carlson, nom d'un chien, j'ai plus d'un mois accumulé, lâcha-t-il, cette fois le soupir bruyant. Non, je ne prévois pas de prendre le reste de si tôt. Je te verrai la semaine prochaine.

Il raccrocha.

— Tu devrais démissionner de ce trou à rats, grogna Grove.

— C'est la meilleure compagnie dans les affaires. Si je peux simplement tenir là-bas un peu plus longtemps, je peux me créer une réputation, et peut-être que j'aurai assez de clients qui seraient prêts à me suivre si je volais de mes propres ailes.

— Tu sais que je te financerais dès maintenant.

— Merci, chéri, mais il est trop tôt.

Il sourit doucement et Danny détourna le regard.

— Je ne suis pas d'accord.

35

— Et j'apprécie sincèrement. Mais je n'ai que vingt-quatre ans. Jusqu'à ce que je puisse gagner le statut de « petit génie », j'ai besoin d'accumuler les honneurs. Il y a tellement de décorateurs de second rang qui travaillent avec acharnement dans l'obscurité. Ce n'est pas mon truc, chéri.

Il rit, mais il y avait dedans une pointe amère. Soudain, il resserra les rênes et lança :

— Je veux voir ce qu'il y a devant.

Il cajola Tramp pour qu'il se mette au trot, puis au petit galop et avant que Danny puisse même comprendre, il était au grand galop.

— Merde !

Danny jeta un regard à Grove, qui semblait inquiet et cela lui fit plisser le front.

— Devrais-je le suivre ? Il est plutôt sûr en selle, mais il ne connaît pas la région.

— Oui, s'il vous plaît. Il est énervé et il a mauvais caractère. De plus, il a souvent les yeux plus gros que le ventre.

Danny repoussa de son cerveau l'image des yeux et du ventre de Laurie et se lança après lui à toute vitesse. Danny montait Star Gazer, un magnifique Arabe noir qui avait beaucoup de vitesse par rapport à Tramp, mais Laurie avait de l'avance.

Danny galopa le long du chemin, cherchant des signes de Tramp devant. Enfin, il vit le bout de sa queue passer un coin, et il tourna Star Gazer en diagonale pour intercepter Laurie. Quand Danny arriva près de Tramp, Laurie montait facilement, souriant et s'amusant visiblement beaucoup trop. Danny lui fit signe de ralentir.

— Arrêtez, bon sang.

Laurie lui offrit une moue boudeuse, mais ralentit Tramp au trot.

— Qu'est-ce qui ne va pas ?

— Arrêtez simplement.

Danny fit un geste de la main vers la droite.

— Il y a un petit ruisseau par là. Allons la faire boire.

Il fit passer Star Gazer à travers les arbres vers le filet d'eau, si précieux dans la Californie rongée par la sécheresse.

Laurie mit pied à terre et lâcha les rênes, laissant Tramp trouver l'eau elle-même.

Danny fit pareil et alors que Star Gazer avançait vers le ruisseau, il se tourna vers Laurie.

— Tout d'abord, vous ne connaissez pas cette région. En allant aussi vite, vous pourriez heurter du fil barbelé, ou d'ailleurs la grande route qui arrive à cinq cents mètres. Ensuite, Tramp n'est pas une Arabe. Oui, elle a de la vitesse, mais elle est plus âgée et pas entraînée à galoper pendant si longtemps.

— J'ai demandé à monter le palomino, répliqua-t-il en croisant les bras.

— Et vous pourrez le faire si Rand est d'accord, mais vous devez respecter les chevaux, et leur faire payer votre humeur n'est pas la façon d'y arriver.

Les yeux de Laurie s'écarquillèrent, puis il regarda ses bottes

— Tramp semblait plus que prête à courir.

Danny se rapprocha.

— Une qualité chez les chevaux dont vous devriez être conscient est qu'ils n'agissent pas toujours dans leurs propres intérêts. On peut dire la même chose pour certains humains. Vous ne devriez pas monter seul. Point.

Respire.

Laurie avança un peu plus et poussa son joli visage vers Danny.

— D'accord, c'est simple. Vous pouvez monter avec moi.

— J'ai du travail.

— Flash d'information, annonça Laurie, faisant un pas de plus. Je *suis* votre travail.

Encore un pas et ils seraient nez à nez – ou lèvres contre lèvres. Danny fixa cette bouche comme si elle détenait les secrets de l'univers. Quel goût auraient ces lèvres ? *Grand cow-boy dans le ciel, aide-moi.*

— Danny, j'ai trouvé un endroit génial où nous arrêter manger !

Les sabots du cheval d'Aliki éparpillèrent les feuilles et la poussière tout autour d'eux alors qu'il entrait dans la petite clairière.

Sauvé.

37

V

LAURIE FIXA l'enfant adorable, tout sourire et plein d'enthousiasme sur son cheval. *Vient-il juste de me sauver ou de ruiner ma vie ? Définitivement sauvé.*

Danny regardait encore Laurie comme s'il allait le tuer – ou l'embrasser. *Je sais pour lequel je vote – mais c'est parce que je suis stupide.* Danny secoua la tête comme s'il sortait d'une eau profonde.

— Génial, Aliki. Nous nous sommes simplement arrêtés pour boire. Laisse-nous une seconde et nous te suivrons.

Il avança rapidement et attrapa les rênes de son cheval. Sans un mot, il monta en selle et se mit en route derrière Aliki. Il ne regarda même pas en arrière.

D'accord, donc. Laurie s'agenouilla près du ruisseau et caressa le naseau de Tramp pendant qu'elle buvait. *Qu'est-ce que je fais exactement ? Pourquoi bordel est-ce que je flirte avec un cow-boy hétéro bien gaulé qui pense clairement que je suis une bizarrerie de la nature ? Facile. Parce que je suis un idiot désespéré qui ne peut pas vivre sans l'admiration de tout le monde.*

Il soupira, se leva, et épousseta les genoux de son jean. *Bizarrerie* était juste. Il grimpa sur la douce jument et trotta vers les clients rassemblés, assis sous de gros arbres dans le champ en face du ruisseau.

Grove était assis contre un tronc d'arbre, bien que ses fesses semblent un peu hésitantes sur le sol dur. Il lança un regard noir à Laurie.

Celui-ci arrêta la jument à proximité et glissa de sur son dos, puis l'attacha pour qu'elle puisse brouter. Il marcha jusqu'à Grove et s'accroupit devant lui.

— Est-ce que je détecte une certaine douleur due à la selle ?

— Oui, je suppose que c'est plutôt amusant pour John Wayne.

— S'il te plaît, chéri, riposta-t-il en se laissant tomber sur les fesses. The Duke et moi n'avons aucune ressemblance. Je suis Annie Oakley ou personne.

— Tu ne m'as jamais dit que tu savais si bien monter, lâcha-t-il, son froncement de sourcils ne diminuant pas.

38

— Je t'ai dit que je savais monter à cheval. Tu ne m'as simplement pas cru, et ce n'est pas moi qui ai demandé à aller dans un ranch éducatif, tu te souviens ? C'était ton idée.

— Oui, oui. Je sais.

Grove lança un regard vers Danny, qui était debout en train de parler à Rand, le propriétaire.

— Chris Hemsworth là-bas semble plutôt te plaire.

— Oh, il est bien plus beau que Chris, tu ne penses pas ?

— Putain, Laurie.

Celui-ci eut un sourire. *Ne pas provoquer l'ours.*

— Je n'ai simplement jamais rencontré de cow-boy avant. De plus, il est aussi droit que la ligne d'horizon au Texas, chéri.

— Tu penses ? Son patron ne l'est pas, et qui le devinerait ?

— Je dois admettre que ça m'a pris un peu par surprise.

Il tendit la main en arrière et détacha ses cheveux, puis les secoua sous son chapeau. Grove aimait toujours ses cheveux et il avait toutes les raisons de rendre Grove heureux. Bon sang, le futur de sa famille en dépendait.

— Mais nous ne sommes pas obligés de rester ici si tu n'apprécies pas. Ça me va de rentrer.

— Putain, non. Je ne t'ai jamais pour moi tout seul. Je suis juste stupide.

Laurie se pencha et planta un baiser sur les lèvres de Grove. *Pourquoi je ne peux pas être heureux avec ce que j'ai ?* Il s'appuya en arrière et leva les yeux vers les branches et feuilles au-dessus de lui – mais ses yeux dérivèrent de l'autre côté de la clairière, vers de longues jambes et un cul de classe mondiale. Bon sang, ce qu'il pourrait faire avec ce cul illuminerait la nuit. Il attrapa un brin d'herbe sèche sur le sol et le coinça entre ses dents. *Beurk.* Tout aussi vite, il le recracha.

SÉRIEUSEMENT ?

Les derniers accords de « Don't Fence Me In » dérivèrent au-dessus du feu de camp et disparurent dans l'air nocturne comme les étincelles montantes.

Il n'y avait sûrement personne sur terre qui chantait cette chanson. Bien trop mièvre pour le dire. Malgré tout, Laurie soupira et tapota son ventre alors qu'il s'appuyait contre Grove. Des hamburgers cuits sur le feu de camp, des frites fournies par Felicia, des haricots et de la salade, le tout

39

servi sur des assiettes en métal – un dîner digne d'un homme. Il sirota le reste de son vin rouge dans sa tasse en métal – détail fourni par Grove pour tous ceux qui en voulaient.

Grove prit une gorgée de vin et murmura :

— Je ne suis pas sûr si cette tasse me rappelle le Far West ou la prison, mais je dois dire, c'est une première pour moi, déclara-t-il en la vidant

— C'est quand même un bon pinot noir, grogna Laurie.

— Prêt pour aller au lit ?

La voix de Grove avait cette petite chaleur qu'il aimait utiliser quand il était « sexy ».

Ne soupire pas.

— Bien sûr. Ça semble génial. Pourquoi je n'irais pas me préparer ?

— J'aime bien entendre ça.

— Tu restes ici à discuter pour que, quand je sors de la salle de bain tout parfumé et drapé de dentelle, je ne te trouve pas en train de ronfler sous les couvertures.

Bien qu'en vérité, ce serait tout aussi bien pour Laurie – malheureusement.

— Eh bien, mince, il te faut une heure pour te pomponner. Un homme en a marre d'attendre.

— Je sais. Je te vois dans quelques minutes, dit-il, embrassant la joue de Grove, puis se levant avant de saluer de la main toutes les personnes autour du feu. Bonne nuit, tout le monde. Dormez bien. À demain matin.

— Bonne nuit, beauté, salua Nora en retour.

Il se tourna et ses yeux balayèrent le groupe. Assis près de Rand, Danny fixait ostensiblement le sol. *Eh bien, merde, il doit toujours être en colère contre moi.*

Laurie tourna les talons et avança de manière décontractée vers la dépendance. *Qu'il aille se faire foutre. C'est juste un cow-boy à deux balles – avec des jambes comme Usain Bolt, des yeux comme Bradley Cooper, des pommettes qui feraient honte à Johnny Depp et un cul qui devrait être le sujet de poésie.*

Merde alors, je veux tellement le baiser. Comme s'il allait être intéressé. Il soupira. *Et je ne devrais pas être intéressé.*

Dans leur suite, il s'enferma dans la salle de bain, remplit la baignoire d'eau chaude mélangée avec des bulles et de l'huile essentielle d'orange, puis se déshabilla et s'enfonça dans l'humidité chaude. Ses doigts jouèrent avec son membre qui flottait. Mieux valait commencer à intéresser ce bébé. Il se caressa doucement. Ce n'était pas qu'il n'aimait

40

pas être passif, mais – il n'aimait pas. De temps en temps, un de ses amants l'avait laissé être actif, mais habituellement cela leur foutait la trouille et, soit ils le quittaient, soit ils ne le laissaient jamais les baiser de nouveau. Être efféminé lui convenait de toutes les manières possibles – sauf celle-là.

Et maintenant, il y avait Grove – riche, puissant et séduisant. Surtout, il plaisait énormément à la mère de Laurie et avait promis une porte de sortie pour son père. Sa mère avait des projets. Oh oui, des tonnes de projets, et il était difficile de la contredire. Mais si Grove et lui avaient un futur, un de ces jours, Laurie devrait sacrément aborder le sujet de l'actif. La perspective d'être un passif monogame ne lui plaisait pas. *Désolé.*

Après avoir réussi à donner un peu de pêche à son sexe, il se glissa sous l'eau et rinça ses cheveux. Pas de savon nécessaire – juste assez pour enlever la poussière. Il s'assit, enroula sa crinière dans une serviette et sortit. Se penchant en avant, il sécha avec précaution ses cheveux – il ne voulait pas les abîmer avec le tissu éponge – et continua sur son corps. L'air venant de la fenêtre ouverte sentait doux avec un genre d'herbe et une pointe de feu de bois. Laissant tomber la serviette, il passa dans ses cheveux un peigne en bois à grosses dents, puis alluma le sèche-cheveux et leur donna un bel éclat.

Il se regarda dans le miroir. *D'accord, bien.* Après un brossage de dents rapide, il se nettoya minutieusement le visage, le rinça et appliqua de la crème de nuit. Puis il tamponna un peu de blush et colora ses lèvres. Se tournant sur le côté, il admira sa queue à peine dressée qui ressortait contre son torse mince. *Quoi porter ?*

La salle de bain avait une commode et il y avait rangé tous ses négligés et autres. Il sortit son étroit corset rouge et l'accrocha sur lui. *Parfait.* C'était une coupe haute, encadrant la bosse de son sexe et accentuant la longueur de ses jambes. L'encolure plongeante montrait son torse mince et imberbe pendant que le corset affinait encore plus sa taille fine. Il sortit du tiroir une robe de chambre en soie blanche et transparente et la laissa retomber sur le corset. *Oui, chéri.*

Des bruissements résonnant à travers la porte indiquèrent que Grove se préparait à se coucher. Laurie s'observa à nouveau. Pas la nuit pour évoquer le fait d'être actif. *Bon sang, j'ai besoin de cuir noir pour ça.*

Allez, gamin, souris. Avec une grande inspiration, il mit la main sur la poignée de la porte. Il voulait être excité, honnêtement. Grove était un homme bien qui faisait beaucoup pour lui et promettait de faire encore plus pour son père. Au moins, il devrait ressentir de la gratitude.

41

Il ouvrit la porte et se tint dans l'ouverture, une main sur le cadre et l'autre sur sa hanche. Grove était allongé sur le lit, les couvertures remontées jusqu'à son torse.

— Bordel de merde !

Il s'assit. La lueur de pur désir sur le visage de Grove fit remuer la queue de Laurie. Rien de mieux qu'être désiré pour augmenter la libido d'un homme.

— Tu aimes ?

— Tu plaisantes ? s'exclama Grove en tendant la main vers lui. Laisse-moi enlever ce truc blanc.

— Hn-hn. Tu es trop brusque et j'aime ce peignoir.

Il baissa les mains et le passa par-dessus sa tête, révélant tout l'impact du corset – et rien d'autre. Il jeta le peignoir fin sur la chaise, puis avança vers le lit.

Une brise picota sa peau presque nue. Laurie jeta un coup d'œil à la fenêtre.

— Tu veux la fermer ? Ou les rideaux ?

— Je le ferai si tu veux, mais je pense que c'est assez agréable.

Laurie s'assit sur le bord du lit, puis s'étira pour que son pénis à moitié dur fasse une jolie bosse sous son ventre concave.

— Oh mince.

Grove enleva les couvertures de sa nudité, révélant un sexe bien plus qu'à moitié dur – et un peu plus de poils que ce que Laurie aimait. Eh bien, c'était un signe de virilité, n'est-ce pas ?

— Laisse-moi m'en occuper.

La bouche de Grove appuya contre l'érection de Laurie et celui-ci gloussa.

DANNY APPUYA son dos contre l'arbre. *N'écoute pas. Ne regarde pas. Éloigne-toi, bon sang !*

Un autre grognement et un rire doux résonnèrent par la fenêtre ouverte.

Je ne voulais pas regarder. Honnêtement.

Tout comme Rand avait marché à l'extérieur du baraquement, Danny avait longé les cottages des clients pour retourner aux écuries depuis le pâturage où il avait nettoyé le feu de camp. Il avait jeté un coup d'œil vers les fenêtres et là se tenait Laurie, habillé de quelque chose qui devrait

42

être, et probablement était illégal dans la plupart des États. Seigneur, tout son corps s'était transformé en flamme, fixant ce petit bout de tissu rouge aspirant et faisant ressortir tous les meilleurs atouts de Laurie – et il en avait foutrement beaucoup.

Il avait essayé de bouger. *Transformé en statue.* Quand tout le reste avait échoué, il avait essayé de fermer les yeux. Pas de chance. Il avait fixé Laurie jusqu'à ce qu'il entre dans la chambre et alors – que Dieu lui vienne en aide – Danny avait furtivement fait le tour et s'était planté près de l'arbre.

Pas beaucoup de vue. Même si la lampe de chevet restait allumée, il ne pouvait pas voir par la fenêtre avec cet angle. Pour une vue dégagée, il aurait dû tellement se rapprocher qu'ils pourraient le voir. Mais les effets sonores ? Beaucoup.

Il ferma les yeux alors que les gémissements et les ricanements se transformaient en grognements – profonds, gutturaux et rythmés. *Oh, merde. Oh, merde. Grove doit être en train de baiser Laurie.*

Quelques exclamations plus aiguës se mélangèrent aux gémissements, mais pas beaucoup. *N'aimerais-tu pas croire que Laurie n'est pas à fond dedans, qu'il préférerait être avec quelqu'un d'autre ?*

Le lit cogna contre le mur alors que les grognements augmentèrent.

Oh non. Je ne peux pas. Bordel ! Danny ouvrit sa ceinture et enfonça la main dans son jean et son caleçon, attrapant un membre si proche d'exploser qu'il faudrait seulement quelques secondes. Il laissa les sons entrer, son esprit volant jusqu'à ce cul étroit. Ses hanches commencèrent à pousser tandis qu'il baisait Laurie – non, attendez. Tandis que Laurie le baisait. De plus en plus fort. Si foutrement proche. Sa main serra et pompa comme un piston.

Venant de l'intérieur, il entendit :

— Oh, merde ! Ooooh !

Danny serra les dents pour s'empêcher de crier alors que du sperme giclait sur sa main et son cerveau fit apparaître une image parfaite – lui à genoux, le cul pilonné par Laurie Belmont. Il s'appuya contre l'arbre pour que ses genoux ne le lâchent pas.

DANNY ÉTAIT allongé sur le dos dans son lit, et fixait le plafond dans l'obscurité. Rien à voir – si on ne comptait pas la reconstitution parfaite de l'image de Laurie baisant son cul. Toute la nuit, cette image avait brûlé son cerveau, éveillé et endormi, excepté les quelques fois où l'image de Laurie

43

dans cette étroite chose rouge prenait sa place. *Comment diable appelle-t-on un truc comme ça ? Un bustier ? Un corset ? Essai* dévastateur. *Qui aurait cru que j'aimerais un tel style ?* Il y avait clairement quelque chose qu'il avait manqué. Il pouvait aimer les mecs efféminés, mais il n'avait pas beaucoup d'entraînement. Il n'y avait pas tellement de personnes qui savaient même qu'il était gay, et les cow-boys ne se présentaient définitivement pas avec des hommes qui ressemblaient à des filles. C'était juste sacrément aussi simple.

Cela avait-il du sens d'être excité par les types efféminés quand on voulait avoir le cul défoncé ? *Non. Bon sang, non.* Mais peu importe comment il essayait de s'en dissuader, pas moyen. Il voulait ce qu'il voulait. *Je n'ai pas regardé, mais on aurait dit que Laurie était en dessous la nuit dernière. Merde. Ça a du sens. À quoi je rêve de toute façon ? Je n'ai pas besoin que quelqu'un me dise qu'il a un petit ami. Je me demande s'ils vivent ensemble ?*

Il avait besoin de se reprendre. Il avait besoin de sommeil. Se retournant sur le côté, il ferma les yeux. Il était de retour – son porno personnel. Si Laurie savait comme il avait l'air bon en tant qu'actif, il enfilerait ces bottes d'équitation sexy et monterait en selle.

Ça n'arriverait pas.

Danny regarda le réveil. *Presque l'heure de se lever de toute façon.* Il posa les pieds sur le parquet et se leva nu, son sexe à moitié dur, comme il l'avait été pratiquement chaque heure depuis la première fois qu'il avait vu Laurie Belmont. Doux Jésus, un jour de plus et il devrait appeler un médecin pour des érections qui duraient plus de trente-six heures.

Il enfila un bas de pyjama et descendit le couloir jusqu'à la salle de bain, prit une douche froide, ce qui ne fut ni thérapeutique ni amusant, puis retourna dans sa chambre et mit ses habits, laissant prudemment un pan de sa chemise dépasser comme camouflage. Il sortit du baraquement en silence au cas où un des autres gars dorme là et inspira l'air très frais du petit matin avec les fortes odeurs qu'il aimait le plus – les chevaux et le café. *Je suppose que je devrais ajouter la cannelle et l'orange à cette liste.*

Il suivit son nez vers la cuisine du pavillon. Alors qu'il approchait, il jeta un coup d'œil vers une lueur près de la balustrade à sa gauche. Était-ce... ?

— Laurie ?

Celui-ci se tourna, les lumières du porche brillant sur ses cheveux, tenant une tasse de café dans ses deux mains.

44

— Bonjour.

Le visage de Danny chauffa – totalement stupide puisque Laurie n'avait aucune idée qu'il avait été espionné la nuit précédente.

— Bonjour. Vous êtes debout tôt.

— Vous aussi.

— J'ai du travail.

— Puisque je suis ce travail, dit Laurie avec un sourire, je me devais d'être ici pour vous.

— D'accord, laissez-moi prendre un café et nous..., grogna Danny en retournant le sourire, nous en occuperons.

Il s'empressa d'entrer dans le pavillon.

VI

SEULE FELICIA semblait être debout quand Danny entra, et elle lui tendit une tasse alors qu'il passait la porte de la cuisine.

— Je t'ai entendu arriver.

— Merci. J'en ai bien besoin. Sauvé.

Il sirota le breuvage presque noir. Elle savait qu'il aimait une légère goutte de crème épaisse.

— Tu veux attendre pour le petit déjeuner que les clients mangent, demanda-t-elle en riant, ou tu veux quelque chose maintenant, *chico* ?

Il ouvrit la bouche, puis s'arrêta.

— As-tu un en-cas que je pourrais prendre sur le chemin ?

— Bien sûr. Qu'est-ce que tu veux ?

— Juste des fruits et du fromage. Peut-être un friand. Et un thermos de café. Un des clients est déjà debout, alors je pense que je vais peut-être l'emmener faire une rapide promenade. Il est meilleur en selle que le reste et ils le retiennent un peu.

— Celui qui est beau ?

— Euh, oui.

— Je n'ai jamais vu un homme aussi beau.

— Oui, c'est quelque chose, dit-il avant d'avaler sa salive. Nous reviendrons manger avec les autres, mais ça nous donnerait quand même une heure environ pour monter.

— Va seller les chevaux et je vais préparer l'en-cas.

Elle lui lança un sourire qui pouvait signifier beaucoup de choses.

Il s'empressa de passer la porte et lâcha un petit soupir quand il aperçut que Laurie était toujours là.

— Hé.

Laurie se tourna, sirotant toujours son café

— Avez-vous du temps pour monter un peu ? Nous pourrions seller Star Sight et vous auriez une chance de déployer un peu vos ailes. Enfin, si ça ne dérange pas votre petit ami.

Un sourire s'étira sur le visage de Laurie comme du beurre sur un petit pain.

46

— J'adorerais ça. Grove dort encore. Il n'aime pas le matin, alors il a tendance à en louper autant que possible.

— Allons-y, alors.

Danny partit en trottinant vers la grange et Laurie le suivit. Il avait déjà un jean et des bottes, tout comme Danny, il avança d'un pas plutôt lourd dans la poussière, mais autrement son deuxième prénom aurait dû être Grâce.

Laurie prouva qu'il savait se débrouiller près d'un cheval pendant qu'ils sellaient Star Sight et Star Gazer et les sortaient de l'écurie.

Danny se mit en selle.

— Attendez là. Je vais nous chercher un petit en-cas.

Laurie hocha la tête.

Danny avança au trot vers le pavillon et Felicia sortit sur le porche à l'extérieur de la cuisine.

— Voilà pour toi, *chico*. Bonne promenade.

Il se pencha et attrapa le sac en toile qu'elle avait rempli de friandises.

— Merci, Felicia. Si Rand me cherche, dis-lui que je serai de retour pour aider avec les corvées.

— Il pourrait être un peu lent à se lever, annonça-t-elle avec un sourire doux. Kai est rentré à la maison tard hier soir.

— C'est génial ! Passe le même message à Manolo.

Le patron serait un homme heureux.

Il retourna toujours au trot vers Laurie et la lente promesse du lever de soleil.

LAURIE CARESSA le grand palomino, regarda de l'autre côté de la palissade et soupira. *Je ne devrais pas aller faire cette promenade. Grove n'appréciera pas. Est-ce que je m'en soucie ? Oui, ou je le devrais, du moins. Je déteste les* devrais. *Fais chier. Tout ce que je fais, c'est partir faire une promenade avec le cow-boy qui s'occupe du programme de notre ranch éducatif où Grove mourrait d'envie de m'emmener.* Bien sûr, Grove avait emmené Laurie pour exhiber sa virilité, et ça n'avait pas fonctionné si bien que ça jusque-là. *Vais-je passer ma vie à le laisser gagner pour qu'il ne perde pas son érection ? Merde, il doit y avoir des bénéfices à être gay.*

Le bruit de sabots dans la poussière le fit pivoter sur la selle. Il sourit tandis qu'il regardait la grande silhouette élancée montant comme s'il était né sur un cheval. *Ça n'a pas d'importance qui apprécie ou non. J'y vais.*

47

Danny s'arrêta près de lui et toucha le bord de son chapeau de cette façon adorable.

— Je veux que vous me suiviez. Je donnerai l'allure. Si vous ne vous sentez pas à l'aise au grand galop, dites-le. Autrement, si je ralentis, je veux que vous fassiez pareil. Ça voudra dire que nous arrivons sur un terrain irrégulier ou un sol peu fiable. D'accord ?

— Compris, patron.

— Ne l'oubliez pas.

Il montra ces dents nacrées et partit au trot, passant rapidement au petit galop.

Oh bon sang, quel cheval ! Star Sight faisait ressembler Tramp à un carrousel. La grande Arabe exhibait sa démarche régulière et semblait attendre la permission pour courir. Quand Danny accéléra, Laurie lâcha la bride à Star Sight et s'enfonça plus bas, comme demandé par la selle western. La majorité de son expérience en équitation était sur de l'équipement anglais ou italien plat, alors il lui fallut quelques minutes pour être à l'aise sans souci, mais il s'adapta et apprécia la chevauchée. Star Sight et Star Gazer semblaient avoir une petite rivalité en cours, et elle continuait d'essayer de rattraper sa concurrente, mais un marché était un marché. Il la retint juste un peu.

Danny reprit un petit galop régulier, puis un trot rapide. Laurie se mit à côté de lui.

— Est-ce que le terrain change ?

— Non. Je ne veux simplement pas trop fatiguer les chevaux. Les Arabes vont courir plus longtemps que ce qui est bon pour eux.

— Star Sight pourrait-elle dépasser Star Gazer dans une course ?

— Eh bien, dit Danny avec un sourire, ça pourrait dépendre de qui est le cavalier.

— Du calme, cow-boy. Je veux simplement dire, est-elle par nature plus rapide ?

— Ouaip.

— Elle continue de vouloir dépasser Star Gazer. J'ai pensé qu'elle n'était pas habituée à manger sa poussière.

Danny acquiesça et caressa le cou de Star Gazer. Alors qu'ils passaient un virage, il jeta un coup d'œil à Laurie.

— Vous voulez un pré-petit-déjeuner ?

— Le premier petit déjeuner ?

Danny pencha la tête avec interrogation.

— Désolé. C'est une référence aux livres *Le Seigneur des Anneaux*. Les hobbits mangent un premier et un second et parfois même un troisième petit déjeuner.

— Oh oui. J'ai vu certains de ces films. Alors oui, ceci est le premier petit-déjeuner. Nous prendrons le second avec tout le monde.

Il ralentit Star Gazer et s'écarta du chemin, vers une zone de pâturage sous un arbre. Il mit pied à terre et enleva le sac qu'il avait accroché sur la corne de sa selle et le laissa tomber sur le sol, puis avança comme s'il prévoyait d'aider Laurie à descendre.

Pas moyen, cow-boy. Laurie lança la jambe par-dessus le dos du cheval, donna un petit coup sur le côté et glissa du grand palomino.

— Alors, qu'avons-nous ?

Danny sembla un peu déçu. *Zut, j'aurais peut-être dû le laisser m'aider. Plein de possibilités de pelotage.* Mais Danny sourit et se laissa tomber sur le sol dur à côté du sac. Laurie s'assit à côté de lui.

Danny sortit le thermos et quand il l'ouvrit, l'odeur ineffable du café emplit l'air.

— Oui ! Juste ce dont j'avais besoin.

Danny versa le liquide chaud dans deux tasses en métal, comme les verres à vin de la veille et en tendit une à Laurie puis, il ouvrit un autre paquet.

— Vous êtes sérieux ? demanda Laurie, en se léchant les lèvres. Ce sont des roulés à la cannelle faits maison ?

— Ouaip.

— Bon sang. Donnez, donnez.

Danny rit et lui en offrit un.

— Nous avons des fruits et du fromage. Vous voulez de la vraie nourriture d'abord ?

— La vie est courte.

— Mange le dessert d'abord, dirent-ils ensemble.

Ils rigolèrent tous les deux et ce fut sacrément bon. Laurie mordit dans le roulé.

— Oh. Mon. Dieu.

Il ferma les yeux et savoura le goût de la cannelle, du sucre, de la pâte fraîche et de quelque chose – *oh mince,* du citron.

— Je vais devenir ouvrier au ranch et vivre à côté de Felicia pour le reste de ma vie.

Pendant une seconde, Danny se contenta de le regarder. Puis il grogna.

49

— Je pensais que vous n'aimiez pas travailler dans l'obscurité.

— Vous avez entendu ça, n'est-ce pas ?

— Désolé. J'étais juste à côté.

— Je n'avais pas pris en considération les roulés à la cannelle de Felicia, avoua-t-il avec un sourire.

— Non. Elle est notre trésor national et nous la gardons.

— Aimer, c'est partager.

Danny ricana et ils attrapèrent tous les deux un morceau de fromage en même temps. Leurs mains se touchèrent et reculèrent d'un coup. De l'électricité remonta le bras de Laurie. Il déglutit.

— Quel genre de fromage est-ce ?

— Euh, du fromage *fromage* ?

Laurie en prit un morceau et mordit.

— Oh oui. Elle nous gâte. Du gouda. C'est presque comme du beurre déguisé en fromage.

Danny prit un gros morceau et le fourra dans sa bouche.

— Le gouda est good-a.

Mignon.

— Vous n'êtes pas le premier à le dire.

Après un interlude furtif de lumière grandissante, ils regardèrent le soleil surgir par-dessus l'horizon.

Danny sirotait son café. Soudain, il regarda Laurie.

— Parlez-moi des *Quatre Filles du Dr March.*

— Quoi ? rigola Laurie.

— Vous avez dit que c'était de là que vous teniez votre nom.

— Vous vous en souvenez ?

Mince, étonnant quand quelqu'un fait vraiment attention.

— En fait, je faisais juste un parallèle. J'ai été baptisé Lawrence d'après mon père adoptif et ils m'ont appelé Laurie parce que ma mère détestait Larry. Le seul autre exemple que j'ai de ce prénom est dans le livre de Louisa May Alcott, les *Quatre Filles du Dr March*, où l'ami de la famille qui se nomme Lawrence est surnommé Laurie.

— C'est un bon livre ? demanda-t-il en vidant le reste de son café.

— Oui. Un peu mélodramatique et généralement considéré comme de la fiction pour femmes ou filles, mais c'est un classique. Je ne peux jamais le lire sans pleurer.

— Ça ne vous dérange pas d'être efféminé, n'est-ce pas ?

50

— Merci, ricana Laurie. Personne n'avoue en face à une grande folle qu'elle est une grande folle. Et non, j'aime ça la plupart du temps.

— Mais vous êtes assez, je ne sais pas...

— Une contradiction ?

— Oui. Exactement. Vous êtes vraiment athlétique et semblez fort, et pourtant, vous vous habillez comme... eh bien, une grande folle.

Laurie passa une main dans ses cheveux.

— Je sais. Je déteste être catalogué.

— J'aime bien ça.

Danny regardait simplement l'horizon, où le soleil flamboyait en une boule géante.

Les secondes passèrent. Les mots tombèrent avant que Laurie puisse les rattraper.

— J'en suis content.

Danny se tourna lentement vers Laurie. Leurs yeux se croisèrent presque, mais à la dernière seconde, Danny baissa la tête et son chapeau cacha ses yeux. Moment... raté.

Rapidement, ils ramassèrent les restes et les mirent dans le sac, remontèrent en selle et partirent au trot vers le ranch, côte à côte.

Danny s'éclaircit la gorge.

— Alors, vous avez été adopté ?

— Oui. J'étais très petit. C'est pour ça que ma famille a pu changer mon nom.

— Qu'était-il à l'origine ?

— Je ne sais pas.

— Vraiment ? s'étonna Danny en le regardant.

— Oui. Ils n'ont jamais voulu me dire. Je fais avec.

— Où vivent-ils ? Votre famille ? Vous les voyez souvent ?

— Oui. Ils vivent à San Francisco, pas très loin de là où je vis.

— Vous vivez avec Grove ?

Laurie rit presque. *Glissée en douce celle-ci.*

— Non, je ne vis pas avec lui.

Un petit sourire amusé joua sur les lèvres de Danny.

— Alors, que pense votre famille... ?

Le téléphone de Laurie sonna dans sa poche.

— Hmm. Je soupçonne que ce soit un de ces moments où on parle du diable.

Il sortit son téléphone et sourit.

51

— Bonjour, Maman.

— Bonjour, chéri. Où es-tu ?

— En train de monter un cheval magnifique, de regarder un lever de soleil magnifique.

Il ne mentionna pas le magnifique cow-boy.

— Je remarque que tu es levée tôt.

— Oui. Nous ne pouvons pas tous nous permettre de jouer toute la journée sur des chevaux, dit-elle en riant.

Elle savait mieux que quiconque que sortir Laurie de son bureau était plus difficile que d'enlever les puces d'un chien de berger anglais.

— Alors avant de partir pour le bureau, je voulais te dire que j'ai trouvé deux salles possibles en plus pour la réception. Je suppose que tu as un accès internet ?

Oh, merde !

— Maman, j'essaie vraiment de ne pas travailler. Je l'ai promis à Grove.

— Laisse-moi lui parler.

Une pause.

— Il n'est pas là pour l'instant.

— Que veux-tu dire ? Où est-il ?

— Il a fait la grasse matinée comme d'habitude et je suis allé monter, euh, seul.

— Seul ? Seigneur, tu n'es jamais allé dans ce coin perdu avant. Tu ne peux pas...

— J'ai un guide, très chère. Je voulais dire que je suis allé monter sans Grove. Je suis meilleur cavalier et je ne peux pas vraiment m'amuser quand il est avec moi – à dos de cheval, je veux dire.

— Eh bien, ne lui dis pas ça !

— Il le sait sans que je lui dise.

— Laurie, est-ce qu'une femme doit te dire comment garder ton homme ? Pour l'amour de Dieu, si jamais tu veux démarrer ta propre entreprise...

J'ai déjà donné.

— Je sais, très chère. Mais je ne prends jamais de vacances. Grove aime dormir tard, pas moi, alors je suis autorisé à m'amuser un peu pendant qu'il fait ce qu'il veut faire.

— Laurie...

52

— Envoie-moi les fichiers pour les salles, Maman. Et envoie-les aussi sur le mail de Grove. Il a son ordinateur portable ici – bien sûr. Je dois y aller. Il est l'heure de notre petit déjeuner au ranch.

— Chéri, as-tu parlé à Grove d'accélérer le calendrier pour la situation de rachat ?

Merde ! Non, j'ai été trop occupé à énerver Grove.

— Non, très chère. Mais je le ferai aujourd'hui. Je le promets. D'accord ?

— Je suis tellement désolée de devoir te déranger avec ça pendant tes vacances. Dis aussi à Grove que je suis désolée.

— Je le ferai.

— Ne mange pas trop. Tu dois garder cette silhouette juvénile.

Elle dit ça d'une voix chantante, mais ça le prit quand même à rebrousse-poil.

— Je te rappelle plus tard, très chère. Au revoir.

Il remit le téléphone dans sa poche et essaya d'ignorer la chaleur des yeux de Danny sur lui.

— Tout va bien ?

— Oui. Elle aime juste s'inquiéter pour moi.

— C'est agréable.

— Oui.

Ils chevauchèrent vers le ranch et ramenèrent les chevaux aux écuries. À travers l'espace dégagé, Nora et Elena avançaient vers le pavillon. Elles firent toutes les deux un geste de la main et un sourire.

Laurie rendit le sourire.

Danny ne le fit pas.

QUAND ILS menèrent les chevaux vers l'écurie, l'aide à temps partiel, Pauly, se tenait en souriant à l'entrée.

— Je vais m'occuper d'eux, patron. Allez prendre le petit déjeuner.

— As-tu déjà mangé ?

— Oui. Kai est ici, alors il est aussi à table.

Kai était le héros de Pauly – un vrai paniolo ou cow-boy hawaïen.

— D'accord. Merci.

Danny enleva son chapeau, le claqua contre son jean légèrement poussiéreux, puis l'enfonça de nouveau sur sa tête. Il préférerait rester aux écuries plutôt que d'aller manger avec les clients. *Oui, ça semble limiter ma carrière. Je pourrais tout aussi bien y aller.*

Il saisit une paille, la coinça dans sa bouche et avança silencieusement à côté de Laurie vers le pavillon – ce qui ressemblait à un coup de pied dans le ventre après la camaraderie amicale qu'ils avaient partagée avant. Mais quelque chose à propos de ce satané appel téléphonique l'embêtait. On aurait dit que Grove était le chouchou de la famille de Laurie, même si celui-ci ne vivait pas avec lui – et on aurait certainement dit que Laurie essayait de prétendre qu'il n'était pas avec Danny. Tout ça lui donnait une impression bizarre, stupide et vraiment illicite. Comme s'il faisait quelque chose de mal. *En quoi flirter avec le petit ami d'un autre homme – qui s'avère aussi être un client – n'est pas mal, connard ?*

Au pavillon, Laurie marcha devant et fit irruption par la porte. Danny entra juste à temps pour le voir embrasser Grove sur la joue, puis serrer la main de Kai. Laurie tira une chaise près de Grove, s'assit et se blottit en quelque sorte contre lui.

Kai fit un signe de tête à Danny. Même comparé à Rand, Kai ne parlait pas beaucoup. Rand plaisantait souvent qu'à Hawaï, les amis de Kai disaient qu'il avait trop souvent regardé *l'Homme des Hautes Plaines.* Mais cet homme avait protégé son frère et sa sœur pendant si longtemps, son premier instinct était de se cacher. Son magnifique visage était toujours en concurrence entre féroce et amical, mais ces jours-ci, amical gagnait.

— Kai, content que tu sois rentré, dit Danny, forçant un sourire. Comment étaient les cours ?

— Géniaux ! répondit-il, ses yeux sombres s'illuminant.

— Il a eu un A à son examen, exposa Aliki, assis près de son frère.

— Félicitations, vieux, offrit Danny avec un hochement de tête.

— Merci.

Danny marcha jusqu'au seul siège libre, ce qui l'installa à l'opposé et un peu éloigné de Laurie et Grove. Ce dernier le fixa, et pas d'une bonne manière.

Nora s'essuya les lèvres sur sa serviette, enlevant des petits bouts d'enchilada au fromage.

— Alors, vous êtes allés monter ce matin ? Ça devait être superbe. Nous ne pouvons pas nous lever aussi tôt.

— Ce n'est pas grave, fit Danny. Ça m'a donné la chance d'offrir à Laurie un bon exercice sur Star Sight.

54

— Comment vous en êtes-vous sorti, Laurie ? demanda Rand, un sourcil levé.

— J'ai adoré. Je suis vraiment reconnaissant envers Danny de m'avoir laissé la monter.

Danny essaya de garder son meilleur visage de professeur.

— Il a été génial. Même s'il a appris sur toutes ces selles sophistiquées, il a une assiette naturelle pour la Western.

— Maintenant, ça paraît positivement osé, gloussa Nora.

Le visage de Danny chauffa, mais Laurie rigola.

— Oui, madame. J'ai des fesses naturelles de cow-boy.

Aliki grogna, Lani ricana et la tension disparut. Grove, cependant, ne sourit jamais vraiment à Danny.

Celui-ci prit une autre bouchée d'enchilada et d'œufs. *Allez, mec, tu es meilleur que ça. Grove et Laurie seront partis d'ici dans une semaine. Ce travail est – enfin il signifie beaucoup. Fais-le.* Il s'éclaircit la gorge.

— Je prévois une sortie et je voulais savoir si quelqu'un était intéressé, dit-il avant de jeter un regard à Laurie. J'ai appris par hasard qu'une personne dans ce groupe était folle de boutiques d'antiquités et de lieux avec de vieux meubles.

Le visage de Laurie s'illumina comme une fête du Quatre juillet.

— Alors je pensais que demain, je pourrais emmener ceux qui veulent aller en ville pour chercher des antiquités et un déjeuner. Qui veut venir ?

— Moi. Moi ! s'exclama Laurie, la main levée et riant avant de regarder Grove. Tu veux venir aussi, n'est-ce pas, chéri ?

— Bien sûr, rétorqua Grove en jetant un coup d'œil à Danny.

Nora échangea quelques mots discrets avec Elena.

— Nous adorerions venir aussi, Danny.

Andy et son père n'avaient rien dit. Lani offrit un doux sourire.

— J'aimerais venir, si ça ne dérange pas, Oncle Danny.

— Tu es plus que bienvenue, ma chérie.

— Comptez-moi dedans aussi, dit Andy en la regardant.

Arthur Landsdowne observa Andy, puis Rand.

— Si ça ne vous dérange pas, j'aimerais rester ici et passer un peu de temps à travailler en selle – pour ne pas retenir Andy et peut-être pouvoir monter ensemble parfois, quand nous serons rentrés.

Andy tapota le bras de son père.

— Tu montes bien, Papa.

— J'aimerais être meilleur et je ne suis pas très fan des antiquités.

55

— Ça me va, acquiesça Rand. La recherche d'antiquités me donne de l'urticaire. Mais je pense que c'est une idée super. Merci d'y avoir pensé, Danny.

Ils échangèrent un regard qui offrit une sensation de chaleur à Danny. Aliki croisa les bras sur son torse.

— Y aura-t-il de la crème glacée ?

— Les cow-boys ont-ils les jambes arquées ? taquina Danny.

— Pas toi.

Danny se pencha et lui chatouilla l'oreille.

— Oui, il y aura de la crème glacée. Et de la bière artisanale pour ceux qui aiment ça. Chico est le berceau de la bière Chichi.

— Oh, je suis impatient ! s'écria Laurie, battant des mains comme un enfant.

Merde ! Au moins, Danny avait fait quelque chose de bien.

VII

— MINCE, CETTE crème glacée est super. Merci, Oncle Danny.

— Je t'en prie, Aliki.

Danny se rassit sur le banc, contemplant le petit parc en centre-ville de Chico. De grands arbres, une jolie fontaine, des vendeurs ambulants – rien en comparaison de la vue de Laurie léchant son cône de crème glacée alors qu'il passait d'un kiosque à un vendeur sur le trottoir, inspectant leurs produits. Il avait délaissé sa tenue western aujourd'hui, Danny avait donc un meilleur aperçu du « vrai » Laurie, habillé d'un pantalon en lin étroit et d'un haut moulant en tricot qui serraient tous les endroits détournant le plus l'attention. Quel corps ! Mince comme un lévrier, mais le fin tricot montrait la bosse légère de ses pectoraux et même un soupçon de tablettes de chocolat. *Couché, garçon.* Oui, bien couché, puisque Laurie tenait fermement le bras de Grove même si ce dernier semblait s'ennuyer au-delà des mots et continuait de vérifier son téléphone portable.

Ils avaient passé la matinée à rôder de boutiques d'antiquités en vente de collections et Danny avait vu le mode professionnel de Laurie pendant qu'il achetait des objets et lançait sa carte de visite professionnelle.

— Faites juste livrer ça chez Armisted Designs.

Lani avait trouvé une magnifique paire de boucles d'oreille en pierre bleue, et Andy les avait achetées pour elles, pour le plus grand plaisir de la jeune fille. Aliki n'avait pas été captivé par les boutiques, mais il avait trouvé des jeux anciens qui l'intéressaient.

— Qu'y a-t-il ensuite, Oncle Danny ?

Aliki croqua le dernier morceau de son cône et s'essuya les mains sur son jean. Il aurait besoin d'être lavé.

Laurie et Grove arrivèrent près d'Aliki à ce moment-là.

— Oui, répéta Laurie avec un sourire, qu'y a-t-il ensuite, Oncle Danny ?

Grove lui lança une expression agacée.

Danny, d'un autre côté, aurait pu tomber pour le sourire de Laurie.

— J'ai lu quelque chose à propos de ce genre de galerie marchande d'antiquités. Nous n'y sommes pas encore allés.

— Ah, souffla Aliki, faisant une moue, n'y a-t-il rien de plus amusant ?

— Je suis avec toi, gamin, soupira Grove.

Laurie lui rendit son expression agacée, mais continua de se cramponner à lui comme une bernache.

— J'ai appris qu'il y a un Musée National du Yo-yo pas très loin de la galerie d'antiquités, offrit Danny avec un sourire, alors nous pourrions t'y déposer.

Elena leva les yeux du reste de sa pistache dans une coupe et dit :

— Je vais venir avec toi, Aliki. Je ne suis pas non plus très fan du shopping.

— Super !

Danny se mit en route à travers le parc avec sa parade éclectique – deux dames lesbiennes fidèles, deux magnifiques enfants hawaïens, un adolescent amoureux, un homme d'affaires sentant à plein nez l'argent et le pouvoir, une créature si exotique et superbe qu'elle devait venir d'une autre planète et un cow-boy vagabond usé. Les gens les fixaient, surtout Laurie, et ils avaient tous les droits de le faire.

De l'autre côté du parc, ils trouvèrent le Musée du Yo-yo situé derrière une vitrine. Danny leva un bras.

— Musée du Yo-yo. Qui veut y aller ?

Aliki et Elena s'avancèrent. Andy observa la devanture du lieu, remplie de yo-yos.

— J'aimerais assez voir ça aussi, dit-il avant de regarder Lani. Ça ne te dérange pas ?

— Non, ça a l'air amusant. Je vais venir aussi.

— Tu es sûre ?

— Toi et moi pouvons aller faire du shopping entre filles, Lani, proposa Nora. Tu n'es pas obligée d'être coincée avec de vieux yo-yos.

— Non, j'aimerais bien les voir, avoua-t-elle en souriant et en touchant timidement ses boucles d'oreille. Vous voulez rester avec nous, Nora ?

— Vous ne pouvez pas me tenir éloignée d'un shopping, les amis ! répliqua Nora en secouant la tête. Je suis une professionnelle. N'essayez pas ça chez vous.

Elena rit, ce qu'elle ne faisait pas beaucoup, alors tout le monde rit avec elle.

— Faites-lui confiance. Elle dit la vérité.

— Très bien, accepta Danny. Nora, Laurie, Grove et moi allons faire marcher les affaires de la galerie marchande d'antiquités.

58

— Merde, c'est la vérité, marmonna Grove.

Malgré tout, il continua de marcher près de Laurie jusqu'à ce qu'ils trouvent le grand entrepôt, plein de petits kiosques et stands, tout au bout de la rue.

— Ne me retenez pas, les garçons, déclara Nora en regardant avidement autour d'elle. Je vous rejoindrai dans un moment.

Danny jeta un coup d'œil à Grove et Laurie. Il avait prévu cette sortie pour faire plaisir aux clients, mais sa présence dans les parages ne semblait pas rendre Grove heureux.

— Pourquoi n'allez-vous pas tous les deux faire des emplettes ? Je vais aller traîner tout seul. Regarder des trucs de cow-boys.

Grove releva brièvement les yeux de son téléphone portable.

— Bien sûr. Génial.

Laurie ne dit rien, ce qui gratta un peu sous la peau de Danny, mais bordel ! Il coupa à gauche et commença visiblement à descendre une allée différente de celle du couple phare. *Que diable vais-je faire dans une galerie marchande d'antiquités ?*

Il déambula parmi les rangées bondées de stands, regardant à peine les vieux bureaux, tables et bibelots étalés. Au tournant vers l'allée suivante, il s'arrêta. Un stand présentait une collection de chapeaux de cow-boy. *D'accord, plus intéressant.* Il entra et regarda les rangées d'aspirants chapeaux de cow-boys avec des broderies perlées chics et des rubans. Il n'avait rien contre les rubans, ils ajoutaient simplement un coût. Il se tournait pour partir quand ses yeux accrochèrent un coin à l'arrière, où cinq chapeaux étaient présentés sur une vielle commode. *Bordel de merde.* Au milieu du groupe se trouvait un chapeau noir de monteur de taureaux qui avait l'air ancien. Comme s'il approchait d'un autel, Danny avança vers le chapeau.

— Puis-je vous aider, monsieur ?

Danny regarda un vieil homme avec un visage ridé et un chapeau de paille usé qui aurait pu être un compagnon pour celui de Danny.

— C'est un sacré chapeau.

— Oui. Fait sur mesure. Il pourrait avoir appartenu à Jim Sharp, mais je ne peux pas le prouver alors je ne le revendique pas, expliqua-t-il en regardant Danny de la tête aux pieds. Vous êtes monteur de taureaux, fiston ?

— Oui, monsieur. Je l'étais, en gros.

— Eh bien, comme vous pouvez le voir, ce chapeau est parfait.

59

— Combien vaut-il, monsieur ?

La douce voix chantante glaça sa colonne. Le vieil homme leva la tête et ses yeux s'écarquillèrent.

— Eh bien, jeune dame... commença-t-il avant de s'arrêter. Désolé.

— Il n'y a pas de mal, je vous assure.

— Ce chapeau est à trois cent cinquante dollars.

— Je pense que vous devriez le prendre, souffla Laurie en lui souriant.

— Trop cher pour moi, répliqua Danny en inclinant son chapeau de paille.

— Dommage. Ce chapeau et vous étiez faits l'un pour l'autre.

— Merci beaucoup de me l'avoir montré, souffla Danny au vieux cow-boy.

— Je vous ferai un prix spécial, fiston.

— J'ai bien peur d'avoir besoin de mon petit budget pour des choses plus pragmatiques, mais merci.

— Oh, mon Dieu, regardez ce chapeau ! cria Laurie.

Il bondit à travers le stand, ramassa une énorme capeline noire avec des fleurs roses géantes et l'équilibra sur sa jolie tête. Il prit la pause.

— Qu'en pensez-vous ?

Merde ! Les cheveux or rosés étaient drapés sur ses épaules, faisant ressortir le chapeau – mais rien ne pouvait rendre ce visage plus beau. *On ne peut pas améliorer la perfection.*

Laurie rigola et se tourna vers l'étalage de chapeaux pour femmes.

Le vieux cow-boy lança un regard à Danny du coin de l'œil.

— Un ami à vous ?

Un frisson courut sur le dos de Danny et son estomac se tordit.

— Euh, c'est un client du ranch où je travaille.

— Client ?

— Oui. C'est un ranch d'hôtes. Vous savez, comme un ranch éducatif.

— Oh. Ça semble sensé, alors... je suppose.

Danny relâcha sa respiration longuement et lentement. *Un ami à toi ?* La dernière fois qu'il avait entendu ces mots, il avait fini presque mort.

— Oui. J'en ai emmené quelques-uns en sortie dans les boutiques d'antiquités. Je n'y connais rien, mais ça leur fait plaisir.

Le vieil homme rigola et claqua l'épaule de Danny.

— Un travail est un travail. Pas vrai ?

— Oui, rigola-t-il.

Tu es un lâche pétochard.

60

Laurie revint en riant et en faisant voler ses cheveux.

— Merci de m'avoir laissé jouer. Vous avez des chapeaux magnifiques.

Il se pencha et embrassa le vieil homme sur sa joue à moitié rasée, puis s'éloigna à toute vitesse vers le stand suivant.

Danny regarda le vieil homme, dont les yeux ressemblaient à des soucoupes bleu pâle injectées de sang et il avait un petit sourire sur le visage. Danny réprima le sien. *Pas tout à fait aussi homophobe que tu le pensais, pas vrai, connard ?*

— Merci, dit-il avant de suivre Laurie.

Quand il le rattrapa, Laurie passait les mains sur une vieille table. Elle donnait l'impression de sortir d'une maison Victorienne ou autre chose. Danny pencha la tête.

— Plutôt démodée, n'est-ce pas ? Est-ce que vos clients aiment ce genre de choses ?

Laurie leva les yeux puis les ramena sur la table.

— Imaginez ça. Une maison ouverte avec des sols en pierre polie. Des tapis du Moyen-Orient. De grandes fenêtres. Cette table se tient dans la salle à manger avec des chaises ultra-modernes autour, peut-être des *Lucite*. Dans le salon, les canapés sont confortables, mais contemporains et l'espace est un mélange d'antiquités et de décor moderne. Qu'en dites-vous ?

— Waouh. Vachement waouh, lâcha Danny en le fixant. Ça semble parfait. Magnifique.

Laurie offrit ce déploiement de dents à faire exploser les testicules.

— Pas étonnant que vos clients vous aiment.

— Merci, dit-il avant que le sourire faiblisse. Je souhaiterais juste qu'ils m'aiment plus et plus vite.

Il recommença à descendre l'allée.

— Où est Grove ?

— Au téléphone, comme d'habitude. Je ferai mieux d'aller le chercher ou il ne raccrochera jamais.

— Alors pourquoi ne le laissez-vous pas financer une entreprise pour vous ? Désolé. J'ai entendu par hasard.

— Parce que je veux le faire moi-même, putain, rétorqua-t-il, levant les yeux avec une pointe de défi sur le visage. Pourquoi amassez-vous votre argent ?

— Quel argent ? demanda Danny, le sourire tendu.

— Vous devez avoir un salaire, pas vrai ? Je m'attendrais à ce que la plupart des cow-boys le dépensent en vin, femmes et chansons.

61

— Eh bien, avoua Danny en haussant les épaules, j'ai une voix merdique, j'essaie de ne pas trop boire et je n'apprécie pas vraiment les femmes de cette manière.

La tête de Laurie se retourna d'un coup sec, comme si quelqu'un l'avait tiré avec une corde élastique. Pendant une seconde, leurs regards se croisèrent, puis il cilla et détourna les yeux.

— Allez, sérieusement.

— Je veux mon propre ranch et... eh bien, j'aimerais aller à la fac. J'économise pour ça.

— Pourquoi n'êtes-vous jamais allé à la fac ?

— L'éducation n'était pas un grand objectif dans ma famille, dit Danny, essayant de ne pas se tendre.

— Quand avez-vous... ?

— Laurie, putain ! Te voilà. Vas-tu faire du shopping éternellement ? Merde !

Grove avançait d'un pas lourd vers eux, tenant toujours son téléphone à la main.

Laurie se tendit, prit une profonde inspiration et sembla faire un énorme effort, puis sourit.

— Désolé, chéri. Tu sais comment je suis. Danny a dû venir me sortir du stand.

— Merci.

Grove regarda Danny. Mais il n'avait pas vraiment l'air amical.

Quand ils sortirent, Nora attendait sur le trottoir, chargée de sacs et de paquets. Elle fit un petit saut.

— C'était si amusant. Merci beaucoup, Danny.

— Tout le plaisir était pour moi, madame, répondit-il en montrant ses fossettes.

— Qu'avez-vous acheté ? demanda-t-elle à Laurie.

— J'ai trouvé des choses que j'ai fait expédier à San Francisco pour les utiliser dans les maisons de mes clients.

— Rien pour vous ?

— Je dois avouer, j'ai vu une énorme capeline qui m'a énormément tenté. Le vieux cow-boy la vendant avait l'air si scandalisé à l'idée d'un homme portant ce chapeau, j'ai été obligé de me pavaner un peu plus, mais je ne l'ai pas acheté.

Danny tordit le nez pour s'empêcher de rire. *Juste quand je pense que Laurie ne comprend rien, il démontre à quel point il est foutrement en avance.*

Aliki courut vers eux, agitant les mains.

— Hé, Oncle Danny, c'était si cool !

— Content que tu aies aimé.

Le reste du groupe les rattrapa et ils partirent vers le van. Grove mit le bras autour de Laurie, et tous les deux marchèrent devant. Peut-être était-ce l'imagination de Danny, mais Grove semblait s'efforcer d'afficher sa foutue mièvrerie de couple. *Merde, ils peuvent, je suppose.* Ça n'empêcha pas ses mains de se resserrer en poings et ses épaules de se recroqueviller vers ses oreilles. Alors qu'ils approchaient du van, il débloqua les portières pour laisser tout le monde monter. Grove recula pour laisser passer Laurie devant lui, puis posa une grande main sur ses fesses fermes habillées de lin et les tapota alors qu'il montait.

Danny s'arrêta à l'extérieur du van et reprit son souffle. *Ça suffit cette merde.* Il fourra la main dans sa poche pour prendre son téléphone et composa un numéro.

— Salut, chéri, dit la voix traînante, grave et familière.

— Salut, Frank. Tu veux aller boire un verre ce soir ?

— Bon sang, oui.

— D'accord. Je te retrouve chez Larry à vingt et une heures.

— Je serai là.

Il raccrocha. *Il est temps de retourner à mon plan-cul et d'oublier ce bazar.*

VIII

LAURIE REPOUSSA sa chaise de la table, produisant le grincement familier.

— Merci beaucoup, Felicia. Le dîner était délicieux.

Elle lui offrit son doux sourire pendant qu'elle débarrassait les couverts.

— Gracias, Señor Belmont.

Rand et Kai passèrent devant la fenêtre à l'extérieur, se tenant par la main. *Extraordinaire.* Rand semblait aussi coriace qu'un cow-boy pouvait l'être, jusqu'à ce qu'il regarde son mari ; puis les oiseaux bleus pépiaient et les licornes vomissaient des arcs-en-ciel. Cela donnait presque envie de croire au véritable amour. Laurie passa la tête par la porte.

— Excusez-moi, Rand.

— Hé, Laurie. Vous vous amusez bien ?

— Oui. Merci, dit-il en sortant. Je m'amuse vraiment. Je n'ai pas eu beaucoup de congés dernièrement. En parlant de ça, Grove est assez tendu, il voulait aller quelque part pour boire un verre et peut-être danser un peu.

— Donc gay friendly ?

— De préférence.

— Par ici, intervint Kai en souriant, il n'y a qu'un seul endroit. Chez Larry. Ce n'est pas vraiment un bar gay exclusivement, mais quiconque va là-bas ferait mieux de ne pas être dérangé par des couples du même sexe en train de danser.

— Ça semble parfait.

— Arrêtez-vous dehors quand vous serez prêts à partir, indiqua Rand avec un signe de tête, et je vous aurai préparé l'adresse.

— Merci.

Laurie retourna tranquillement vers leur suite. Danny n'était pas venu dîner. Quand ils étaient rentrés de Chico, il avait marché jusqu'aux écuries et disparu pour le reste de la journée. Qu'est-ce qui l'avait effrayé ? Il avait été absolument génial pendant leur promenade le matin précédent – amusant, curieux, même charmant –, mais ensuite, un rideau était tombé. *Oui. Après mon appel téléphonique.*

64

Puis aujourd'hui, il y avait eu ce moment dans la galerie marchande, quand Danny avait dit qu'il n'appréciait pas les femmes « de cette manière ». Avait-il voulu dire ça ? Voulait-il *dire* ça ? Laurie avait assuré à Grove que Danny était hétéro et toutes les preuves pointaient vers cette vérité. Mais parfois – merde, parfois Danny le regardait comme s'il voulait le dévorer, et pas d'une mauvaise manière. Un frisson descendit la colonne vertébrale de Laurie jusqu'à ses testicules. Danny Boone seul équivalait à bien plus qu'un homme pouvait endurer. Danny Boone gay représentait une menace pour la santé mentale humaine – sans parler de la menace qu'il pouvait être pour le futur de Laurie. *Reprends-toi !*

Laurie gonfla les joues et entra dans leur chambre. Grove était assis sur le confortable canapé, regardant un truc sportif à la télé – avec morosité. *Il semble enjoué.*

— Hé, j'ai trouvé un endroit où nous pouvons aller danser et prendre un verre.

— Vraiment ? Par ici ? interrogea-t-il, son visage s'égayant.

— Apparemment, il n'y en a qu'un – mais il y en a un.

— Génial ! Allons-y.

Il éteignit la télé et se leva.

— Laisse-moi enlever mon costume de cow-boy.

— Allez, Laurie, ne prends pas toute la nuit.

Il se laissa retomber sur le canapé.

— Je ferai en sorte que ça en vaille la peine.

Doux Jésus, y avait-il un homme qui n'était pas en colère contre lui ?

Il entra dans la salle de bain, arracha ses bottes, enleva son jean et sa chemise western et les laissa tomber sur le sol. Une toilette au gant. Un passage rapide sous les aisselles et l'entrejambe et il enfila un boxer sous un pantalon en lin blanc. Pas de bikini ce soir. Cela se verrait et il ne voulait pas énerver les locaux. En haut, il ajouta un pull rose fin comme du mouchoir, puis enfila des mocassins assez bons pour danser sans chaussettes. Les cheveux ? Il choisit de les laisser lâchés, puisque Grove les aimait comme ça. Il tapota un peu de blush sur ses pommettes, se brossa les dents et colora ses lèvres très légèrement. Puis il ajouta le plat de résistance – son collier licorne en diamants. Le seul petit plaisir qu'il s'était autorisé – quand chaque dollar qu'il gagnait, il le donnait à ses parents ou le mettait en réserve pour le jour où il pourrait partir d'Armisted et démarrer sa propre affaire. Mais il avait vu cette petite licorne et n'avait simplement pas pu résister. Elle brillait sur le pull comme une étoile. *Prêt.*

65

Il ouvrit la porte de la salle de bain. Grove leva les yeux avec les sourcils froncés, puis un sourire se forma sur son visage.

— Tu vois ? Je te l'avais dit, déclara Laurie en écartant les bras de façon dramatique.

— Oh, oui, bébé, tu vaux toujours la peine d'attendre.

Laurie tendit son téléphone dans son étui paré de bijoux.

— Peux-tu le prendre pour moi ? Mon pantalon est trop étroit.

— Tu pourrais porter un sac, râla Grove en secouant la tête.

— Je ne te vois pas te plaindre du pantalon.

Il fit ressortir ses fesses et les poussa vers Grove.

Souriant, celui-ci glissa le téléphone dans sa poche arrière.

Ils sortirent et démarrèrent la Porsche, s'arrêtèrent assez longtemps pour attraper l'adresse des mains de Felicia qui était sortie en courant avec, entrèrent les numéros dans le GPS et partirent, suivant les directions. Quelques minutes plus tard, ils arrivèrent à ce qu'on pourrait mieux appeler un relais routier sur le bord d'une route à deux voies se dirigeant vers Chico. Le parking en gravier abritait tous les genres de camions, plus quelques voitures allant des catégories chic à merdique.

Des gens en tenue western et d'autres qui ressemblaient plus à des étudiants et des universitaires grouillaient à l'extérieur pour fumer, puisque la Californie avait des règles strictes sur le tabac dans les lieux publics. Plus d'une personne s'arrêta pour regarder fixement la Spyder. Grove trouva un emplacement aussi loin que possible de dommages potentiels et verrouilla la voiture tandis qu'ils traversaient le sol crissant. Un jeune type mignon, définitivement gay et probablement à la fac, sourit.

— Sacrée voiture, mon pote.

Son ami, mignon aussi, mais un peu plus masculin, grogna.

— Sacré rencard.

— Merci, trésor, rigola Laurie. Je suis son frère.

— Vraiment ? demanda-t-il, prêt à bondir.

— Non, pas vraiment.

— Mince.

Grove tira un peu sur son bras et l'emmena vers la porte.

— Ne torture pas les locaux.

— Mais c'est si amusant.

Grove rit. Au moins, il se réchauffait.

Quand ils ouvrirent la porte, on aurait dit que deux établissements différents avaient été assemblés – moitié cow-boy, comme indiqué par le groupe de country geignant sur des guitares et des violons tandis que des clients dansaient le pas de deux devant eux, et moitié intellectuel, comme représenté par un mur de livres. Les étudiants semblaient se rassembler dans ce coin, pendant que les cow-boys possédaient le bar. Laurie chercha une table autour de lui.

— On dirait que nous devons choisir un camp ici, souligna Grove avec un demi-sourire.

— Je pense que nous constituons notre propre groupe. Là. Établissons notre troisième monde.

Laurie pointa du doigt une table au bord de la foule studieuse, mais pas trop loin de la piste de danse.

Il se faufila à travers les tables, obtenant des regards de tous côtés et prit la place vide juste avant que deux grands types avec des barbes puissent la revendiquer. Laurie agita les doigts.

— Dé-so-lé.

— Nous pourrions partager, proposa un des types.

— Oooh, mon petit ami est très jaloux.

Ils regardèrent Grove pendant une seconde, peut-être vérifiant s'ils pouvaient le prendre, mais ils virent une autre table et se précipitèrent dessus.

— Fauteur de troubles.

— Toujours, plaisanta Laurie avec un sourire.

Dès qu'ils furent assis, un serveur avec un doux sourire et une mauvaise peau accourut.

— Qu'est-ce que je vous sers ? demanda-t-il, ses yeux ne quittant jamais Laurie.

— Quel genre de vin as-tu, trésor ?

— Du rouge et du blanc, et ils sont tous les deux merdiques.

— J'aime un homme honnête, s'exclama Laurie, explosant de rire.

— Nous avons une bonne bière de tous les genres et les cocktails sont généreux.

— Je prendrai un scotch avec de l'eau, dit Grove, léger sur l'eau, du meilleur scotch que vous avez.

— Compris. Le scotch ne va pas faire la couverture de *GQ*, mais il est plutôt bon.

J'aime ce gamin. Laurie passa un doigt sur sa joue.

— Le barman peut-il faire une margarita ?

— Oh bon sang, oui.

67

— C'est ce que je prendrai.

— Ça arrive tout de suite.

Il repartit s'affairer vers une autre table de buveurs assoiffés.

— Il est tordant, ricana Grove.

— Je suis d'accord, convint Laurie avant d'avaler sa salive. Chéri, quand tu retourneras en ville, pourrais-tu t'efforcer d'exercer ton influence concernant la compagnie de mon père ? Je pense que les tentatives de rachat ont augmenté et il pourrait tout perdre – le travail de sa vie.

— Les rachats ne sont pas l'affaire d'une minute, se renfrogna Grove. Nous avons du temps.

— Maman est dans tous ses états. Tu sais comment elle est quand il est question de Papa.

— Sérieusement, il n'y a pas de raison de s'inquiéter pour l'instant, mais dis à Maman que je regarderai dès que je peux quand je serai en ville.

Laurie posa une main chaude sur son bras.

— Merci beaucoup.

Il sourit de manière aussi séductrice qu'il put, juste pour rappeler à Grove ce qu'il obtenait dans ce marché. Le groupe passa à quelque chose de plus lent et pas aussi mélodramatique. Laurie tendit une main.

— Allons leur montrer comment danser.

Grove se leva, souriant, et mena Laurie sur la piste de danse, le fit tourner et commença ensuite une valse cow-boy très respectable. Enfin, respectable en termes de niveau de compétence – mais il tenait Laurie assez serré pour que ça provoque une érection plutôt non-respectable que Grove poussa contre le haut de la cuisse de Laurie.

— C'était une idée géniale, murmura-t-il. Merci.

Si Grove remarqua que rien ne le poussait en retour, il ne dit rien.

Ils valsèrent autour de la piste, gagnant des sourires venant d'autres danseurs – à la fois des couples de même sexe et homme-femme. Grove et lui faisaient une paire attractive, comme sa mère aimait le souligner régulièrement. La virilité trapue de Grove et l'apparence hyper féminine de Laurie correspondaient à l'image des gens sur comment devraient être les choses – en particulier les gens hétéros, qui imaginaient d'une certaine manière que les couples gays avaient des rôles mâles et femelles.

Merde, pourquoi ne puis-je pas simplement me soumettre à tout cet arrangement ? Mon père gardera l'entreprise et tout le monde sera heureux. Qu'est-ce qui ne va pas chez moi ? Il avait rencontré Grove presque un an auparavant à une fête. Grove l'avait invité à sortir et il avait été flatté. Il avait aussi voulu en quelque sorte impressionner ses parents avec son prétendant riche et plein de succès, alors il avait invité Grove à les rencontrer. Cela avait représenté son dernier instant de contrôle sur cette relation. Sa mère s'était accrochée à Grove comme de la mousse sur un rocher. Quand elle avait découvert que Grove pourrait aider à récupérer l'entreprise de son père – celle qu'il perdait dans un rachat hostile –, cela avait scellé le destin de Laurie. Grove était devenu le Prince Charmant de sa Cendrillon – du moins, dans le livre de contes de fées de sa mère, et elle était déterminée à écrire sa fin heureuse. Mais bon sang, il lui devait tellement. Devait tellement à son père. Et il appréciait Grove. Il l'appréciait vraiment.

Grove le fit tourner et Laurie s'esclaffa. *Tu vois comme c'est facile de se détendre et de s'amuser ?*

La musique se termina et le groupe prit une pause. Se tenant la main, Grove et Laurie retournèrent tranquillement à la table et tombèrent sur leurs verres.

— Veux-tu que je vienne en ville avec toi quand tu y retourneras demain ? demanda Laurie en sirotant sa boisson. Je pourrais prendre quelques affaires, ensuite nous pourrions revenir – ou je pourrais simplement faire mes bagages et nous réglerions la note.

— Je pensais que tu t'amusais, contra Grove, les sourcils froncés.

— Je m'amuse. Ce furent quelques jours géniaux, mais j'aimerais être avec toi, avoua-t-il avec un sourire.

C'est vrai... en quelque sorte.

Grove eut un grand sourire. *Bien. Je veux lui faire plaisir.*

— C'est merveilleux, mais, à dire vrai, je vais être tellement occupé, nous n'aurions aucun moment ensemble.

— Je peux toujours travailler aussi.

— Non, tu travailles trop.

— Regardez qui parle, répliqua Laurie, arborant un large sourire.

— Hé, bébé, je suis un accro du travail. Tu as besoin de te reposer parfois, et c'est un endroit super pour toi. À dire vrai, je pensais que tu détesterais, mais te voir à dos de cheval et dans les grands espaces m'a montré quelque chose de nouveau chez toi. Bon sang, tu es vraiment un athlète – en quelque sorte. Qui l'aurait su ?

Laurie essaya de sourire.

— Et tu as l'air beaucoup moins fatigué et stressé depuis que nous sommes ici. Je pense que tu devrais rester. J'essaierai de revenir rapidement

69

et nous pourrions passer quelques jours ensemble avant que nos vacances se terminent, d'accord ? Mince, nous pourrions simplement passer deux jours au lit, lâcha-t-il avec un sourire. Maintenant, ça ressemble à des vacances. Peut-être que je pourrais t'apporter de la nouvelle lingerie et tu essaierais son effet sur moi quand je reviendrais.

— Ça semble super.

Il laissa l'air glisser entre ses lèvres tandis qu'il buvait une gorgée de douceur sucrée et de citron.

Le groupe revint et Laurie et Grove essayèrent un pas de deux avec des résultats légèrement risibles, puis se mirent à l'aise dans une agréable danse lente et enserrée. Laurie tenta de poser la joue contre celle de Grove, mais comme il était plus grand et que Grove menait, la tentative échoua. Il reposa plus ou moins la joue contre les cheveux de Grove.

Celui-ci tourna ; Laurie sourit, regarda le bar autour de lui et... se figea, tituba et fut rattrapé par les bras puissants de Grove.

— Tu vas bien ?

— Oh oui. Je pense que j'ai heurté un trou dans le sol.

Oui, un trou dans le sol avec un cow-boy nommé Danny dedans. Merde ! Grove dansa à travers la foule jusqu'à l'autre côté de la piste. Pas tellement de visibilité sur les gens assis au bar. *Rapproche-moi juste assez pour être sûr que j'ai vu ce que je pense avoir vu.*

Il se mordit presque la langue pour s'inciter à la patience, mais enfin Grove retourna de manière décontractée vers le bar. Laurie leva la tête et regarda. *Putain de fils de pute !* Installé confortablement au grand bar à côté d'un superbe cow-boy blond était assis nul autre que Danny Boone.

Peut-être qu'il ne plaisantait pas à la galerie marchande. Le cœur de Laurie battait comme un tam-tam. *Il est gay. Il est gay. Il est gay. Ne t'excite pas trop. Peut-être que ce type est juste un ami.* Mais quelque chose dans la façon décontractée dont ils parlaient et même touchaient l'autre hurlait *amants.*

Qu'est-ce que tu ressens à propos de ça, M. Belmont ? Réponse – foutrement trop excité pour mon propre bien.

Juste là, au bar était assis la meilleure raison pour que Laurie retourne à San Francisco le lendemain. Il apparaissait que Danny avait un petit ami, et même s'il n'en avait pas, Laurie en avait un. *Continue de répéter ça.*

De retour à la table, Laurie perdit sa ligne de mire sur Danny. Il regarda Grove dans les yeux et éloigna son esprit de son entrejambe, riant à chaque plaisanterie et flirtant comme un fou avec son propre petit ami.

70

Malgré tout, un coin pervers de son cerveau continuait d'espérer que Grove ne verrait pas Danny. Le Danny gay.

La moitié d'une autre Margarita et un grand digestif d'eau allèrent directement dans sa vessie.

— J'ai besoin d'utiliser les toilettes, dit Laurie en se levant et en offrant un clin d'œil à Grove. Tu veux faire les filles et qu'on y aille ensemble ?

— Tu es tout seul sur ce coup-là, bébé, répliqua-t-il en avalant une lampée de scotch.

Laurie avança prudemment dans la direction générale du bar et y jeta un rapide coup d'œil. Pas de Danny. *Il doit être parti.* Plus de soulagement que de déception – en quelque sorte.

Il chercha des yeux le panneau des toilettes vers l'arrière de la boîte et se faufila entre les tables pour y arriver. Alors qu'il approchait de la porte, un type grand et maigre le dépassa, cognant Laurie contre le mur.

— Eh bien, plutôt impoli ?

— Quo... ?

Le type se tourna et fixa Laurie avec des yeux troubles. Clairement plus de bières que de cerveau.

— Eh bien, salut toi, jolie dame. Tu vas dans ma direction ?

Il le déshabilla du regard et fit quelques pas vers la porte des toilettes pour hommes, la tenant ouverte avec une courbette exagérée.

D'accord, réfléchis. Coincé dans une cabine avec cet idiot bourré ? Je ne pense pas.

Il jeta un regard dans le couloir étroit pour trouver une excuse et aperçut le vestiaire.

— Non merci. Je prends juste mon manteau.

Le fait que la température extérieure défiait de mettre des vêtements, encore plus un manteau, ne serait pas discuté.

Le poivrot tint la porte ouverte et attrapa le bras de Laurie.

— Je pense que nous pourrions trouver quelque chose de délicieux à mettre dans ta jolie bouche.

Laurie lui arracha son bras des mains et recula dans le couloir vers le vestiaire – la pièce avec personne dedans.

— Pas à moins que tu ne veuilles que ce soit mordu, connard. Éloigne-toi de moi ou je vais crier si fort qu'ils ramèneront des flics depuis San Francisco.

Le type plissa ses yeux mauvais, regarda Laurie de la tête aux pieds, tout en faisant passer un cure-dents d'un côté à l'autre de sa bouche.

71

— D'accord, chéri. Y a pas de mal. Je ne voulais rien dire par là. Juste mes potes et moi nous amusant un peu.

Le type regarda par-dessus son épaule et fit un grand sourire.

Potes ? Laurie suivit le regard du poivrot. À l'entrée du couloir, un gros type dans un jean graisseux était appuyé contre le mur. Ils devaient partager les cure-dents, parce que le sien semblait tout aussi dégoûtant.

Respiration lente. Grove et lui pourraient probablement s'occuper de ces types dans une bagarre, mais comment diable arriverait-il jusqu'à Grove ? Laurie avança comme pour passer à côté des deux hommes et le type maigre bougea plus vite que l'alcool qu'il avait consommé ne devrait l'y autoriser, lui bloquant le chemin. Deux jeunes hommes qui ressemblaient plus à deux étudiants qu'à des cow-boys entrèrent dans le couloir, parlant de voitures. Ils lancèrent un regard noir à Maigrichon jusqu'à ce qu'il s'écarte du passage. Quand ils furent entre Laurie et les deux connards, Laurie tourna rapidement et marcha vers la porte de sortie au bout du couloir. Avant d'entendre des pas derrière lui, il poussa la barre d'ouverture sur la porte et sortit dans l'air frais – et une allée étroite ne sentant pas la rose. L'odeur devait décourager les coups dans la ruelle, puisque pas un seul couple n'était appuyé contre les murs crasseux. *Merde !*

Il regarda dans les deux directions. *Décide-toi rapidement.* Un côté menait à ce qui semblait être les poubelles. *Beurk.* L'autre devait conduire vers le parking à l'avant. Il partit dans cette direction, trottinant vers là où le mur tournait. Il devait y avoir des gens là dehors, pas vrai ? Il jeta un coup d'œil au coin. Maigrichon se tenait sur le porche de la boîte, fixant les voitures garées. Pas une seule autre personne.

Laurie recula et tendit la main pour prendre son téléphone. *C'est vrai, il est dans la poche arrière de Grove. Bordel de merde !*

IX

DANNY SORTIT de la cabine des toilettes et fonça dans un grand type qui sentait mauvais.

— Excusez-moi.

— Bien sûr, vieux, bien sûr. Hé, tu as vu un mec vraiment mignon avec des cheveux roses ?

Danny plissa le front. Il ne pouvait être question que d'une seule personne.

— Euh, non. Pourquoi ?

— Oh, mon pote et moi essayons de le trouver. Une très belle paire de lèvres, si tu vois ce que je veux dire, rit-il.

Ne le frappe pas. Pas encore.

— Ça a l'air génial. Je ne pense pas qu'il soit ici, cependant.

Le type se pencha, montrant rapidement une raie repoussante et regarda sous toutes les portes des cabines.

— Merde. Peut-être qu'il est dehors. Merci, mon vieux, dit-il partant vers la porte, mais lançant malgré tout un clin d'œil. Tu es plutôt mignon toi aussi. Si tu cherches à fricoter un peu, viens me trouver.

— Oui, eh bien, je suis ici avec quelqu'un.

— Dommage pour moi. Mais il y a toujours plus tard, pas vrai ?

Il rigola et se dépêcha de sortir.

Merde ! Laurie. Danny courut hors des toilettes, renversant presque des types à l'air intellectuel dans le couloir et regarda dans les deux directions. Le panneau Sortie clignotait. Comme un dératé, il courut jusque-là, ouvrit la porte et jeta un coup d'œil dehors. *Pou-ah.* Pas du parfum d'usine.

Il regarda vers la gauche. Une silhouette en vêtements légers était appuyée près du mur. *Laurie.* Danny referma la porte et trottina vers lui. Alors qu'il s'approchait, Laurie se retourna brusquement et poussa les poings en avant. Danny s'arrêta et leva les mains.

— Waouh. C'est moi, dit-il en reculant.

— Oh Dieu merci !

— Qu'est-ce qui se passe, bordel ?

73

— J'étais en chemin pour aller aux toilettes quand ces deux connards m'ont accosté. Je pensais que vous étiez partis.

— J'étais aux w.c. Si vous étiez entrés, j'aurais pu les frapper avec ma queue molle, plaisanta-t-il avec un sourire. Pourquoi n'avez-vous pas appelé Grove ? Il est toujours là, pas vrai ?

— Il a mon foutu téléphone dans sa poche, expliqua Laurie, regardant derrière le coin et reculant rapidement. Ils sont tous les deux dehors, bon sang.

— Ça va. Nous allons simplement passer devant eux. Ils ne s'en prendront pas à moi.

— Vous pensez ? Allons, vous n'êtes pas King Kong.

— Oh, je ne sais pas. Beaucoup de gens m'ont accusé d'avoir un cerveau de singe.

Laurie sourit, mais il avait toujours l'air de paniquer.

— Vous allez appeler Grove. Je vais vous donner son numéro. Il doit être inquiet désormais.

— D'accord, accepta Danny en tendant la main vers son téléphone

— Hé, Woolly. Il est par ici !

Danny leva les yeux pour voir le grand type se tenant sur le parking en ligne de mire directe pour Laurie et lui. *Pas bon. S'ils nous coincent là derrière, personne ne pourra nous voir.* Il attrapa le bras de Laurie et commença à avancer, vite, mais sans avoir l'air effrayé – il l'espérait.

Quand ils se rapprochèrent, le grand type dit :

— Hé, bon boulot. Tu l'as trouvé pour moi. Merci. Nous vous prendrons tous les deux.

Danny arriva sur le parking devant le bar avant que le type ne lui coupe la route. Venant vers eux, un mec mince et d'aspect maladif montra ses dents jaunes.

— Mer-de vieux, qu'avons-nous là ?

— Continuez d'avancer, marmonna Danny.

Le bras de Laurie se raidit alors que les deux hommes se rapprochaient.

Le plus mince se mit devant Danny. Celui-ci poussa en avant avec une épaule et l'écarta du passage, tirant toujours Laurie.

Soudain, le bras de Laurie se tendit dans sa prise.

— Putain ! Lâche-moi, connard, hurla Laurie.

Danny regarda derrière lui. Merde, le grand type tenait l'autre bras de Laurie. Ils allaient l'étirer comme une poupée de chiffon.

— Lâche-le si tu veux conserver tes couilles, gronda Danny.

— Ah oui ? rigola le type. Tu as quelqu'un d'invisible pour t'aider ?

— Depuis quand suis-je invisible, espèce de sale con ?

Laurie donna un coup avec une de ces longues jambes et frappa si fort dans les couilles du grand type qu'elles auraient dû disparaître dans son corps.

— Bordel ! Espèce de mauvaise garce !

Le grand cria et se débattit pour attraper Laurie, mais il tomba quand même sur les fesses, serrant ses bijoux plus du tout précieux.

Une main serrée frappa l'arrière de l'épaule de Danny. Il se retourna avec le bras levé et claqua son poing sur la mâchoire du type mince, mais vit tout juste le rasoir dans son autre main arrivant droit vers son visage. Il esquiva. La lame coupa quelques cheveux avant qu'il puisse relever son pied botté contre l'entrejambe de cet enfoiré. *Deuxième frappe.*

— Danny ! Attention !

Merde ! Il tourna alors que le grand type abaissait violemment vers sa tête un morceau de bois qu'il devait avoir trouvé par terre. Danny bondit sur le côté, mais attrapa quand même un coup et des échardes sur l'oreille. Putain !

— Laurie !

Ce devait être la voix de Grove.

Danny tituba en arrière. *D'où viennent tous ces gens ?* Plusieurs personnes se tenaient sur le porche et d'autres poussaient la porte. Grove courut vers eux. Il attrapa le type mince par le cou et le traîna au sol, pendant que deux autres cow-boys venaient l'aider. Le grand connard commença à avancer vers Danny, vit les renforts, lâcha son bout de bois et se mit à courir à travers le parking. Danny aurait ri face à ce connard luttant contre la gravité – si son oreille et son épaule ne faisaient pas un mal de chien.

Une voiture de police s'arrêta sur le parking, un homme en uniforme en bondit et attrapa le fuyard, le ramenant vers le groupe.

Danny se tint la tête baissée, respirant fort et essayant de ne pas voir Laurie, tenu tendrement dans les bras de Grove.

Frank vint à côté de Danny et posa une grande main sur son épaule.

— Hé, chéri, je ne peux pas te lâcher des yeux deux secondes. Que se passe-t-il, bordel ?

— J'ai vu un des clients du ranch se faire harceler par des pervers. J'ai essayé de le secourir.

— Celui avec les cheveux roses ? demanda Frank en regardant autour de lui.

— Oui.

75

— Doux Jésus, tu parles d'une demoiselle en détresse.

Un policier en cuir craquant s'avança. Il fit un signe de tête à Danny.

— Vous êtes celui qui est impliqué dans la bagarre ?

Danny hocha la tête.

— Puis-je voir votre carte d'identité ?

Danny sortit son portefeuille de sa poche et le tendit.

Le policier passa sa lampe torche dessus.

— Vous voulez bien me dire ce qui s'est passé ?

— J'étais aux toilettes, expliqua Danny en soupirant. Ce grand type est entré et a commencé à déblatérer sur un mec que son pote et lui prévoyaient de se partager. J'ai compris d'après ce qu'il disait que leur cible était un client du ranch où je travaille. Je suis allé le chercher et l'ai trouvé se cachant dans l'allée. Juste à ce moment-là, le grand type et son connard d'ami sont arrivés et ont essayé d'écarter Laurie – euh, M. Belmont – de moi. J'ai rechigné, dit-il en haussant les épaules. J'ai gagné, avec l'aide de M. Belmont.

— Bien sûr qu'il a rechigné. Je serais blessé ou mort s'il n'y avait pas eu Danny.

Laurie venait de se précipiter aux côtés du policier interrogeant Danny, avec un autre agent le suivant.

— Monsieur Belmont, nous devons encore vous poser des questions.

— Oui, oui, très bien, répliqua Laurie, écartant le policier d'un geste de la main. Mais je ne veux pas qu'on harcèle Danny. Il m'a sauvé, bon sang !

Grove repassa un bras autour de Laurie.

— Allons, bébé. Ils veulent vous interroger tous les deux séparément.

Laurie repoussa son bras et planta les mains sur ses hanches.

— Merde, Grove. Tu es un putain d'avocat. Menace quelqu'un !

Danny lutta pour garder son sérieux.

Grove ne semblait pas heureux. Il jeta un regard noir à Danny, mais dit :

— Je suis sûr que personne ne prévoit de créer des problèmes à M. Boone, Laurie. Il t'a clairement protégé, comme d'autres dans ce groupe et moi pouvons en témoigner.

Il lança un regard plissé vers le policier, lui tendit une carte de visite, puis s'éloigna avec l'autre officier, entraînant Laurie, qui continua de regarder en arrière vers Danny.

Frank étudia la carte et offrit un sourire ironique à Danny.

— Ça doit être sympa d'avoir un avocat célèbre dans son camp.

— Célèbre ?

— Oui. Il défend des sociétés géantes et des acteurs. Il gagne habituellement.

— Je garderai ça à l'esprit, dit-il avec un sourire au policier.

— D'accord, encore quelques questions, demanda celui-ci en levant un sourcil.

Frank posa une main sur le bras de Danny.

— Tu veux que je reste ?

— Non. Merci d'être resté si longtemps. Je dois rentrer. Je commence tôt demain.

Frank hocha la tête, jeta un coup d'œil au policier, comme s'il pouvait peut-être voler un baiser à Danny, se ravisa, agita la main et s'éloigna.

D'accord, calme-toi et réponds aux exigences de la loi. De l'autre côté du parking, Laurie semblait toujours indigné – et Grove avait toujours l'air protecteur. Danny soupira.

LAURIE FAISAT les cent pas devant l'entrée de la boîte, ses yeux filant régulièrement vers Danny, qui était toujours assis sur le capot de la voiture de police en répondant aux questions. Grove était allé payer leur addition avant qu'ils puissent rentrer à la maison. *La maison ? Le ranch. Peut-être que si je respire assez profondément, je n'irai pas frapper ce flic sur la tête avec une brique.*

Je me demande qui est le rendez-vous bien foutu de Danny ? Était. Il n'était pas resté pour s'occuper de Danny. *Merde. Pourquoi ça me rend heureux ?*

— C'est bon, bébé, allons-y.

Grove passa de nouveau ce bras propriétaire autour des épaules de Laurie. Celui-ci croisa les siens.

— Pas avant que tu t'assures que personne ne va mettre Danny en prison.

— Laurie, bon sang...

Juste alors, Danny se leva, essuya le fond de son jean et commença à partir vers son camion.

Mince, il a l'air si triste. Laurie arracha ses yeux de la silhouette qui s'éloignait.

— D'accord. Nous pouvons partir.

Il coinça le bras dans le creux de celui de Grove, mais celui-ci paraissait aussi raide que du fer. Ils marchèrent jusqu'à la Spyder dans un silence tendu. Grove ouvrit la portière et s'en écarta avant même que Laurie puisse entrer complètement. Ce dernier serra les dents et referma sa portière.

Grove sortit du parking, tournant sèchement le volant et écrasant l'accélérateur.

— Que t'a fait ce pauvre volant ? demanda Laurie en le regardant du coin de l'œil.

— Rien.

Il avait craché le mot entre ses dents. Alors il ne se laisserait pas amadouer.

— D'accord, qu'ai-je fait pour t'offenser ?

Grove agissait comme s'il était celui qui avait été attaqué. Laurie se mordit la lèvre pour s'empêcher de le dire.

— Sérieusement ?

— Oui. Sérieusement.

— Tu es gaga de ce foutu cow-boy comme s'il avait décroché la putain de lune. Je ne t'ai pas emmené en vacances pour que tu puisses baver sur tout ce qui a un pantalon.

Il enfonça durement le pied et la voiture bondit par-dessus le stop. Un camion cabossé, qui avait la priorité, klaxonna pour montrer son objection et Grove leva la main pour lui faire un doigt d'honneur.

— Merde, Grove ! s'exclama Laurie en l'attrapant, les gens ici ont des flingues dans leur voiture.

— Nous sommes en Californie, rétorqua-t-il en lui arrachant sa main.

— Ce n'est pas comme si tu avais remarqué, soupira Laurie. Ralentis un peu et parlons.

Grove lâcha un grognement indigné, mais diminua la pression de son pied. Laurie s'appuya contre la portière et le regarda.

— J'étais mort de peur. Ces deux types – enfin, tu les as vus – ça n'aurait pas été bon pour moi. Je t'avais laissé mon téléphone.

— Oh merde, j'ai oublié.

— Oui. Aucun moyen d'appeler, toi ou n'importe qui. J'ai regardé au coin du bâtiment et essayé de trouver comment passer devant ces deux connards, quand soudain Danny est arrivé comme un deus ex machina.

— Quoi ?

— Comme un dieu qui apparaît et arrange tout à la fin d'une pièce grecque. En tout cas, j'étais si reconnaissant, je voulais... lui donner mon premier-né.

Cela souleva un peu les lèvres de Grove.

78

— Quelque chose dans ta vie reproductive dont tu dois me parler ?

— Très amusant. Bref, je n'allais pas laisser la police lui sauter dessus, parce qu'il n'avait personne pour le protéger après avoir mis sa sécurité en jeu pour venir m'aider.

— Alors, interrogea Grove en lui jetant un coup d'œil, comment savait-il où tu étais – puisque pas de téléphone et tout ?

— Sur le coup, je ne savais pas et j'étais bien trop bouleversé pour demander, mais apparemment un des connards est entré dans les toilettes pour hommes en me cherchant. Il a décrit un mec avec des cheveux roses et Danny a pensé que ça devait être moi. Il a commencé à chercher et m'a trouvé.

— Il aurait pu venir me chercher, se renfrogna Grove.

— Je crois qu'il a eu une sensation d'urgence – ce pour quoi je suis profondément reconnaissant, admit Laurie en prenant une inspiration. Je suis vraiment content que tu aies découvert toute la situation et que tu sois venu à notre secours, ou les choses auraient pu être bien pires.

Pas totalement vrai, mais pas un mensonge non plus.

— Je commençais vraiment à m'inquiéter. Quand j'ai vu des gens courir vers le parking, je les ai suivis. J'ai eu peur de découvrir ton corps mort.

— Oh, chéri, je suis tellement désolé.

Euh, pourquoi je m'excuse envers lui ? Il a clairement pensé qu'il me découvrirait en train de baiser avec Danny Boone, pas mort sur le sol. Oh, eh bien, la jalousie n'est somme toute pas mauvaise.

— Au moins, tu vas bien, dit Grove en tapotant son genou. Rentrons.

— Rentrons vraiment à la maison, d'accord ? demanda Laurie avec un hochement de tête. Je vais venir avec toi demain matin. Nous ne sommes pas obligés de revenir – à moins que tu le veuilles.

— Oh, pourquoi ?

— Je ne me suis pas autant amusé ce soir qu'avant. De plus, je veux simplement être avec toi.

Pas complètement vrai aussi, mais ça devrait l'être.

— Vraiment ? D'accord, bébé, nous en parlerons.

Fais-moi simplement dégager d'ici avant que je bousille ma vie pour de bon.

DANNY ARRÊTA le camion sur l'espace de parking poussiéreux à l'extérieur du baraquement. *Quelle sale soirée suivant une journée minable. Jouer les Lancelot et regarder Guenièvre repartir avec le Roi Arthur. Ou peut-être*

79

que je suis Arthur et que Grove est Lancelot – merde, je ne sais pas. Aucun doute là-dessus cependant, son visage faisait mal, ses côtes faisaient mal, sa tête faisait mal. Ajoutez un peu d'action de cœur à ça. *Connard stupide.*

Il se traîna hors de la cabine de son camion et trébucha, attrapa donc la vielle portière et produisit un couinement qui aurait pu réveiller des vampires. *Génial.* Avec précaution, il referma la portière derrière lui et avança en boitillant vers la porte de côté du baraquement. *Lit.*

Un grand corps apparut au coin du bâtiment et Danny sauta en arrière, serrant les mains en poings.

— Waouh, cow-boy. C'est moi, dit Rand en levant une main.

— Mince, désolé.

Il s'appuya contre le bardage. Difficile de rester debout.

— Que diable t'est-il arrivé ? s'étonna Rand en regardant son visage.

Danny lâcha un soupir géant qui ébouriffa les cheveux sur son front

— J'ai été pris dans une bagarre avec deux types chez Larry. C'est pour ça que je rentre tellement tard. J'ai dû répondre à un paquet de questions venant de la police.

— Police ? Merde, ça semble sérieux.

Rand s'efforça de voir à travers le silence sombre les entourant.

— Tu veux venir prendre un chocolat chaud et nous dire ce qui s'est passé ?

— Bizarrement, un chocolat chaud semble meilleur que n'importe quoi d'autre.

— Allons-y avant de réveiller tout le baraquement. Manolo est resté ce soir et plusieurs autres ouvriers aussi.

Danny hocha la tête et se traîna à travers l'espace ouvert jusqu'au pavillon avec Rand. Kai était assis dans un rocking-chair fixant le ciel de ses yeux aussi sombres que la nuit.

— Bonsoir.

Danny tituba en montant les deux marches du porche.

— Bon sang, mon vieux ! s'écria Kai en se levant d'un bond, tu ferais mieux de t'asseoir avant de t'effondrer.

Danny s'assit lourdement dans le rocking-chair.

— Que s'est-il passé ?

— Ne dis rien avant que je nous aie préparé du chocolat chaud avec des marshmallows, l'enjoignit Rand en levant une main.

Il entra de cette manière bien à lui, comme jamais pressé.

Kai l'observa partir et ensuite fixa Danny.

80

— On dirait que tu pourrais avoir l'utilité d'un verre de bourbon à la place du chocolat.

— Non. Le chocolat semble meilleur.

Rand ressortit de la maison en portant de grandes tasses avec une blancheur gluante dessus. Il tendit leur tasse à Danny et Kai et garda la sienne. Il la leva.

— Au combat pour le bien.

Il sirota son chocolat et finit avec une moustache de marshmallow qui fit ricaner Kai jusqu'à ce que Rand l'enlève de sa langue. Cela fit soupirer son mari.

— Je te rends ta chaise, dit Danny en commençant à se lever.

— Ça va.

Rand le poussa doucement sur l'épaule et s'assit sur les marches, s'appuya contre les montants du porche et étira ses longues jambes devant lui.

— Allez, balance.

— Vous saviez que nos clients, Grove et Laurie, allaient chez Larry ce soir ?

— Oui, acquiesça Kai. Nous les y avons envoyés.

— Oui, eh bien, je les ai vus de loin. Je prenais un verre avec Frank. En tout cas, je suis allé aux toilettes et ce type à moitié soûl entre en cherchant un mec avec des cheveux roses et clairement rien de bon à l'esprit. Il semble que son pote et lui avaient de vilains projets pour notre joli client. Je suis parti chercher Laurie, l'ai trouvé se cachant dehors et nous avons fini par nous battre avec ces deux connards. Enfin, dit-il après avoir siroté et léché sa lèvre, les flics sont arrivés et j'ai dû répondre à une tonne de questions, mais ils m'ont laissé partir.

— J'appellerais ça aller bien au-delà du devoir pour un client, ricana Kai.

— Où était Grove pendant tout le temps où vous vous battiez ? demanda Rand d'un air renfrogné.

— Il est sorti en courant avec la foule. Laurie s'était dirigé vers les toilettes pour hommes quand il a été arrêté par connard numéro un. Il ne pouvait pas appeler Grove puisqu'il avait laissé son téléphone portable quelque part.

— Tu vas bien ?

— Endolori à certains endroits. Rien qu'un taureau ne m'ait déjà fait et pire.

— Besoin d'un médecin ?

81

— Non.

— Où est la sirène maintenant ? s'enquit Kai, levant un sourire en coin.

Danny secoua la tête. *Je souhaiterais ne pas savoir.*

— Il est rentré ici avec Grove, je pense. Et il a donné autant qu'il a reçu. Merde, il a presque anéanti d'un coup de pied les couilles d'un des mecs.

— Il a des profondeurs cachées, celui-là, constata Kai avec un sourire.

Je ne veux pas penser à ça. Danny sirota son chocolat.

— Mon vieux, c'est foutrement bon.

— Une vieille recette de famille de Kai, expliqua Rand en lançant un sourire tendre à son mari.

— Chocolat hawaïen, s'amusa Danny en buvant une nouvelle gorgée. Je pense que je ferais mieux d'aller dormir ou vous aurez un ouvrier de moins demain.

Rand prit la dernière gorgée de son chocolat.

— N'hésite pas à faire la grasse matinée – jusqu'à six heures.

Danny rit, laissa sa tasse sur le porche et retourna en clopinant jusqu'au baraquement. Il rinça rapidement de sur lui la puanteur des connards, se déshabilla dans sa chambre et s'allongea sur son lit, laissant l'air venant de la fenêtre rafraîchir ses blessures. *Pourquoi diable est-ce que Laurie me rend dingue à ce point ? Doux Jésus, je suis près d'hommes tout le temps – de toutes tailles, formes et couleurs. D'accord, il est une combinaison unique de joli comme un minet avec une pointe dominante et une bonne dose de cerveau.*

Il lâcha un rire comme un aboiement.

Merde, je viens juste de décrire mon rêve devenu réalité, une combinaison aussi rare qu'une licorne.

82

X

LAURIE FIXAIT le miroir au-dessus du lavabo. Aucune preuve évidente de dommages venant de la bagarre – si on ne comptait pas le bleu naissant au bout de son pied pour avoir frappé le connard dans les noix. *Je devrais l'encadrer comme une médaille.*

Des images de Danny Boone roulant dans la poussière, ses longues jambes se débattant et ses poings volant, passèrent dans son esprit. *Mon propre chevalier en armure étincelante. Eh bien, la boucle de sa ceinture est brillante, en tout cas.* Danny l'avait secouru. Pas d'autre moyen de le décrire. Il aurait si facilement pu partir ou trouver quelqu'un d'autre qui s'en serait occupé. *Non. Il m'a trouvé et s'est battu pour moi. Une vraie merde de héros.* Il fixa ses propres yeux écarquillés. *Mieux vaut sortir avant que l'admiration du héros ne gagne.*

Il tendit la main vers le peignoir accroché au-dessus de la chaise près de la baignoire – et s'arrêta. *Fait chier ! J'ai tabassé des types qui ont essayé de me violer – avec beaucoup d'aide de mes amis.* Attrapant un bas de pyjama dans le tiroir de la commode, il l'enfila et sortit dans la chambre.

Grove enfonçait des vêtements dans sa valise. Laurie s'arrêta.

— Que se passe-t-il ?

— N'as-tu pas entendu le téléphone sonner ?

— Non. Je prenais une douche.

— Je dois partir vraiment tôt demain.

— Oh, d'accord.

Il alla jusqu'à l'armoire et en tira sa plus petite valise.

— Qu'est-ce que tu fais ?

— Mes bagages. Je viens avec toi, tu te souviens ?

Un pli passa rapidement sur son visage.

— Oh, bébé, je vais bouger si vite demain, ce n'est pas le meilleur moment.

— Dépose-moi simplement chez moi et continue. Pas un drame.

— Oui, eh bien, prépare juste ton petit sac. Tu peux récupérer le reste quand nous reviendrons. Ce n'est pas comme si tu n'avais pas beaucoup de trucs à porter, déclara-t-il en continuant de préparer ses affaires.

Si je ramasse cette putain de valise pour la lui jeter à la figure, vous pensez qu'il pourrait le remarquer ?

83

— D'accord, je vais préparer un minimum – à moins que tu ne veuilles pas du tout revenir.

— Laurie, soupira bruyamment Grove, je pensais que tu aimais cet endroit. On aurait certainement dit, puisque tu es manifestement John Wayne. De plus, je n'ai pas le temps d'attendre que tu charges l'équivalent d'un an d'une garde-robe.

— D'accord, d'accord. À quelle heure est-ce que tu pars ? Je me lèverai tôt et finirai d'emballer mes affaires.

Qui lui a enfoncé un tisonnier chaud dans le cul ?

— Euh, environ sept heures, je pense.

— D'accord.

Laurie attrapa son téléphone et programma l'alarme pour six heures.

— Je déteste que tu doives te lever si tôt, ajouta Grove en refermant son sac.

Bordel ?

— Je me lève toujours tôt, comme tu le sais très bien. C'est toi qui aimes dormir jusqu'à midi.

— Tellement vrai, admit-il. Désolé. Allons dormir.

Laurie se glissa dans les draps frais, laissa tomber sa tête sur l'oreiller et fixa le plafond. Grove s'allongea et éteignit les lumières.

Prends une profonde inspiration. C'est important.

— Chéri, travailleras-tu sur le rachat de mon père pendant que tu es au bureau ?

Silence.

— Hum ? Oh, c'est vrai. Oui, j'essaierai.

— Maman est plutôt dans tous ses états. Tu sais à quel point c'est important pour lui. Elle a peur que perdre cette entreprise ne le tue.

— Ça pourrait être un peu trop dramatique même, pour ta mère. Comme je l'ai dit, j'essayerai.

— Merci.

Pour rien ! Laurie se retourna sur le côté, le dos vers Grove. *Peut-être que si je rentre, je pourrai trouver un autre avocat pour aider Papa, ensuite, Grove n'aura pas l'impression que je profite de son expertise.* Il ferma les yeux et commença à se détendre en partant des orteils.

POURQUOI SUIS-JE réveillé ? Laurie ouvrit en papillonnant des paupières et jeta un coup d'œil vers le téléphone sur la table de chevet. Pas d'alarme. *Mais quelque chose m'a réveillé. Il fait carrément noir.*

84

Oh, hmm. Une érection de la taille du Montana appuyait contre le drap et la couverture légère par-dessus. Ça *doit être le coupable. Est-ce que je rêvais ?* Des images s'allumèrent dans son cerveau, de Danny se battant – nu, sexe dressé et pointant vers le ciel. *Ça fera l'affaire.* Il glissa une main vers le bas et saisit la bête sauvage. *Je pourrais sûrement pisser si cette chose descend.* Il saisit plus fort. *Chut. Ne réveille pas Grove. Il voudra baiser et – eh bien, ça ne semble pas vraiment attirant.*

Il regarda à sa gauche dans l'obscurité. *Pas de respiration.*

Grove s'est-il réveillé ? Il tendit le bras. Draps à moitié chauds – mais les couvertures repoussées.

Il doit être dans la salle de bain. Il prit une grande inspiration et se glissa hors des couvertures. *Rafraîchir un peu la bête.* Il se leva et tâtonna à la recherche de sa robe de chambre en soie, trouvant le bas de pyjama à la place. Oh oui. Son personnage masculin. Il l'enfila, puis avança vers le coin où se trouvait la porte de la salle de bain. Elle s'ouvrit sans lumière à l'intérieur et définitivement sans eau en train de couler. *Bordel de merde ? Quelle heure est-il ?*

Le front plissé, il chercha de la main pour revenir au lit et attrapa son téléphone. Cinq heures quinze.

— Grove ?

Pas de réponse. Laurie alluma la lampe de chevet.

Les draps de Grove étaient repoussés, comme s'il venait juste de partir. *Peut-être qu'il est allé nous chercher du café ?* À cinq heures quinze ? Felicia serait-elle déjà debout ?

Avançant dans le salon de la suite, Laurie écarta les stores et regarda dehors. Les lumières douces de la propriété jetaient une illumination basse sur le parking. *Attendez. C'est quoi ce bordel ?* Il se précipita sur la porte et l'ouvrit. *La voiture est partie.* Il regarda autour de lui, comme si quelqu'un avait pu cacher la Spyder dans son salon.

La voiture n'était pas la seule chose qui était partie. Le sac de Grove – disparu.

Il se tourna et scruta la pièce. Là, sur la table basse en érable était posé un morceau de papier à carreaux. *Le putain de bâtard fourbe et emmerdeur.* Il avança, s'assit et ramassa le papier.

Désolé. Urgence. Pense comme tu pourras monter vite à cheval sans moi. MDR. J'appellerai pour te faire savoir quand je te récupérerai. Bisous – Grove.

— Putain !

85

Il se leva d'un bond, alla d'un pas raide jusqu'à la porte d'entrée qu'il avait laissée ouverte et la claqua si fort qu'il réveilla probablement des gens en Utah. Attrapant la première chose sur laquelle il put mettre la main, il souleva une poterie mexicaine au-dessus de sa tête pour la jeter, se ravisa et la reposa avec précaution.

Qu'est-ce qui, exactement, est si foutrement important qu'il ne pouvait pas me réveiller pour aller avec lui ?

Il attrapa son téléphone et composa un numéro. Une sonnerie. Deux. Trois.

— Salut, Laurie.

— Nom de Dieu, bordel, Grover Chilcott. Pourquoi as-tu fait ça ?

— Tu dormais si profondément.

— Connerie ! Mon sommeil profond ne t'a jamais empêché de me retourner pour me baiser.

— Écoute. J'ai essayé de te le dire, je n'avais pas le temps pour d'emporter des bagages pour ce voyage.

Laurie se figea. *Des bagages ?* Il se brisa presque le doigt en appuyant sur le bouton Fin.

Grover Connard Chilcott vient juste de me laisser ici sans voiture, sans réservation d'avion ni aucune chance de lutter contre un cul de cow-boy si appétissant que je pourrais faire de lui mon régime alimentaire. Peut-être que c'est un test ? Peut-être qu'il veut voir si je vais devenir Dannytarien.

Laurie entra dans la chambre, jeta son téléphone sur le lit, ignora la sonnerie de Grove quand elle résonna dans la pièce et ouvrit la porte de l'armoire.

— Je vais te montrer, putain, des bagages.

Si c'était un test de la fidélité de Laurie, il était sur le point de le rater.

OH BON sang, quel rêve. Les hanches de Danny s'agitaient et des gémissements vibraient dans sa poitrine. L'odeur du sexe remplissait toute sa tête comme une fumée musquée et – *c'est quoi ce bordel ?* Ses yeux s'ouvrirent d'un coup, la conscience revint comme la plus froide des vagues et il se décala vers le mur avant qu'il puisse même comprendre la scène devant ses yeux clignant.

— Qu'est-ce que vous faites ici, bordel ?

Dans le duvet doux de la lumière matinale, Laurie le regardait depuis sa position agenouillée sur le lit, ses vifs yeux bleus brillant même dans la faible lumière et ses lèvres humides étaient légèrement entrouvertes.

— Salut.

Danny baissa les yeux vers son propre sexe dressé, qui correspondait à un appendice tout aussi proéminent dans le bas de pyjama en soie bleue de Laurie. Ce qui correspondait aussi était la salive sur le sommet de sa queue et le scintillement de salive à côté des lèvres de Laurie. Ce n'était pas un rêve ! *Désir ? Bondir ? Réponse intelligente ? Réfléchis !*

— Euh, ne devriez-vous pas être blotti contre Grove à cet instant, en train d'être réconforté ou autre chose ?

Merde, pourquoi regardes-tu les dents de ce cheval donné ? Littéralement.

Qui aurait pu savoir que Laurie pouvait produire un pli aussi profond entre ces sourcils courbés ?

— Je pourrais être en train de faire ça, excepté que ce bâtard est parti et m'a laissé ici sans voiture et sans considération pour le fait que j'ai demandé à l'accompagner pour retourner à San Francisco.

À travers un bourdonnement de désir qui aurait dû illuminer la moitié de la Californie, deux faits furent enregistrés : (a) Laurie incarnait la fureur et (b) Laurie voulait quitter le ranch. Deux raisons foutrement horribles pour coucher ensemble – peu importe à quel point Danny le voulait vraiment.

— Alors, euh, vous avez décidé de vous venger de Grove en rampant dans mon lit ?

Qu'est-ce qui faisait le plus mal ? Sa queue ou sa poitrine ?

— Non !

— Ça y ressemble, soupira Danny.

Laurie fixa sa main reposant contre le drap.

— Ce n'est pas ça.

Danny glissa les jambes sur le bord du lit, tendit la main vers son jean sur la chaise droite, se leva et l'enfila. Ce n'était pas comme si Laurie n'avait pas déjà vu tout ce qu'il avait. *Merde, il y a goûté. N'y pense pas !*

— Alors si ce n'est pas ça, c'est quoi ?

Laurie leva les yeux, sembla remarquer que Danny était à moitié habillé et se renfrogna encore plus.

— Je... Je vous apprécie vraiment.

87

— Je vous apprécie vraiment aussi, mais voyons. Nous ne vivons même pas dans le même monde, et vous avez un petit ami. Un fiancé pour ce que j'en sais. Vous ne voulez pas vraiment faire ça.

Son pli eut un pli – mais ses lèvres tremblèrent.

— Si, je le veux.

Eh bien, putain, quand l'univers a-t-il fait de moi celui qui est fort ? Danny saisit sa chemise et l'enfila lentement. *Que Dieu ait pitié.*

— Pourquoi ne retournez-vous pas à votre chambre pour mettre des vêtements et nous irons prendre le petit déjeuner ?

Le joli visage de Laurie se tordit en grimace, de l'eau fit irruption dans ses yeux et il sanglota.

— Allez vous f-faire foutre !

Là-dessus, il bondit du lit et fonça vers la porte.

Doux Jésus, combien de personnes verraient Laurie fuyant du baraquement en larmes – et en pyjama ? Rand ? Kai ? Les clients ?

Danny s'effondra sur le lit et passa une main dans ses cheveux. *Je suis baisé – sans aucun des bénéfices qui l'accompagnent.*

DANNY SE força à sourire et passa les roulés à la cannelle. Puisque Rand et Kai avaient remarqué qu'il agissait bizarrement, il avait besoin de prendre sur lui et de faire son putain de boulot. Si seulement ses parties inférieures arrêtaient de vibrer. *Cet homme doit avoir un fer à marquer dans la bouche, parce que je pense que son nom est imprimé de façon permanente sur ma queue.*

— Aimeriez-vous du beurre pour aller avec, Nora ?

— Si je refuse le beurre, puis-je avoir deux roulés à la cannelle en plus ? demanda-t-elle en mâchant joyeusement.

— Je suis sûr que ça fonctionne ainsi, dit-il avec un sourire.

Tu vois. Ce n'est pas si difficile. Jusque-là, personne n'avait dit quoi que ce soit sur le fait de voir Laurie s'enfuir du baraquement en pyjama. Il croisa les doigts pour que ça continue comme ça.

— Hé, Danny, interpella Andy, j'ai entendu dire que vous étiez monteur de taureaux.

— Sans blague ?

Laurie se tenait dans l'encadrement de la porte ouverte de la salle à manger, ayant l'air plus délicieux que les roulés. Danny déglutit et toussa.

Laurie baissa la tête et jeta un regard mal à l'aise à Danny.

88

— Désolé d'être en retard.

Il se glissa sur la chaise libre à côté d'Aliki, qui lui lança son meilleur sourire et tendit les roulés.

— Merci.

— Vous allez les aimer, assura Aliki en regardant la pile restante avec envie.

— Je sais.

Andy revint à son sujet.

— Alors, est-ce vrai pour la monte de taureaux ?

— Dis-leur, Danny, incita Aliki, enfonçant un morceau de roulé dans sa bouche.

Danny hocha la tête et fixa son café pour ne pas fixer Laurie.

— Oui. J'ai été connu pour monter un taureau ou deux.

— Oh, bon sang ! s'exclama Andy en retombant sur sa chaise, je veux voir ça. Puis-je le voir ?

— Je ne pense pas que nous gardions de méchant Brahmas dans l'écurie, répondit Danny avec un sourire.

— L'as-tu déjà vu monter ? demanda Andy, se tournant vers Lani.

— Non, fit-elle en secouant la tête. Mais j'aimerais à coup sûr voir ça.

— Êtes-vous bon ?

— Je ne suis pas mauvais, biaisa Danny en haussant les épaules et en mâchant.

— Il est plus que pas mauvais, bondit Aliki. Il a gagné la semaine dernière contre un des meilleurs monteurs de taureaux dans le monde entier !

Danny jeta un coup d'œil à Manolo, qui essayait d'avoir l'air innocent.

— Waouh, souffla Andy, ne voulant définitivement pas abandonner. Avez-vous eu un trophée ?

— Non. Juste un chèque.

Danny ricana, mais ses joues chauffèrent. Cela devait venir de la sensation des grands yeux bleus de Laurie.

— N'y a-t-il pas un endroit où nous pourrions vous voir monter avant de repartir ?

— Youpi ! Rodéo, cria Aliki le poing levé. Génial.

Danny secoua la tête.

— Le rodéo où je suis allé est fini.

Il ne mentionnerait pas l'événement ACRP de l'autre côté de la ville. *Pas moyen, vieux. Bien trop près de la maison.*

— Ohh.

89

Andy semblait déçu. Rand se pencha.

— Peut-être que nous pouvons préparer une démonstration d'équitation comme au rodéo pendant que tu es ici, Andy.

Il sourit, mais ce n'était pas du pur enthousiasme.

— Merci, Rand. Ce serait super, dit-il avant de soupirer. J'aimerais à coup sûr voir Danny monter un taureau.

— Prenez votre temps avec le jus d'orange et les roulés à la cannelle, proposa Rand en repoussant sa chaise, puis sortez et nous travaillerons un peu plus sur le trot.

Danny fourra un morceau supplémentaire dans sa bouche, versa du café dans sa tasse, ajouta le lait et suivit Rand.

Laurie repoussa sa chaise juste à temps pour l'empêcher de passer. Il leva ses grands yeux écarquillés.

— Désolé.

Danny inclina la tête et essaya de garder son visage neutre.

— Pourrais-je vous parler quelques minutes ?

Danny releva les yeux. Nora les regardait avec un petit sourire, mais personne d'autre ne semblait faire attention.

— Bien sûr.

Laurie se leva et remit la chaise en place pour que Danny puisse continuer de sortir sous le soleil éblouissant. Laurie avança à côté de lui. Avec un signe de tête, Danny montra un arbre à l'extérieur du baraquement.

— Ça convient ?

Laurie marcha rapidement jusqu'à l'arbre et s'assit sur l'herbe. Danny suivit et s'assit près de lui.

Personne ne dit quoi que ce soit pendant une seconde. Danny tourna le regard vers lui.

— À vous de dégainer.

— Je ne peux pas croire que vous ayez dit quelque chose d'aussi totalement cow-boy, grogna Laurie.

— Désolé. C'est une habitude.

Il regarda de nouveau le visage magnifique. Même en habits western, Laurie portait un peu de couleur en plus sur les lèvres.

— De plus, je suis un cow-boy, né et élevé comme tel alors, ne m'emmerdez pas, dit-il avec un sourire pour montrer qu'il plaisantait puis il redevint sérieux. De quoi vouliez-vous parler ?

— Je suis désolé.

Danny hocha la tête et lâcha un lent et long soupir bruyant.

90

— Oui. C'est ce que je pensais.

— Comment vous sentez-vous ?

— Eh bien, je ne suis certainement pas en train de me plaindre de l'expérience, expliqua-t-il, bougeant la paille dans sa bouche d'un côté à l'autre. Mais je n'aime pas l'infidélité.

— Ce n'est pas comme si je vous avais donné le choix, admit-il en fixant le sol, alors vous n'avez pas vraiment trompé votre petit ami.

— Frank n'est pas mon petit ami. Lui et moi sommes des amis plan-cul, bien que si quelqu'un doit être un cow-boy gay, Frank correspond à l'image de ce qu'un vrai petit ami pourrait être, ajouta Danny en crachant sa paille et en cherchant une autre. Non, je voulais dire Grove et vous. J'ai compris par la conversation avec votre mère que ce n'est pas une relation désinvolte.

— C'est compliqué.

Danny le regarda, les sourcils plissés.

— Mais sérieux compliqué, pas vrai ?

— Oui.

— Je ne veux pas être quelqu'un qui pousse un autre type à tromper. Ou même qui le tente.

Laurie secoua la tête avec véhémence.

— Non, tout est ma faute. Ce n'est pas à vous de me rappeler que j'ai des attaches. Manifestement, je suis très attiré par vous, et comme je le dis, ma relation avec Grove a, je pense, de multiples facettes, soupira-t-il. Le problème – ou du moins l'un d'eux – est que tellement de gens veulent cette relation pour moi, alors c'est difficile de me souvenir qu'à l'origine, je l'ai choisie moi-même.

Il sourit, mais cela avait l'air plutôt triste.

— S'il vous plaît, pardonnez-moi d'avoir été faible, inconsidéré et égoïste.

Waouh. Cela lui fit mal au cœur.

— Rien à pardonner. On s'énerve tous parfois.

— Merci de dire ça, au moins, répondit Laurie, les lèvres incurvées. Grove dit que j'ai mauvais caractère et que je suis bien trop autoritaire.

— Être un peu autoritaire n'a jamais fait de mal à personne.

Danny fixa l'angle du soleil et se concentra sur le fait d'empêcher son membre de se lever.

— J'ai tendance à être comme ça.

91

Danny prit une inspiration et roula pour s'accroupir. Il regarda Laurie par-dessus son bras.

— Vous feriez mieux de ne pas m'en dire plus.

— Alors, nous pouvons être amis ?

— Bien sûr.

Il esquissa un demi-sourire, se leva et retourna vers l'endroit où Rand enseignait au groupe les subtilités du trot. Non. Il ne voulait pas du tout penser plus longtemps à l'autoritarisme de Laurie

OH MON Dieu, quel cul ! Laurie observa Danny s'éloigner. Il pouvait encore sentir le goût de ce gros sexe musclé entre ses lèvres – le goût salé, le musc, la douceur. *Pourquoi je rêvasse sur un cow-boy ? Oui, ce type est dévastateur, mais je vois des hommes superbes tout le temps.*

Il se traîna pour se remettre sur ses pieds, toujours accroupi dans la poussière, attrapa un bâton et fit des dessins dedans. *Peut-être que j'apprécie simplement Danny parce que je sais que tout le monde le détesterait – Maman, Papa, Grove. D'accord, c'est tordu, mais je déteste juste faire ce qui est attendu. Malgré tout, gâcher le futur de ma famille n'est pas un jeu de vacances.*

Il frappa le bâton contre le sol une fois, deux fois, de plus en plus fort. *Je déteste ça, putain. Piégé. Piégé par l'entreprise de mon père, les putains d'attentes de ma mère et le foutu ego sensible de Grove.*

Oh putain ! Il jeta le bâton aussi loin qu'il put – ce qui lui donna quand même quelques mètres de satisfaction seulement. Soudain, de la chaleur remplit sa tête, comme si quelqu'un avait allumé un chauffage dans son cerveau. Il serra fort les yeux pour retenir les larmes. Les mots furent murmurés en une litanie.

— Je suis magnifique, je suis désirable, n'importe qui serait chanceux de m'avoir. Je suis magnifique, je suis désirable et...

Une goutte s'échappa et glissa le long de sa joue. *Si c'est vrai, alors pourquoi Grove est-il parti et Danny a fui loin de moi ? Pourquoi personne ne veut-il de moi ?*

Avec un long soupir, il essuya ses joues, se leva et avança pour mettre ses fesses sur une selle – pas l'endroit où il les avait voulues ce matin-là.

92

XI

BON SANG, il sentait chaque minute de cette journée dans chaque muscle et os de son corps, en commençant par le sommet de son sexe qui palpitait toujours de la succion des lèvres de Laurie. *Peut-être que je le sentirai pour le reste de ma vie.*

Aller dîner comptait comme le numéro un million sur sa liste de choses qu'il voulait le plus faire. *Bouge ton cul.*

Inspirant l'air frais du soir pour trouver de l'énergie, il passa près du porche du pavillon sur son chemin vers la salle à manger.

— Danny ?

Oh, merde.

— Oui, patron ? demanda-t-il en ralentissant.

— Je peux te parler une seconde ?

Double merde.

— Bien sûr.

Il marcha jusqu'au porche où Rand se tenait fixant la lune. Danny s'arrêta en bas des escaliers et la fixa lui aussi.

— Alors, j'ai entendu dire que notre client est sorti en courant du baraquement ce matin, en pleurant et ne portant pas grand-chose.

Triple merde, tu es découvert.

— Qui t'a dit ça ?

— Felicia.

— Hmm.

— Je pense que c'est vrai, puisque Felicia est plutôt fiable.

— Oui.

— Donc, des larmes ne suggèrent pas une nuit de sexe illicite. Qui a attiré qui et qui a énervé qui ?

Danny frotta ses bottes dans la poussière.

— C'était simplement un instant de mauvais jugement basé sur un état d'énervement envers un petit ami.

— Laurie énervé contre Grove.

93

— Oui. Grove est parti et a laissé Laurie ici alors qu'il avait demandé à retourner en ville avec lui. Laurie s'est énervé et, je suppose, a décidé de se venger.

— Et toi..., incita Rand en agitant une main.

— Je lui ai rappelé qu'il se tirait une balle dans le pied, ce qui ne lui a pas exactement fait plaisir sur le coup et a provoqué les larmes. Laurie s'est excusé aujourd'hui après y avoir réfléchi.

— Alors tu l'as rejeté ?

— Oui, soupira doucement Danny.

— Je dois dire que je suis sacrément fier de toi.

— Oh ?

— Ça n'a pas dû être facile.

Ils fixèrent tous les deux la lune. Pas besoin de répondre. Rand était un homme gay. Il savait simplement à quel point il avait foutrement raison.

Enfin, Danny recracha son brin de paille.

— Tu viens dîner ?

— Non. Je pense que je vais prendre un repas rapide et faire un peu de paperasse.

— Si je ne te revois pas, dit Danny en hochant la tête, dors bien.

— Danny ?

— Oui ?

— Merci. Seulement quelques jours de plus et tu pourras mettre tout ça derrière toi.

— Oui, acquiesça Danny.

Je compte dessus.

Il marcha lentement et à allure régulière jusqu'à la salle à manger. Serait-il là ? *Respire simplement et mange.*

Du bavardage amical et de bonnes odeurs dérivaient par la porte. Danny enleva son chapeau quand il entra et – s'arrêta. *Eh bien, merde.*

Aliki ricana et Andy essaya de garder son sérieux. Manolo avait rejoint le groupe, assis à côté du père d'Andy, et il semblait sur le point de mourir de rire. Sur le mur opposé à la porte, le poster du rodéo s'accordait bien avec le décor western. Simplement pas n'importe quel poster. Celui pour le rodéo commençant dans deux jours – en périphérie de Chico.

Danny détourna les yeux et ignora le poster alors qu'il posait avec précaution son chapeau sur son crochet à côté de la porte, puis se glissa sur un des sièges vides. Pas de Grove, bien sûr, et pas de Laurie. Danny hocha la tête.

94

— Le dîner sent très bon.

— Il est fabuleux, promit Nora avec un sourire.

Felicia entra avec une assiette pleine pour lui – poulet grillé, purée et brocolis. Elle essayait de leur faire tous manger des légumes verts. Danny entama son repas, ignorant toujours le poster.

— Merci, Felicia. C'est merveilleux.

Finalement, Andy ne put le supporter davantage.

— Euh, Danny, avez-vous remarqué le poster du rodéo ?

— Oui.

— Eh bien, euh...

Aliki se leva d'un bond.

— Oncle Danny, tu dois aller à ce rodéo et monter un taureau, tu dois le faire, c'est tout.

— Eh bien, ce n'est pas possible, Aliki, puisque je ne suis pas inscrit à ce rodéo ou à cet événement.

— Tu as deux jours, Oncle Danny !

— Les inscriptions doivent être fermées maintenant. C'est un événement ACRP de bonne taille, alors beaucoup de monteurs participeront. Une bonne chose que je ne suis pas dedans ou je me serais fait botter les fesses.

— Qui botte quelles fesses ? demanda Laurie.

Il entra dans la salle à manger, habillé d'un jean noir moulant rentré dans ses hautes bottes brillantes, avec une chemise en soie rose qui s'ouvrait sur le milieu de son torse lisse légèrement musclé.

— Je suis vraiment désolé d'être en retard. J'avais des appels à passer.

Il avança droit vers la cuisine et Danny l'entendit dire :

— Coucou, Felicia. Laissez-moi me servir puisque je suis impoli d'être en retard.

— Laurie, allez vous asseoir. J'amène votre dîner.

— Vous êtes un ange avec une sauteuse.

Il fila de la cuisine et s'assit à table en face de Danny.

— Alors, suis-je trop en retard pour participer au bottage de fesses ?

Aliki se glissa hors de sa chaise et se précipita vers Laurie.

— Persuadez Danny de monter un taureau pour nous, s'il vous plaît, Laurie, s'il vous plaît.

Laurie se pencha vers Aliki et chuchota en aparté.

— Euh, Aliki, je n'ai pas vu de taureaux au ranch, et toi ?

95

— Pas au ranch, Laurie, au rodéo, dit-il en pointant frénétiquement le poster.

— Ah, je vois.

Il regarda Danny de ses yeux bleus caraïbes et battit ses cils mis en valeur.

— S'il vous plaît, s'il vous plaît, Danny, montez un taureau pour nous, s'il vous plaaaaaît.

Aliki grogna et courut autour de la table, tombant à genoux.

— S'il te plaît, Oncle Danny.

Lani se renfrogna et regarda son frère.

— Aliki, Oncle Danny fait beaucoup pour nous, ce n'est pas approprié de le supplier de faire quelque chose qu'il pourrait ne pas vouloir faire et qui est dangereux en plus de ça.

Lani était rarement sévère et Aliki répondit immédiatement. Il se leva et regarda fixement ses chaussures.

— Je suis désolé. Je ne voulais pas être in... euh, inapproprié.

— Ce n'est pas grave, déclara Danny en lui ébouriffant les cheveux. Comme je l'ai dit, les inscriptions sont probablement closes depuis des jours ou plus. Mais nous pouvons peut-être avoir des billets pour voir le rodéo. Qui aimerait ça ?

— Ce serait vraiment gentil, merci.

Pas exactement un enthousiasme écrasant.

— Et toi, Andy ?

— Oui, merci, répondit Andy, après avoir regardé Lani, s'attendant à une réprimande.

Laurie plissa les lèvres et appuya sa joue dans sa main.

— Alors, dites-moi pourquoi vous ne pouvez pas monter un taureau, hmmmm ?

— Je ne suis pas inscrit.

— Alors, inscrivez-vous.

— Il est trop tard.

— Et qu'en est-il de Maury Garcia ? Je parie qu'il pourrait te faire entrer.

Manolo fixait son poulet comme si ce foutu truc pourrait caqueter et il réussit à contrôle le rire qui appuyait manifestement contre sa bouche pour sortir.

Laurie reprit du poil de la bête, emmenant Aliki et Andy à sa suite.

— Qui est Maury Garcia ?

Manolo jeta un coup d'œil à Danny avant de répondre.

— Un des plus grands monteurs de taureaux au monde. Danny lui a sauvé la vie.

Tue cet homme. Tue-le maintenant.

— Ça pourrait exagérer le cas en question d'environ cent pour cent.

— Ce n'est pas vrai. Tu as écarté ce taureau et l'as maintenu loin de Garcia. C'est sauver la vie, mon vieux.

Aliki s'illumina comme une chandelle romaine.

— Comment contactons-nous M. Garcia ?

— Nous ne le ferons pas, se renfrogna Danny. *Assez !* Écoutez, les gars, je connais à peine Maury Garcia et je ne vais pas l'emm... je veux dire, le déranger en demandant des faveurs quand il ne se souvient même pas de mon nom. Faites-moi savoir si vous voulez aller au rodéo.

Il fourra une énorme bouchée de purée dans sa bouche et garda le regard fixé sur son assiette.

Le bruit de fourchettes râpant les assiettes remplit la salle à manger autrement silencieuse.

Soudain, une chaise grinça en reculant sur le sol en pierre et Danny leva les yeux. Laurie sortit son téléphone de sa poche et commença à appuyer sur des boutons. Il jeta un regard à Danny.

— C'est n'importe quoi. Je vais appeler Maury Garcia et lui demander de vous inscrire au rodéo.

— Youpi ! cria Aliki en se levant d'un bond.

Puis il regarda Lani et se rassit. Danny secoua la tête.

— Vous ne pouvez pas faire ça.

— Je vais me gêner, répliqua-t-il en retournant à son écran. Alors, il est sur Facebook, Instagram et Twitter. Voyons. Demande d'ami envoyée. Suivi, continua-t-il en poussant quelques boutons de plus. Et liké, Génial.

— Voyons, Laurie, vous ne pouvez pas être sérieux.

— Pourquoi ? Manolo dit que vous lui avez sauvé la vie. Je le lui rappelle simplement, expliqua-t-il avant de chercher à nouveau. Hmm. Ce pourrait être son numéro de portable. Je vais essayer.

— Laurie, stop. Je ne veux pas participer à ce rodéo.

— Pourquoi ? Vous pourriez gagner de l'argent pour votre fonds. Ceci dit que le vainqueur gagne deux mille dollars. Maintenant, je peux admettre que ce n'est pas beaucoup pour risquer votre peau, mais si vous l'avez fait pour moins, pourquoi pas pour plus ?

Il commença à composer des chiffres sur son téléphone.

97

— D'accord. Je l'appellerai.

— Ce pourrait être le bon numéro, dit Laurie en levant les yeux.

— J'ai son numéro dans ma chambre, soupira Danny. Je l'appellerai quand je retournerai au baraquement.

— Vous promettez ?

Il regarda Aliki et Andy, qui le fixaient tous les deux avec de grands yeux, se tortillant sous le regard vigilant de Lani.

— Hé, Boone, intervint Manolo, un sourcil levé, ne nous laisse pas te pousser à t'engager dans quelque chose que tu ne veux vraiment pas faire. Surtout pas dans quelque chose comme monter un taureau. Mince alors.

Oh, merde.

— Non, ça va. Je ne peux probablement pas m'inscrire, mais j'appellerai Garcia et essaierai.

C'est juste un rodéo. Ça rendra les enfants heureux. Il y a de bonnes chances que tu ne voies jamais quelqu'un que tu ne veux pas voir, de toute façon.

Aliki leva le poing au ciel et articula *Oui !* en silence.

Danny finit son repas en sentant les yeux avides du groupe le regarder toutes les deux ou trois secondes. Cela incluait M. Bleu Caribéen de l'autre côté de la table. Enfin, après des myrtilles à la crème, il abandonna et recula de la table.

— Je pense que j'ai un appel à passer. À demain matin.

— Dors bien, Oncle Danny, lui dit Aliki avec son sourire aux dents écartées.

— Oui, dormez bien, Oncle Danny.

Le murmure de cette voix sensuelle et voilée remonta le long de sa colonne. Il réprima l'envie de lever son majeur.

De retour dans sa chambre, il trouva le bout de papier qu'il avait conservé dans son tiroir supérieur. *Je suppose que si je ne voulais vraiment pas appeler ce type, je l'aurais jeté.* Il fixa le numéro, prit une grande inspiration et le composa. *Il ne répondra probablement pas à un numéro qu'il ne connaît pas.*

— Garcia.

— Oh, euh, salut, Maury. Tu ne te souviens sûrement pas de moi. C'est Danny Boone.

— Bon sang, si, je me souviens de toi. Comment ça va, Danny ?

— Bien. Je, euh, tu as dit que si jamais je voulais monter durant un événement que...

98

— Bien sûr que oui, vieux. Je suis content que tu acceptes mon offre. Tu veux t'inscrire pour le reste de la tournée ?

— Oh non, rien de tout ça. Je sais que c'est vraiment tard, mais le prochain événement à Chico – eh bien, certains des clients au ranch où je travaille ont vu un poster et ils m'ont enquiquiné parce qu'ils veulent me voir monter. Je leur ai dit que c'était probablement clos, mais j'ai promis que je t'appellerais pour demander.

— Oui, bien sûr. C'est seulement clos depuis quelques jours. J'appellerai demain à la première heure et leur dirai que nous avons une inscription tardive. Je leur dirai que c'est un cow-boy qui amènera un paquet de fans locaux. Ils apprécieront. S'il y a un problème, je te rappellerai, mais je m'attends à ce que ce soit facile. Alors, à moins que tu aies de mes nouvelles, présente-toi simplement à l'événement et je te verrai là-bas.

— Merci, Maury. Je t'en dois une.

— Bon sang, non, tu ne me dois rien. Ce n'est qu'un petit acompte sur une vie de gratitude, fils. On se voit à Chico, ricana-t-il en raccrochant.

Ce n'était pas si difficile.

Danny alla jusqu'au vieil ordinateur portable qu'il gardait sur sa commode. Il l'ouvrit et se connecta à son compte en ligne. Le solde de son épargne – quinze milles et des poussières. Pas beaucoup pour retourner en cours et construire un ranch, même si ses projets étaient modestes. Malgré tout, chaque foutu dollar pouvait être suivi à la trace sur de longues journées, des muscles douloureux et des fesses endolories. Deux milles gonfleraient un peu ce résultat.

Puisque je dois y aller, je me demande si je peux gagner.

Laurie retourna à la cabane. Non, une meilleure description serait tirer lentement son corps protestant jusqu'à la cabane. Ce qu'il voulait faire était d'aller au baraquement sous l'excuse de la monte de taureaux et traîner avec Danny. *Inapproprié*, comme dirait Miss Lani. En fait, *traîner* était un euphémisme pour des activités bien plus pornographiques. Encore plus inapproprié.

Il arriva à la porte, se força à l'ouvrir et entra.

Seul.

Étrange. Bon sang, il passait des heures seul à San Francisco, travaillant sur des croquis, faisant des recherches, lisant, regardant des films et appréciant simplement sa propre compagnie. Pourquoi commencerait-il

99

soudainement à se sentir seul ? Parce que Grove l'avait laissé ici ? Merde, la plupart du temps en ville, il ne s'en souciait pas s'il voyait Grove d'un jour à l'autre. Triste, mais vrai. *Alors que se passe-t-il ?*

Il s'assit sur le canapé et alluma la télévision. *J'apprécie vraiment les gens ici. Amusant.* Il était habitué à être avec des décorateurs, architectes, artistes et les amis riches et puissants de Grove. Il oubliait à quel point c'était amusant de simplement passer du temps avec des gens normaux – et des enfants. Il voyait rarement des enfants.

Danny.

Même s'il envoie ma queue sur orbite et que nous ne comprenons pas la plupart du temps, j'ai l'impression que c'est – quoi ? Facile, lui vint à l'esprit. Comme si tout le monde dans sa vie formait une passerelle d'œufs sur lesquels il marchait avec précaution – protéger les sentiments de Maman, la santé de Papa, l'ego de Grove. Avec Danny ? D'une certaine façon, Laurie s'investissait pleinement. Se battre ? Fonce. Flirter ? Vas-y. Baiser ? Il pouvait seulement imaginer. *Est-ce parce que je ne lui dois rien ? Parce qu'il n'a pas vraiment d'importance pour moi ?*

Étrangement, la réponse était *merde, non !*

Son téléphone vibra. Pendant une seconde, il grimaça intérieurement. Tant de gens à qui il ne voulait pas parler. Mais quand il regarda l'écran, il sourit. Sa cliente préférée.

— Salut, Viola. Comment allez-vous, très chère ?

— Vous me manquez. Vous vous amusez bien ?

— Oui, en fait, je m'amuse.

— Dites à ces cow-boys de prendre des photos de vous sur un cheval et de me les envoyer. Je peux l'imaginer maintenant.

— Je le ferai, rit-il.

— Je suis désolée de vous déranger, mais j'ai eu un appel de l'assistant de Carlson disant qu'ils ne pouvaient pas obtenir la table antique que nous avons choisie. J'étais plutôt triste, mais j'ai pensé que j'allais m'assurer que vous étiez au courant. Carlson ne m'appelle presque jamais.

— C'est très étrange. Je ne sais en fait rien là-dessus, mais j'appellerai demain à la première heure pour le découvrir. Et ne vous inquiétez pas. C'est probablement juste une erreur, mais si ce n'est pas le cas, j'ai trouvé une autre table ici à Chico, que vous adoreriez, alors nous pouvons l'utiliser comme substitut si nécessaire.

100

— Merci, Laurie. Je sais que vous ferez de ma nouvelle salle à manger un endroit luxueux. Mais juste entre vous, moi et le chandelier en cristal, je peux vivre sans des appels venant de Carlson et de son assistant prétentieux.

On est deux.

— Pas d'inquiétudes, ma chère. Je vais m'occuper de tout.

— Bisous. Continuez de vous amuser.

— Au revoir.

Il fit un bruit de baiser dans le téléphone et elle gloussa.

Il raccrocha et fronça les sourcils. Pourquoi Carlson embêtait-il la plus grosse cliente de Laurie ? Il s'avérait qu'elle était aussi un des principaux générateurs de revenus pour l'entreprise, alors si Carlson savait ce qui était bon pour lui, il resterait loin d'elle, mais Carlson Armisted savait rarement ce qui était bon. Son style avait été en vogue pendant un moment. Assez longtemps pour lancer son entreprise. Mais depuis lors, il avait construit la réputation de la compagnie sur le travail de ses architectes d'intérieur – surtout Laurie, pendant les dernières années. C'était vrai, s'attribuer le mérite du travail des autres était une tradition consacrée dans le design – jusqu'à ce que les esclaves se révoltent. Laurie planifiait son évasion quotidiennement, mais elle n'arrivait pas assez vite.

Il éteignit la télévision qu'il ne regardait pas et entra dans la salle de bain. Une douche rapide plus tard, il se glissa au lit et regarda la couverture du livre qu'il ne lisait pas. Monter un taureau. Neuf cents kilos de puissance entre les jambes. *Waouh, ça, c'est une trique.*

XII

DES CHAPS et de la bouse de vache. Beaucoup des deux partout. Non pas qu'il se plaignait du premier – en particulier sur Danny. La vache, jeu de mots voulu, ces morceaux de cuir faisaient du bon boulot pour encadrer la cible. Laurie obligea ses yeux à retourner sur le groupe assemblé à l'extérieur de l'arène de monte. Aliki fixait un poster sur la palissade, ses yeux sombres écarquillés.

— Oncle Danny ?

— Oui ? demanda celui-ci en se retournant.

— Pourquoi ça dit « les huit secondes les plus dangereuses du sport » ? questionna le garçon, pointant le poster.

— C'est ainsi que certaines personnes appellent la monte de taureaux.

— Oh, souffla-t-il en déglutissant avec difficulté.

Lani lança à Aliki un regard signifiant *je te l'avais dit,* mais ne prononça pas un mot.

Danny jeta un coup d'œil à Laurie, puis aux autres. Tout le monde était venu – tous les clients du ranch, Manolo, même Rand et Kai. Danny sourit, mais il paraissait nerveux.

— Qui s'occupe de la boutique ?

— J'ai laissé quelques ouvriers pour s'occuper des animaux, dit Rand, mais j'ai annulé les leçons aujourd'hui. Mince, ce n'est pas tous les jours que nous pouvons te voir monter un taureau.

Laurie avait pensé qu'ils arriveraient ici, qu'il retiendrait sa respiration pendant huit secondes tandis que Danny risquerait sa vie et qu'ils rentreraient. Pas de chance. La compétition incluait deux tours. Un le matin et un l'après-midi – le « court », leur avait dit Danny. Bien sûr. Danny pourrait ne pas arriver jusque-là. *Merde, je pourrais ne pas y arriver non plus.*

L'odeur de chevaux, de vaches et de sueur remplissait sa tête comme de la fumée. Il avait imaginé que toute cette testostérone rassemblée en un seul endroit serait un aphrodisiaque, mais l'arène offrait une étrange sensation. Inconfortable. Gênant à admettre, mais Laurie s'était donné du mal pour avoir l'air viril aujourd'hui – aussi viril qu'il pouvait – pour ne pas mettre Danny mal à l'aise, mais apparemment le Laurie viril n'était pas à la hauteur dans cet univers saturé de mâles-alphas. Des cow-boys passaient et le regardaient, certains ayant l'air choqué et d'autres mauvais. Seuls quelques-uns semblaient admiratifs ou même neutres. Laurie frissonna. Merde, il vivait à San Francisco et décorait la maison des gens. Son style personnel lui donnait des points en plus dans son monde, mais pas ici, chéri. *Fais attention. C'est à ce point-là que Danny et toi êtes différents.*

Danny était en train de dire :

— D'accord, je dois aller derrière et me préparer pour mon premier tour.

— Avez-vous déjà choisi votre taureau ? demanda Andy avec un sourire, impressionné.

— Non, je ne choisis pas. Je suis simplement un non classé ici, alors mes taureaux sont choisis au hasard.

— Savez-vous qui vous avez eu ? continua Andy, paraissant inquiet.

— Son nom est Humdinger [2]. Je l'ai vu. Je pense qu'il est à la hauteur.

Un autre monteur passa à proximité et lança un regard surpris à Laurie. Mieux que certains. – Hé, Danny, où est votre casque ? s'étonna Laurie. Beaucoup de monteurs en ont.

— Je n'en utilise pas. J'ai besoin de mon chapeau pour l'équilibre.

La mâchoire de Laurie se décrocha.

— N'est-ce pas dangereux ?

Danny baissa la tête et regarda Laurie par-dessous le bord de son chapeau, vers lequel il tendit la main et l'abaissa.

— Mince, je dois donner à cette bête une chance de se battre.

Avec un sourire, il partit d'un pas nonchalant vers l'entrée des monteurs dans l'arène.

Rand grogna, Aliki applaudit et Laurie regarda fixement, hypnotisé par les muscles se contractant dans ce cul médaille d'or.

DANNY MONTRA sa carte d'identité au type à la porte de la loge des concurrents. Merde, trop chic à son goût. Il aurait préféré aller directement aux cages dès que possible, mais les instructions étaient de se présenter ici. Il entra dans la grande salle improvisée, aperçut une chaise et s'assit dessus.

Il ne leva la tête que quand il entendit son nom. Maury avançait vers lui avec quelques-uns de ses grands hommes de main à l'air effrayant.

---

2 Humdinger : D'enfer.

103

— Hé, Danny, viens te joindre à nous.

Maury arriva près de lui, tendit une main que Danny serra, puis désigna une grande table ronde au milieu de la pièce, pleinement occupée par des monteurs.

— Oh, merci. Je ne veux pas m'imposer.

— Tu ne t'imposes pas. Ce sont juste quelques mecs. Viens.

Danny le suivit. Il n'avait pas prévu de s'installer si loin de la scène du rodéo, mais pour l'instant, faire avec semblait la meilleure option. Puisque c'était un rodéo plutôt petit d'un jour avec une petite récompense, les hommes autour de la table étaient surtout des seconds couteaux, pas les meilleurs monteurs comme Maury. Mais bon sang, Danny était un outsider, alors ils étaient tous mieux classés que lui.

— Messieurs, dit Maury, voici Danny. Il est du coin – et un ami. Faites de la place.

Un des types, un grand avec un Stetson gris, tira une chaise et Danny s'assit. Earl Westerman, qui semblait toujours être dans le coin où que Maury soit, lui fit un signe de tête.

— Boone.

Danny rendit le hochement de tête.

Le grand type le regarda avec un sourire en coin. *Oh bordel, ça commence.*

— Il a dit Boone ? Tu es vraiment Danny Boone ?

— Ouaip.

— Bon sang, tes parents n'avaient aucune sympathie, rit-il.

Il n'en avait pas idée. Danny sourit. *Prends sur toi.*

Un autre type – quelqu'un nommé Vince – avec un sourire pugnace dit :

— Alors depuis combien de temps montes-tu, Danny ?

— Longtemps.

— Je ne t'ai pas vu sur le circuit.

Danny réprima le désir de dire, *c'est parce que tu n'y es pas non plus, connard.*

— Je ne monte pas dans le circuit. J'ai un travail régulier. Je suis simplement ici pour faire plaisir à des enfants.

— Merde, vieux, je ne suis pas sûr que j'offrirais de me faire botter le cul par Humdinger pour un paquet de rase-moquettes.

— Qu'est-ce qui te fait penser que c'est Humdinger qui va donner les coups ? demanda Maury avec un sourire et un clin d'œil vers Danny.

104

— Pourquoi ne montes-tu pas dans le circuit, Danny ? interrogea un jeune monteur. Avec ton physique, tu serais un chouchou de la foule. Une vraie rock star.

— Merci, répondit Danny avec un demi-sourire, mais il n'est pas question de physique. Il est question de la monte.

— Et tu en sais quelque chose, n'est-ce pas ? se moqua Vince.

— Possible, répliqua Danny avec un haussement d'épaules.

Maury s'appuya en arrière contre sa chaise.

— Danny m'a battu la dernière fois.

— Sans déconner ? s'étonna le jeune gars, les yeux écarquillés.

Les organisateurs attirèrent l'attention de tout le monde et expliquèrent clairement les règles de la compétition. Tout le monde les connaissait, mais ils devaient le faire. Quand ils eurent fini, les compétiteurs commencèrent à sortir.

— Bonne chance, Danny, lui dit Maury avec une claque sur le dos. J'espère que tous ces gamins auront le spectacle qu'ils souhaitent.

— Merci beaucoup pour ton aide.

— Je n'ai rien fait, vraiment. C'était un plaisir.

Danny avança jusqu'à la palissade pour observer les autres monteurs. Maury venait plus tard dans la compétition, puisque c'était son nom qui attirait les gens à cet événement. Il obtenait probablement un bonus pour la publicité, de plus les milliers du grand prix valaient la peine de venir – s'il gagnait, bien sûr. *Je pourrais voir ce que je peux y faire.*

Danny se hissa sur la barrière et regarda autour de lui, pendant que le premier monteur se préparait. Cette arène locale n'était pas Salt Palace ou Madison Square Garden. Il pouvait plutôt bien voir les gradins et les gens. Ses yeux vagabondèrent.

Là. Des cheveux roses. Ça doit être ça. Assez sûrement, à côté de Laurie était assis Aliki, sautillant un peu, et il y avait Rand et Kai et Andy et son père et les dames. Tandis que Danny observait, Laurie tourna la tête et le regarda directement. Danny leva une main et Laurie rendit le salut, puis se pencha vers Aliki et le montra du doigt. Aliki bondit et commença à agiter les bras. Danny rit.

D'accord, prépare-toi. Il vérifia son kit dans sa veste, puis s'écarta pour se conditionner. Certains types écoutaient de la musique. Il aimait simplement respirer et penser à des choses qui pouvaient voler. Des gens s'affairaient autour de lui tandis que les compétiteurs se préparaient et les monteurs se dirigeaient vers l'arène et le premier tour. Deux ou trois types

105

portaient en fait des costumes amusants, même si la plupart des toreros ne le faisaient plus. Ils risquaient simplement leur vie sans faire les clowns.

Une voix venant de quelque part derrière Danny dit :

— Arrête d'agir comme une pédale.

La tête de Danny se retourna d'un coup et son cœur donna une secousse violente contre ses côtes. *Était-ce... ?*

Il se tourna vers les cages de départ. Plusieurs types traversaient l'arène pour y accéder. Danny sauta de nouveau sur la barrière. *Non. Pas lui. Personne. Merde !* Il redescendit sur le sol et s'appuya contre la palissade. *D'accord, arrête de te battre contre des moulins à vent, idiot, et prépare-toi à monter.*

— AVEZ-VOUS déjà vu de la monte de taureaux, Laurie ?

Aliki remua sur son siège dans les gradins et leva vers lui des yeux énormes.

— Non. Même pas à la télé. Et toi ?

Laurie baissa les yeux sur le grand espace ouvert entouré de palissades, avec de la poussière sur le sol et une lourde odeur de vache.

— Après avoir découvert qu'Oncle Danny avait été un monteur de taureaux, répondit Aliki avec un hochement de tête, je suis allé sur le net et j'ai regardé des vidéos. C'est plutôt effrayant.

— Je suis sûr qu'il ira bien. C'est un sacrément bon cavalier, de ce que j'en ai vu.

— Oui, mais ces taureaux sont énormes.

Il fit durer le mot et Laurie en rigola. Il regarda autour de lui tandis que des hommes entraient dans l'arène.

— Ils commencent.

Le présentateur arriva et accueillit tout le monde, patati patata, demandant de la sécurité pour les monteurs héroïques et de l'appréciation pour les taureaux essayant de les éjecter. Tout le monde rit. Puis il annonça le nom du premier participant. Ce n'était pas Danny, alors Laurie ne fit pas vraiment attention. De la musique retentit et ensuite *boum !* Une porte en bois s'ouvrit et un animal monstrueux bondit avec un type chétif et déchaîné sur le dos, se cramponnant d'une main comme si sa vie en dépendait. Le taureau rejeta la tête en arrière, sauta à quatre pattes en tournant et le type fendit l'air et s'écrasa sur le sol. Deux autres hommes, dont l'un portant un chapeau ridicule, coururent délibérément devant le taureau et prirent l'animal en charge. En quelques secondes, la bête disparut par un trou dans la barrière et le présentateur roucoula quelque chose à propos d'une meilleure chance la fois suivante.

Je ne peux pas respirer.

— Euh, Laurie ?

— Quoi ?

— Vous me faites mal à la main.

— Quoi ?

Il baissa les yeux. Il tenait la main d'Aliki entre les siennes, appuyées contre son torse. Ses doigts étaient devenus blancs sous la pression et la main d'Aliki semblait un peu bleue.

— Oh mince, mon garçon. Je suis tellement désolé.

Il lâcha et prit une grande inspiration.

— Oh, mon Dieu, Laurie, s'écria Aliki en prenant son bras, j'ai supplié Danny de faire ça. Si quelque chose lui arrive, ce sera ma faute.

— Non, le calma-t-il en lui tapotant le bras, je suis celui qui l'a convaincu de le faire, tu te souviens ? De plus, il est un grand monteur de taureaux, j'en suis sûr. Rien de mal ne va arriver.

Oh, merde, je souhaiterais y croire. Il jeta un coup d'œil dans la rangée de sièges. Rand et Kai paraissaient assez détendus, Nora et Elena, ainsi que Arthur Landsdowne avaient les yeux écarquillés, et Andy et Lani semblaient aussi paniqués qu'Aliki.

Laurie pensa qu'il allait rendre son déjeuner.

Est-ce que Laurie est inquiet ? Danny regardait fixement les gradins alors qu'il enfilait sa veste. Amusant comme il ne pouvait pas manquer Laurie. Cet homme ressemblait à une fleur de serre dans un champ de cactus. Même les jolies femmes ne se détachaient pas comme Laurie. *Sors ta tête de tes couilles et va étudier Humdinger.*

Il avança derrière la cage et observa le taureau marron clair à travers les rails de fer. Des cow-boys grimpèrent pour l'aider à attacher la sangle sur les flancs, certains d'entre eux venant de l'équipe de Maury. Danny hocha la tête. Il grimpa au sommet et baissa les yeux sur Humdinger. Près de neuf cents kilos. Pas méchant, juste un athlète, entraîné comme l'était Danny. Mais Humdinger était entraîné à ruer, ou plutôt était choisi pour son inclination naturelle à le faire. Puisqu'il était dans ce petit rodéo, il n'était pas plus un taureau de premier ordre que Danny n'était un monteur

107

de premier ordre – il ne l'était plus. Mais Humdinger était jeune et sur la pente ascendante. Cela le rendait bien plus précieux que Danny.

Ils attachèrent la sangle, ensuite Danny attrapa la corde et tendit le bout à un des types de Maury, qui était monté à côté de lui. Danny se glissa par-dessus la cage et passa un pied sur le dos d'Humdinger, simplement pour faire savoir au taureau qu'il arrivait, obtenant un grognement pour sa peine. Lentement, mais fermement, il se glissa sur le dos du monstre, les orteils droits pour qu'il n'ait aucune chance de toucher Humdinger avec ses éperons avant que le bon moment n'arrive. La sensation familière de ses fesses et ses testicules s'en remettant à la merci d'un cuir de vache le submergea. Humdinger bougea avec agitation, mais n'essaya pas encore de se débarrasser de lui. *Tu me prépares pour la chute, n'est-ce pas ? C'est ce que nous allons voir.*

Danny passa sa main gantée sur la résine, puis bougea la corde d'avant en arrière contre le dos du taureau pour se débarrasser du moindre mou et positionner la cloche au bon endroit. Il fit un signe de tête au type qui commença à tendre la corde autour du grand corps d'Humdinger.

— J'aime quand c'est serré.

Ça couvre une multitude de situations.

Le cow-boy acquiesça et tira jusqu'à ce que la prise entre les épaules du taureau semble très bien, puis Danny commença à enrouler le bout autour de sa main et par-dessus son pouce. Pas trop compliqué ou il pourrait laisser des doigts derrière lui s'il était éjecté.

Le présentateur entonna :

— Maintenant, faites du bruit pour un garçon du coin avec le nom invraisemblable de Danny Boone. J'ai entendu dire qu'il a un visage que les dames aiment, alors espérons que Humdinger, venant du Ranch Albright ressente la même chose. Souhaitez-lui la bienvenue.

Les applaudissements furent mesurés, excepté une énorme explosion de cris et hurlements. *Je sais d'où ça vient.* Il sourit. Humdinger grogna de puissance refoulée et Danny prit une profonde inspiration. La voix dans sa tête ressemblait à son père. *Prépare-toi à monter le taureau – la vrille s'occupera d'elle-même.*

D'accord, Aliki. Regarde bien.

Il hocha la tête. Plusieurs cow-boys tirèrent la porte. Le temps ralentit, ses yeux se concentrèrent entre les épaules du taureau et son esprit s'enfouit dans son corps – rien n'existait à part l'instinct, la mémoire des muscles, l'entraînement et les tripes.

108

Humdinger fut à la hauteur de son nom. Il bondit dans l'arène les pattes décollées du sol, le dos arqué et tournant tout en même temps. Le petit cocon de conscience de Danny avança avec lui, se penchant en avant, assez pour monter le taureau, s'ajustant à la vrille, ne réfléchissant pas, répondant simplement et réagissant, ne faisant qu'un avec ce derviche tourbillonnant. Quand les quatre sabots de Humdinger atterrirent sur le sol d'un coup, Danny toucha les flancs du taureau de ses éperons et il repartit. *Oui, nous nous comprenons, n'est-ce pas, trésor ? Tu as juste besoin d'un mec qui apprécie ce que tu peux faire, pas vrai ?*

Pour la première fois dans sa carrière à s'entraîner à monter, et à monter vraiment, des taureaux, Danny rit. Il rit simplement.

Quelque part, il entendit la sonnerie. *D'accord, chéri. Il est temps de dire au revoir. Se séparer est une douce tristesse.* Il rit encore, attendit que Humdinger donne un coup, jeta la jambe par-dessus la tête du taureau et glissa, attrapant sa corde. Manifestement, le taureau n'était pas prêt à dire adieu. Il se retourna et chargea Danny, la tête basse, les cornes brillant dans le soleil de l'après-midi. *Putain.* Il sauta sur le côté alors que le taureau passait, puis tourna pour faire face à l'innovation suivante de la bête. Aucune pause. Le taureau fit demi-tour, donnant un coup de cornes en même temps. Danny lui fit sa *veronica*, mais Humdinger ne parlait visiblement pas espagnol, parce qu'il poussa avec une corne et manqua le ventre de Danny de quelques centimètres. Un cri de surprise monta de la foule et Danny y fit écho.

Enfin, après ce qui parut une éternité, les toreros entourèrent Humdinger et réussirent à le distraire, l'attirant loin de Danny. Celui-ci courut vers la sortie dans la palissade et plongea derrière, se tourna et vit un des toreros bondir sur la barrière pour s'échapper alors que le taureau se glissait enfin dans la cage de sortie. *D'enfer, à coup sûr, putain.*

De furieux applaudissements remplirent l'arène. Le présentateur dit :

— Applaudissez bien fort Danny Boone. Quelle chevauchée pour un nouveau venu !

Les gens hurlèrent encore plus, puis le niveau de bruit enfla.

— Voilà, les amis, un score de quatre-vingt-treize pour Danny Boone. Bien sûr, Humdinger obtient un quatre-vingt-quinze. Il pourrait bien être le seul à battre Danny aujourd'hui.

XIII

QUELQUES COW-BOYS frappèrent l'épaule de Danny tandis qu'il avançait vers les cages pour aider d'autres monteurs comme tireur de corde ou au moins, comme soutien moral. Il fallut quarante-cinq minutes pour presque arriver à la fin de la liste de concurrents pour la journée. Lorsque Maury approcha de sa cage, Danny s'avança et hocha la tête, mais la grande équipe de Maury était déjà au travail en train de positionner la sangle.

Maury rendit le signe de tête.

— Tu es un super monteur, Boone.

— Merci. J'ai été chanceux à la fin.

— Aucune chance là-dedans. Peu de monteurs sont aussi de bons toreros. Je dois dire, cependant, les toreros ont sacrément pris leur temps dans l'arène pour le dégager de toi.

— Intéressant, lâcha Danny avec un demi-sourire. Je pensais que c'était simplement moi qui ressentais ça.

— Non. J'ai observé et ils semblaient se retenir un peu. Peut-être parce que Humdinger est juste un taureau teigneux.

— Peut-être, dit-il avant de regarder le taureau noir dans la cage. Celui-ci est sérieux aussi. Tu préfères le noir ?

— Ouais. Je pense que ça ajoute une dimension mystique, tu vois ?

Il dit ces mots comme s'il les avait lus quelque part et ils rirent tous les deux.

— Je peux aider ?

— Pas dans la cage, répondit Maury en secouant la tête, mais des prières sont toujours appréciées, amigo.

Danny tira le bord de son chapeau alors que Maury grimpait pour se préparer à monter. Une minute plus tard, il fit irruption dans l'arène, sur le dos du taureau noir, offrit un très bon spectacle pour la foule et se cramponna pendant huit secondes pleines, puis s'écarta. Les toreros furent sur le noir comme des puces sur un chien – aucune hésitation là – et Maury retourna nonchalamment jusqu'à la barrière et la traversa.

Danny lui donna le coup macho sur l'épaule prérequis.

— Pas mal, vieux. Tu es une source d'inspiration.

110

— Merci. Mais nous verrons.

— Bonne chevauchée pour le champion Maury Garcia, cria le présentateur. Et le score est – quatre-vingt-dix, les enfants. Alors cela signifie que le grand prix d'aujourd'hui va à notre Danny Boone. Le second à Maury Garcia et le troisième est une égalité entre CJ Grouper et Ramon Estevez. Montez recevoir vos prix, messieurs.

— Fils de pute ! s'étonna Danny avec un sourire.

— Je te l'avais dit, rappela Maury avec un petit sourire. Je pourrais être désolé de dire ça, mais tu as besoin de venir sur le circuit, Danny. Tu pourrais gagner un paquet.

Danny sourit simplement, prit le bras de Maury et le tira dans l'arène avec leurs deux mains levées ensemble. Les gens acclamèrent comme des fous. Il jeta un regard vers les gradins, essayant de trouver Laurie – et Rand, Kai et les autres, bien sûr –, mais tout le monde était debout et il était difficile de les apercevoir.

Maury et lui reçurent leur trophée et leur chèque géant, puis descendirent de la plate-forme. Quand il atterrit dans la poussière, un projectile volant aux cheveux noirs heurta ses jambes.

— Oncle Danny, tu as gagné, tu as gagné !

Les gens se déversaient de l'arène sur le terrain autour et certains sourirent à l'enthousiasme bondissant d'Aliki. Il offrit une étreinte à l'enfant.

— Oui. Mais tu veux rencontrer un vrai monteur de taureaux ?

Aliki leva les yeux avec un grand sourire plein d'espoir. Danny montra Maury du doigt.

— Voici Maury Garcia, un des plus grands monteurs du pays.

Aliki se tourna et tendit la main.

— Je suis honoré de vous rencontrer, M. Garcia. Vous avez vraiment été bon, vous aussi.

Maury rigola et serra la main d'Aliki.

— Je dirais que ça résume bien. J'ai été perdant à deux rodéos où ton Oncle Danny était sur un taureau, expliqua-t-il en levant un sourcil vers Danny et Aliki sembla inquiet. Je suppose que je devrais le prendre dans mon équipe pour que nous puissions gagner ensemble.

Aliki sourit de soulagement, mais se renfrogna ensuite.

— Il ne devrait pas partir quelque part, n'est-ce pas ? Je veux dire, nous avons besoin de lui au ranch. Il est très important.

— Merci, Aliki, lâcha Danny après avoir dégluti difficilement. Je ne vais nulle part. Où sont les autres ?

111

Aliki leva la tête et Danny suivit sa ligne de mire pour voir la tête de Rand au-dessus de la foule, approchant vers eux.

Soudain, une voix aiguë et voilée coupa le bruit et la confusion.

— Danny, oh, mon Dieu, j'ai pensé que vous étiez mort.

Laurie traversa un mur de femmes prenant des photos de Danny et Maury et courut droit vers lui, ses cheveux roses volant, sa chemise à franges ondulant, son visage magnifique tordu de larmes et le mascara laissant des traces sur ses joues. Il joua des coudes pour dépasser les femmes et se jeta sur Danny.

— Comment pouvez-vous supporter de faire ça ? Je pensais que vous seriez éjecté et piétiné et que j'allais vous regarder mourir. Oh, mon Dieu, Danny, j'ai eu si peur.

Ses bras se verrouillèrent autour du cou de Danny et il le serra comme un étau.

Les mains de Danny touchèrent le dos de Laurie, mais ensuite il leva les yeux vers les gens qui les fixaient et les flashs des appareils de tous les fans de rodéos. Oui, il aimait plutôt ça, mais à quel point est-il prêt à s'exposer ? Il sourit et espéra qu'il avait l'air un peu gêné, ce qui était la foutue vérité.

— Je vais bien, Laurie. Je vais bien.

Une voix arriva de derrière lui et lui glaça la colonne.

— C'est un ami à toi, Sawyer ?

Les mots exacts qui avaient changé sa vie. Son ventre tourna. Merde, il pourrait vomir dans la poussière.

Danny saisit les bras de Laurie et le repoussa, puis se tourna lentement.

— Que fais-tu ici ?

Sa voix semblait dure, mais il serra les mains pour les empêcher de trembler.

Le grand homme mince avec des bras comme de l'acier, une très légère bedaine et des cheveux poivre et sel, fit ressortir une hanche et fixa Danny avec les bras croisés. Deux gros types se tenaient derrière lui avec un air renfrogné.

— Eh bien, je considère que c'est une question étrange à poser au clown de rodéo préféré de l'Amérique.

— Oui, eh bien, les gens intelligents ont peur des clowns.

Il lâcha un rire vicieux comme un aboiement.

— Tu ne viens pas en Californie habituellement.

112

— C'est vrai. Trop tapette à mon goût. Mais j'ai pensé que j'allais voir comment allaient les pédés et les débiles.

Les appareils continuaient de se déclencher. Danny serra les dents.

— Je pense que tu as vu, n'est-ce pas ? Maintenant, je sais pourquoi les toreros m'ont laissé là à me balancer le cul en l'air quand vous auriez dû faire votre putain de boulot !

— Ce n'est pas exactement la première fois que ton cul était en l'air, n'est-ce pas ? Sauvez un taureau, montez un cow-boy, pas vrai ? lâcha-t-il en regardant Laurie de manière prononcée.

Les mains de Danny se serrèrent encore plus. Merde, il ne pouvait pas déclencher une bagarre avec la moitié des fans de rodéo en Californie du Nord en train de regarder, et ils regardaient sacrément. Les doigts volaient sur les touches pendant que les gens postaient la rencontre sur chaque réseau social, excepté peut-être ChristianMingle. *Dégage de là avant de faire quelque chose de stupide et de te faire honte.* Il se tourna et découvrit Rand, Kai et les autres l'observant attentivement. Le visage de Rand était du côté menaçant de la neutralité. Danny jeta un regard en arrière vers le clown. *Au moins, je ne suis pas seul cette fois, connard.*

Maury était toujours là, les bras croisés, observant calmement. Danny hocha la tête.

— Merci, Maury. Pour tout.

Maury tendit une main. *Fils de pute.* Danny sourit, tendu, mais il espérait quand même reconnaissant. Maury regarda derrière Danny, puis dit :

— Nous parlerons. Bientôt.

Danny hocha la tête.

Maury tourna le dos aux clowns avec des regards noirs et partit tranquillement, la moitié de la foule le suivant.

Le regard de Laurie passa de Danny à Maury et à l'homme qui avait créé et détruit la vie de Danny. Pendant une seconde, les yeux de Laurie semblèrent se connecter aux siens et le pur dédain sur son visage se refléta dans l'expression des connards lui faisant face. Tous les trois plissèrent le front, mais avec une pointe de malaise. Oui, ça montrait une faible lueur d'intelligence. Laurie était bien plus dangereux qu'il ne semblait.

Danny prit son bras.

— Allez, Laurie. Partons.

Laurie regarda en arrière une dernière fois vers les connards méprisants et ce ne fut pas amical. Alors qu'ils marchaient vers la sortie, Laurie demanda :

113

— Qui est cet homme ? Le méchant.

— Ce serait mon père.

— Bordel de merde. Pourquoi vous a-t-il appelé Sawyer ?

— Parce que c'était mon nom.

Il jeta un regard sur le côté et vit les yeux de Rand sur lui. *Merde.*

LAURIE REBONDIT sur le lit comme un jouet à ressort. *Qu'est-ce que j'ai vu ? Quel genre de vie a cet homme ? Pourquoi je m'en soucie ?*

Il se remit debout et avança d'un pas raide vers la porte du salon, puis revint vers le lit et y retomba.

Tous les clients étaient rentrés ensemble dans le van, laissant Danny conduire son vieux camion tout seul. Quand ils refermèrent les portes du van, Aliki exprima toutes leurs pensées.

— Qui était ce type ?

Devrait-il le dire ? Laurie regardait par la vitre.

— Danny m'a dit que c'était son père.

— Sérieusement ? s'étonna Lani, les yeux grands ouverts.

— Avec un père comme ça, grogna Nora, on n'a sûrement pas besoin d'ennemis.

Bon sang, c'était tellement vrai.

— Ils ne semblaient pas s'apprécier.

Aliki s'appuya un peu plus contre Laurie et la chaleur était agréable. Andy se pencha entre les sièges.

— Mais mince, avez-vous vu cette chevauchée ? Danny déchire grave.

Son père lui donna un petit coup sur le bas.

— Langage, Andy, sourit-il. Mais je suis totalement d'accord.

Laurie roula sur le ventre sur le lit, prit une longue inspiration par le nez et essaya de s'enfouir dans le bleu du ciel. *Qui déchire, mon cul.* Follement déchiré, plutôt. Personne, ayant une seule personne sur la planète qui l'aime, ne devrait jamais faire un truc comme ça.

Son téléphone vibra et il l'attrapa. Oh, oui, il avait en fait une vie qui n'impliquait pas de chevaux, de taureaux et magnifiques cow-boys barjots. Viola. Bon sang, il n'avait pas appelé Carlson.

— Bonjour, ma chérie. Je suis tellement désolé...

— Laurie, Carlson essaie de prendre le contrôle de mon dossier, je suis sur le point d'annuler mon contrat.

— Quoi ?

114

— Il m'a appelé lui-même. Lui-même. Doux Jésus, vous parlez d'un second avènement du Christ. En tout cas, il a dit que lui et vous travailliez en étroite collaboration et qu'il voulait me faire signer un nouveau contrat avec l'entreprise. Je pense qu'il essaie de se débarrasser de vous et je ne veux pas entendre cette merde.

Ayant du mal à reprendre son souffle, il réussit quand même à dire :

— Ne vous inquiétez pas, ma chère. Je vais rentrer tout de suite, d'accord ? Je vais arranger ça, et si ça ne fonctionne pas, qui sait ? Peut-être que je serais à mon compte plus tôt que prévu.

— Eh bien, vous savez que je suis avec vous tout du long, Laurie. Mais si vous ne m'en débarrassez pas, je vais trouver un autre décorateur.

— Je suis sur le coup.

— Bisous.

— Bisous aussi.

Il raccrocha et fixa son téléphone. Doux Jésus, Carlson le mettait au pied du mur. Il ne voulait pas se mettre à son compte avant de pouvoir le faire sans emprunter à Grove, mais peut-être qu'il n'aurait pas ce luxe.

Il composa le numéro de Grove et obtint le répondeur. *Putain.* Il ne laissa pas de message. *Je ne suis pas encore sûr de ce que je fais.*

Son téléphone sonna de nouveau. *Mère.* Il frissonna. Après des jours de silence et peu de stress, s'il ne comptait pas un cow-boy très stimulant, le vrai monde s'infiltrait comme la sorcière d'Oz.

— Bonjour, Mère.

— Laurie, que fait Grove pour ton père ? Seigneur, nous n'avons pas entendu la moindre nouvelle et je pense que ton père va faire une crise de nerfs.

— Je suis désolé, Mère. Je le lui ai demandé encore et encore. Il est à San Francisco. Il m'a laissé ici sans voiture et sans moyen pratique de rentrer. Mais j'arrive. Je pars ce soir et je vais essayer de découvrir ce qui se passe. D'accord ?

— D'accord, chéri. Mais ne mets pas Grove en colère, d'accord ?

Il fixa le téléphone et serra les dents.

— Je te verrai probablement demain.

Il raccrocha. *Putain !* Il appuya sur le bouton Finder et demanda un taxi.

LA LUMIÈRE de la lune est vraiment jolie à cette heure de la nuit. Danny était appuyé sur les coudes et regardait le ciel. Le Grand Chariot, la Grande

115

Ourse, Persée, Le Héros. Il aimait bien celui-ci autrefois – quand il croyait aux héros. Star Gazer grogna et Danny regarda en arrière.

— Oui, j'étais plutôt stupide. Bon sang, je pense que je le suis toujours.

Star Gazer retourna à mâcher doucement des touffes d'herbe. Cela ne lui faisait ni chaud ni froid. Quelque part au loin, une bribe de musique venant de la radio d'une voiture flotta à travers le pâturage.

Merci pour le rappel. De la musique. Il se repoussa en position assise, puis se leva, brossa la poussière sur ses fesses et marcha jusqu'à Star Gazer. *Il est temps d'y faire face.*

Quinze minutes plus tard, il faisait entrer son cheval dans l'écurie. Pauly polissait tranquillement des équipements. Il leva les yeux.

— Je vais m'occuper de lui, Danny. Rand et Kai veulent te voir.

Bien sûr qu'ils le veulent.

— Merci.

Il jeta les rênes à Pauly et se tourna vers son destin. Il n'avait même pas le réconfort de rafraîchir son cheval avant de devoir confesser son paquet de mensonges.

L'air nocturne était doux comparé à son cerveau tempétueux. *Penses-tu vraiment qu'ils vont te mettre dehors ?* D'accord, il avait menti, mais cela n'avait fait de mal à personne. Il avait travaillé dur pour Rand depuis deux ans et maintenant pour Rand et Kai. Il s'arrêta aux marches du pavillon et prit une inspiration puis monta. La porte était entrouverte. Il frappa quand même.

— Entre, Danny, dit la voix de Kai.

À l'intérieur, la pièce confortable criait famille, intimité, joie. Des flammes dansaient dans l'âtre de pierre et de superbes coussins décoratifs hawaïens s'étaient d'une certaine manière mélangés avec le décor autrement western de la maison. Les jouets et jeux d'Aliki étaient empilés dans un coin, devant une bibliothèque pleine à craquer. Les enfants devaient être au lit, ce qui avait du sens puisque Danny avait poussé sa contemplation des étoiles à son maximum.

Kai se tenait près de la porte et tendit une main à Danny.

— Félicitations pour la victoire.

— Merci.

Ça ressemblait à un bon signe.

— Viens t'asseoir. Tu veux quelque chose à boire ?

— Qu'est-ce que tu as ?

116

— Bière, thé glacé, chocolat chaud...

— Arrête-toi là.

— Compris, dit-il avec un sourire.

Danny se releva quand Rand sortit de l'arrière de la maison et referma doucement la porte vers le couloir.

— Aliki était déterminé à ne pas dormir avant de te voir. Harry Potter et moi avons eu du mal à le persuader du contraire.

Danny sourit, mais ses épaules donnaient l'impression que quelqu'un les avait remplies de ciment.

— Assieds-toi.

Rand pointa la chaise confortable et Danny essaya de paraître détendu.

Kai revint avec un plateau, tenant trois tasses surmontées de marshmallows blancs pointus, et en tendit une à Rand et Danny. Il s'assit à côté de Rand sur le canapé, récupéra sa propre tasse et la sirota.

Rand fit pareil et se lécha les lèvres.

— Commence à parler.

XIV

DANNY SOUPIRA et hocha la tête, s'appuya en arrière et tint tendrement sa tasse entre ses mains. *Pousse-toi, Harry Potter.*

— Mon nom est Sawyer Jones et je viens du Wyoming. Le connard que vous avez vu au rodéo est mon père, Eldon Jones, le plus grand clown de rodéo au monde.

— Je pensais qu'ils s'appelaient des toreros maintenant ? demanda Rand, sirotant toujours.

— Il est de la vieille école.

— S'est-il déclaré lui-même le plus grand ?

— Non. C'est plutôt convenu mondialement. En tout cas, j'ai grandi dans le rodéo et mon père était déterminé à faire de moi le plus grand monteur de taureaux au monde. Je voulais aller à l'école, apprendre l'agriculture, mais il m'en a sorti pour l'entraînement. Quand je me posais enfin dans une école, il déménageait vers un autre endroit et m'emmenait.

— Où était ta mère ? questionna Kai en se penchant et en posant sa tasse vide sur la table basse.

— Ils se sont séparés juste après que je suis né. Elle ne pouvait pas non plus le supporter, je suppose. Je ne l'ai jamais connue. Il m'a gardé loin d'elle toute ma vie, puis m'a dit qu'elle était morte quand j'ai posé la question.

Bizarre de ressentir une pointe au cœur pour une personne qu'il n'avait jamais rencontrée.

— Alors c'est ainsi que tu as appris à monter les taureaux, énonça Rand.

— Oui. En fait, j'étais bien parti pour atteindre son objectif. Le plus jeune monteur dans l'ACRP. J'ai gagné presque un demi-million de dollars l'année où j'ai arrêté.

— Merde, mon vieux, pourquoi traînes-tu dans le coin comme ouvrier ? rigola Kai.

— Eldon gardait tout l'argent, se renfrogna Danny. J'étais un gamin, je n'avais pas mon propre compte en banque. Quelle était cette réplique dans *Pretty Woman* ? Grosse erreur. Énorme, dit-il avec un haussement d'épaules.

— *Pretty Woman* ? C'est vrai. Parfois, j'oublie que tu es gay.

— Oui, eh bien, mon père ne savait pas, avoua Danny, lâchant un long flot d'air.

Kai le fixa de ces grands yeux sombres.

— Et c'est pour ça que tu as arrêté ?

— Oui, acquiesça Danny. Il m'a surpris avec un autre cow-boy un soir. J'ai essayé de m'expliquer. Il n'a pas écouté, mais il ne m'a pas jeté dehors. J'ai pensé que, peut-être, il allait y réfléchir. L'accepter. Mais j'avais cette énorme compétition le jour suivant. La dernière d'un événement de trois jours et j'étais en avance sur les points. Avec toute cette putain de naïveté, j'y suis allé, j'ai exécuté la chevauchée de ma vie et gagné ce satané événement. Dès que les cinquante mille dollars ont atterri sur le compte de mon père, il a envoyé trois de ses sbires pour me faire mordre la poussière. J'en suis à peine sorti vivant.

— Merde, lâcha Rand en s'essuyant la joue.

— Trois jours plus tard, dans un brouillard d'ivrogne, quelqu'un m'a demandé mon nom. Je me suis appelé Danny parce qu'un de mes plus grands héros en monte de taureaux avait été Daniel. On m'a demandé mon nom de famille et j'ai bredouillé Boone. Une stupide légende était née, avoua-t-il en baissant la tête. Désolé de vous avoir menti, mais je ne suis plus Sawyer Jones.

— Je ne vois aucun mensonge, Danny.

— Merci.

— Il me semble que nous en avons tiré le meilleur parti.

— Non, c'est moi qui ai gagné. Je n'ai jamais eu une famille digne de ce nom avant de vous rencontrer.

— Alors, dit Kai, si ton putain de vieux n'avait jamais volé ton argent ? Qu'aurais-tu fait ?

— Facile, répondit Danny avec la moitié d'un sourire. Aller à la fac et me payer un chez-moi. Un petit ranch ou une petite ferme. C'est ce que j'ai toujours voulu.

— Au Wyoming ?

— Non. Quelque part par ici, j'imagine. J'aime la Californie. C'est un peu plus arc-en-ciel.

Kai regarda Rand et leurs yeux se verrouillèrent.

— Mais j'ai seulement..., il s'arrêta en secouant la tête pour inclure les gains de cette journée,... dix-sept milles dollars. Ce n'est pas assez.

119

— Non. Probablement pas. Mais nous avons des idées. Nous aimerions te garder par ici.

— Peut-être que nous pourrions travailler ensemble, expliqua Kai avec un sourire.

— Merde alors ! Ce serait génial.

C'était un rêve qu'il aimerait sûrement réaliser.

Une demi-heure plus tard, il sortit du pavillon et se tourna vers les cabanes des clients. Il ne voulait pas réveiller Laurie, pas exactement, mais d'une certaine manière avoir son avis semblait important. Laurie économisait pour sa propre entreprise, alors il comprendrait.

Il trottina jusqu'à la plus grande cabane – et s'arrêta. Complètement sombre. Bon sang ! Laurie devait être allé se coucher. Avançant en silence sur le porche, il se faufila vers la fenêtre. Les rideaux n'étaient pas tirés, mais Laurie ne le faisait pas toujours. Danny le savait fort bien. Il jeta un coup d'œil à l'intérieur. *Attendez. Personne ? Vide ?* Après être allé jusqu'à la porte, il poussa lentement la poignée et elle s'ouvrit tout de suite – sur une pièce vide. Pas de valises, pas de vêtements, rien. Mais où serait-il allé ? La monte de taureaux l'avait-elle autant perturbé ? Ou avait-il vu le père de Danny et paniqué ?

Danny s'assit lourdement sur le tabouret dans le salon du cottage. *Allons, connard. Il n'est pas question de toi. Grove manque à Laurie. Il a une vie qui n'a rien à voir avec toi.*

Mais stupidement, la perspective d'acheter son propre ranch près de Rand et Kai semblait un peu moins excitante.

Il inspira profondément et attrapa une bouffée d'odeur d'orange qu'il détectait parfois sur Laurie. Pas lourd comme du parfum. Peut-être que c'était du savon ou du shampoing. Bon sang, il appréciait. Il aimait beaucoup de choses à propos de cet homme. Ou avait aimé.

Il se leva et sortit de la cabane, refermant lentement la porte – beaucoup de choses.

À mi-chemin du baraquement, son téléphone sonna. *C'est quoi ça ? Il est tard.* Il ne reconnut pas spontanément le numéro, mais il paraissait familier.

— Allô ?

— Salut, Danny, c'est Maury. J'espère que je ne te réveille pas.

— Non. Non, tu ne m'as pas réveillé.

— Je pars pour le Texas ce soir, mais je voulais te faire savoir que certaines personnes de l'ACRP étaient à l'événement aujourd'hui. Ils ont

120

été impressionnés et veulent te rencontrer. Ils pensent qu'avec tes capacités et ton physique, tu pourrais bien t'en sortir sur le circuit.

— C'est vraiment flatteur.

— Ils ont dit qu'ils pensaient que les dames t'adoreraient, ricana Maury. Je n'ai pas gâché leurs illusions.

— Comment as-tu su ? Je veux dire, je t'ai entendu dire quelque chose à propos de connaître mon nom et qui j'étais autrefois, quand je t'ai rencontré lors du dernier rodéo.

— Je t'ai reconnu d'après une photo que j'ai vue sur le mur dans le bureau de l'ACRP.

— Oui, eh bien, je ne sais pas pourquoi ils voudraient de moi.

— D'abord, ils ne te reconnaissent pas. Tu es plus vieux. Les cheveux plus longs. Et même s'ils te reconnaissaient, la plupart des gens n'ont jamais su pourquoi Sawyer Jones a quitté l'ACRP. Les temps changent, Danny.

— Pas au point qu'on le remarque.

— Quand même, ça pourrait valoir le coup de leur parler. Les porte-monnaie deviennent uniquement plus gros.

— Et les taureaux plus méchants.

— Je n'ai pas remarqué que tu bronchais devant eux, rigola Maury. De plus, je déteste te voir monter si bien et avoir si peu pour le montrer.

— Maintenant, nous sommes pleinement d'accord. Merci beaucoup, Maury. Je ne peux pas te dire combien j'apprécie que tu te soucies de moi.

— Hé, j'aime le talent. De plus, vieux. Je suis Mexicain et j'ai grandi pauvre. Je sais ce que signifie d'être retenu et qu'on te dise que tu n'es pas assez bon.

— Tu leur as sacrément montré le contraire, mon vieux.

— Oui, rit-il. Maintenant, c'est ton tour. Je t'enverrai leur numéro par texto.

— Encore merci, Maury. Ce fut un jour chanceux quand je t'ai rencontré.

— Pareil, gamin. À plus tard, salua-t-il avant de raccrocher.

Fils de pute ! S'il avait été un homme croyant, il aurait dit soit qu'on lui offrait un cadeau – soit qu'il était tenté. Quand il s'était éloigné – non, avait boité – loin de la monte de taureaux, il s'était senti presque chanceux. Chaque monteur qu'il connaissait s'était brisé une douzaine d'os, certains deux ou trois fois. Les monteurs de taureaux avaient plus de commotions que les linebackers de la NFL. Bon sang, il avait des choses qu'il voulait

121

faire dans sa vie et il avait besoin de son cerveau en un seul morceau pour les faire. Il avait aussi besoin d'être en vie.

Laissant une trace dans la poussière, il traîna les pieds tout le reste du chemin jusqu'au baraquement et se glissa dans sa chambre, faisant aussi peu de bruit que possible. À l'intérieur, il s'assit sur le lit et fixa le téléphone comme si c'était une boule de cristal. Pour faire les choses qu'il voulait dans la vie, il avait aussi besoin d'argent – et comment diable un type comme lui ferait-il ce qu'il devait faire, excepté sur le dos d'un taureau ?

Il retomba en arrière, ferma les yeux et laissa la douce odeur d'orange et de cannelle tourner dans son cerveau.

JE DOIS commencer à prendre des bagages plus légers. Laurie hissa les trois sacs qu'il avait amenés avec lui hors du carrousel à valises, atterrissant presque sur les fesses alors qu'il tirait le plus gros. Un porteur offrit de l'aide – deux minutes trop tard, mais Laurie accepta l'offre de mettre les sacs dans un taxi.

Finalement, il s'assit sur la banquette arrière moisie, posa la tête contre la garniture de siège douteuse et laissa le chauffeur d'origine inconnue le transporter en ville. Froid. Il enroula de façon plus serrée l'écharpe qu'il avait nouée autour de son cou. Après une semaine de temps chaud, le brouillard de San Francisco s'infiltrait dans ses os.

Il jeta un coup d'œil à sa montre. Juste un peu après neuf heures. *Devrais-je attendre d'être rentré à la maison ou jusqu'à demain pour appeler ?* Son instinct lui hurlait de savoir. Il composa le numéro. Une sonnerie. Deux.

— Tiens, bonjour, Lawrence. Comme c'est gentil d'avoir de tes nouvelles.

La voix de Carlson semblait détendue. Distante.

— Je voulais simplement te faire savoir que je suis revenu et que je serai là demain. Les affaires semblaient bien chargées, je suis parti plus tôt que prévu.

— Je vois. Comme c'est gentil. Eh bien, il y a beaucoup de nouvelles choses à te dire.

— Telles que ?

— Pourquoi n'attendons-nous pas demain pour en parler ?

— Que dirais-tu des grandes lignes ? Tu pourras remplir les détails demain, proposa-t-il, la main se resserrant sur le téléphone.

122

— Oh, simplement que j'ai établi une nouvelle politique de contrat sous le conseil d'un avocat.

— Avocat ?

Sa gorge brûlait comme s'il y avait un fer à marquer coincé dedans et il ne pouvait pas déglutir.

— Oui. Tu te souviens de Jeffrey ? Eh bien, il a conseillé que je devrais resserrer nos contrats à la fois avec les clients et les employés. Il dit que nous sommes trop indulgents. Mon génie ne peut être compromis par le caprice d'un ambitieux.

— Qu'est-ce que ça signifie, Carlson ?

— Oh, rien de sérieux. Juste des clauses de non-concurrence et autres. La plupart des employeurs les ont. Jeffrey dit que nous sommes négligents de ne pas les inclure.

Laurie tira l'écharpe contre son torse ; il avait si froid.

— Mais tu sais qu'en Californie, c'est difficile, voire impossible, de faire appliquer la non-concurrence, d'après ce que j'ai compris.

— Oui, mais c'est extrêmement gênant pour un ex-employé, dit-il s'attardant sur le *ex* avant de ricaner, d'endurer le temps et les dépenses lors du contentieux. En particulier s'il n'a pas de travail. Alors je suis sûr que ça aidera à... nous protéger.

— Je vois. Et les contrats des clients ? Je pensais que c'étaient ceux que tu voulais.

— Apparemment, il y a une marge pour un client lui permettant de sortir d'un contrat avant sa fin. Je veux dire, nous pourrions dépenser beaucoup de temps et d'argent et ne pas être payés.

Ne le laisse pas te voir transpirer.

— Ça a du sens, Carlson. Eh bien, c'est super d'être de retour. Je te verrai demain matin.

— Oh, parfait, mon cher, dit-il, la voix plus légère.

Il pense qu'il me tient. Laurie coupa l'appel. *Merde ! Bouge rapidement.*

— J'ai besoin de changer l'adresse où je vais, d'accord ? expliqua-t-il avant de donner le numéro de l'appartement de Grove.

— Ça vous coûtera plus cher.

— Oui. Bien sûr. Allez-y simplement au plus vite.

Il composa le numéro de Grove. Répondeur de nouveau. *Bordel. Il doit être là-bas. S'il n'y est pas, je demanderai à entrer et l'attendrai.*

123

Les pneus du taxi crissèrent quand il tourna à un coin de rue et ralentit de façon notable quand il entra dans le quartier de Nob Hill. Grove aimait vivre au sommet de la chaîne alimentaire. Ces appartements plus anciens et élégants se vendaient souvent pour des millions. Avec une démonstration de freins impressionnants, le chauffeur s'arrêta devant l'immeuble de Grove. Dès que Laurie sortit du taxi, le portier l'accueillit.

— Oh, bonsoir, M. Belmont.

— Bonsoir, Ralph. Pourriez-vous prendre les sacs pour moi dans le coffre et les garder à la réception ? Je dois voir M. Chilcott.

— Bien sûr, monsieur.

Laurie paya au chauffeur un supplément pour avoir risqué sa vie et entra dans l'élégant vieux hall d'entrée. Très différent de son immeuble confortable et branché dans Mission District, mais Laurie l'aimait quand même. Il avança jusqu'à la réception.

— Comment va la famille ?

— Excellemment bien, merci. Bernie a eu une bourse de base-ball pour l'université.

— Je savais qu'il y arriverait.

— Dois-je vous annoncer ? demanda Ralph avec un sourire.

— Non, merci. J'ai la clé, dit-il en la sortant de sa poche et en l'agitant. Je récupérerai les sacs plus tard ou peut-être dans la matinée.

— Je les surveillerai.

— Merci, Ralph.

Bon, prévois ce que tu veux dire. Il monta dans l'ascenseur et s'appuya contre la paroi jusqu'au quatrième étage. *S'il pouvait simplement me prêter l'argent, je pourrais le rembourser avec des intérêts.* Il entrelaça ses doigts et expira. *Quand est-il raisonnable de penser à le rembourser ? Peut-être un plan de remboursement. Je paie les intérêts pendant un an, ensuite je commence la somme principale. Grove saura ce qu'il veut. Il sait toujours.*

L'ascenseur s'arrêta et il sortit. *Comment récupérer mon argent d'Armisted ? Grove saura.* Il avança dans le couloir et s'arrêta de nouveau à mi-chemin. Oh, bon sang, il ne voulait pas devoir emprunter à Grove pour démarrer son entreprise, mais être obligé de garder la moitié de son argent dans les actions de la compagnie et donner l'autre moitié à ses parents pompait vraiment sur son plan d'épargne. Ses mains tremblaient. Grove continuait de dire qu'il voulait investir dans l'entreprise de conception de Laurie. Maintenant, il aurait sa chance.

124

XV

EN SILENCE, il inséra la clé dans la serrure. Ça pourrait tout aussi bien faire une surprise amusante. Le silence de Grove signifiait habituellement qu'il était dans le travail jusqu'au cou. Il regarda à l'intérieur et appela :
— Grove ?
Personne.

Son ventre gronda. Pas de nourriture depuis le déjeuner au rodéo. Ça semblait être une demi-vie auparavant – une vie qu'il ne pourrait jamais revivre. Ça l'attristait tellement qu'il voulait ramper sous les couvertures et ne jamais en ressortir. *Reprends-toi, Laurie. Ceci est la vraie vie.*

Il erra dans la cuisine, ouvrit l'énorme frigo encastré et sortit des amandes et un morceau de fromage, se versa un verre de thé glacé et l'emporta jusqu'à l'îlot de granite, puis se glissa sur un des tabourets en cuir noir.

Quelle étrange journée ! Rodéo. Excitant et terrifiant en même temps. L'odeur. *Doux Jésus.* Et quel homme horrible ! Il avait regardé Laurie comme de la peluche sur son jean sale et traité son propre fils comme un animal. *Et me voilà de retour dans mon propre monde poli, plein de concepts élégants et de bonnes manières – si je ne compte pas les requins nageant sur les bords.*

Il regarda sa montre. *Où est-il ?* Le ventre de Laurie ne se calmait pas et les amandes restaient coincées dans sa gorge. Grove pourrait-il être reparti à Chico le soir même où Laurie rentrait ? *Merde, ce serait bien ma chance cette semaine.*

Il prit une gorgée de thé, mit l'assiette et le verre dans l'évier et alla dans le salon. *Je pourrais regarder la télé. Trop nerveux.* Il s'assit pendant une minute, puis se releva et avança jusqu'à la fenêtre. Le brouillard était sorti de manière spectaculaire. Il pourrait rester ici ce soir, mais s'il ne voyait pas Grove, il devrait se présenter au travail. *Merde. Si je signe une clause de non-concurrence, Carlson me tient. Il a raison. Je pourrais gagner une action en justice, mais je ne peux pas me permettre d'en payer une.*

Il gardait des vêtements chez Grove et ses affaires de toilette dans la salle de bain. De plus, il avait ses sacs en bas. Ralph pourrait les monter. Ça

125

ferait un choix de garde-robe plus que suffisant pour avoir l'air formidable le lendemain – formidable, il avait besoin de l'être.

Merde, s'il restait, il pourrait tout aussi bien passer quelque chose de sexy pour Grove. Il avait ce peignoir d'un rose profond dans l'armoire. Ça devrait faire l'affaire. Il voulait que Grove prenne au sérieux leur affaire, mais cela faisait quatre jours depuis qu'ils avaient couché ensemble. Grove allait être distrait, quoi qu'il arrive.

Laurie jeta de nouveau un regard au brouillard. *Ça empire. Bientôt, on ne pourra plus voir les lignes des rues. Que je sois damné si je fais confiance à un taxi qui pense que Mission District est dans la Silicon Valley.*

Décidé, il prit le couloir vers les chambres. La principale était au bout, mais Grove avait créé un dressing spécial à partir d'une petite chambre. La pièce avait une porte sur le couloir, avec également un passage vers le placard de la chambre. Laurie ouvrit la porte et regarda par-dessus son épaule au bout du couloir. Bizarre. La porte de la chambre était fermée.

Il se glissa à l'intérieur du dressing et alluma la petite lampe sur la table centrale. Il l'avait mise là pour pouvoir s'habiller facilement et aller travailler, les nuits où il restait dormir, sans déranger Grove. Maintenant, il l'aimait plus que les vives lumières du dressing. Plus romantique.

Il trouva le peignoir de couleur rose sur le portant dans le placard qu'il avait dégagé pour lui. Intéressant. Il y avait une chemise en soie pendue de travers sur la barre – jaune brillant et rouge. *Beurk. J'espère que Grove ne pense pas que j'aimerai.*

Il défit son écharpe et commença à enlever sa veste.

Un bruit comme un gloussement.

Laurie regarda vers la porte de la chambre. *Ai-je entendu ?*

Il s'avança.

Un autre gloussement, doux et plus bas.

Son ventre se serra. Une partie de son cerveau ne voulait pas ouvrir la porte. Trop compliqué. Trop à savoir. Trop de tout. Avec un soupir résigné, il appuya sur la poignée et l'ouvrit.

Ouais. Exactement ce à quoi il s'attendait. Exactement ce à quoi il aurait dû s'attendre la veille et le jour d'avant. Peut-être qu'il aurait dû le savoir depuis un long moment. Le cul poilu de Grove pointait vers le plafond pendant qu'il enfonçait son membre dans un jeune mec aux cheveux d'un noir d'encre étalés sur les oreillers. Le type gloussa et fit rebondir ses fesses dans la pire imitation de plaisir que Laurie ait jamais vu – et mince, il aurait dû le savoir.

126

Comment je me sens ?

Une réponse. *Stupide.*

Il se tourna, remit sa veste et son écharpe, attrapa quelques vêtements et les enfonça dans ses poches, puis entra dans la chambre et la traversa jusqu'à la salle de bain.

Hn, hn, hn.

Il ouvrit la porte de la salle de bain et alluma.

— Quoi ? C'est quoi ce bordel ?

Laurie attrapa un petit sac sur la coiffeuse, le chargea de ses cosmétiques en un grand coup de main et sortit ensuite sa lotion corporelle préférée du tiroir supérieur. *Je ne laisse pas ça ici.*

— Laurie, que fais-tu ici, bordel ?

Grove se tenait à la porte, serrant une fine couverture en coton autour de sa taille. Laurie le fixa.

— Je répare beaucoup d'erreurs. Excuse-moi, dit-il, se rapprochant, d'un petit tour sur lui-même.

Il dépassa Grove, cognant son épaule et se dirigea vers le couloir.

— Allons, Laurie, ça ne signifie rien. C'est comme ce cow-boy et toi. Tu n'étais pas là. Je me sentais seul.

Un cri strident sortit de la chambre.

— Putain !

Le brun apparut à la porte de la chambre, complètement nu.

— Dis-lui qu'il est un minable comme tu me l'as dit, Grove. Dis-lui comme tu me préfères. Dis-lui que je suis ton bébé depuis six mois. Dis-lui.

Laurie se retourna et examina le type, commençant aux pieds et remontant jusqu'à son entrejambe.

— Je peux dire que tu es son bébé. Ça explique pourquoi tu es si petit.

Avec cette réplique parfaite, qui avait quand même un goût amer dans sa bouche, Laurie tourna les talons et quitta l'appartement.

— Laurie. Bordel, Laurie !

La voix de Grove résonna dans le couloir. Un écho du passé de Laurie.

Quand il atteignit la réception, il prit une inspiration pour essayer de calmer les soubresauts de son ventre.

— Vous allez bien, M. Belmont ? lui demanda Ralph, inquiet.

— Vous savez que vous devez m'appeler Laurie, pas vrai ?

— Bien sûr. Laurie. Mais vous allez bien ?

— Pas exactement, répondit-il après une autre inspiration. Je viens juste de découvrir depuis combien de temps Grove a un autre petit ami.

127

— Oh, souffla Ralph, baissant les yeux sur ses mains travailleuses. J'en suis vraiment désolé. J'espérais que c'était juste un ami. Je ne savais pas si je devais vous le dire.

— Non, je comprends complètement. Après tout, Grove vit ici. Pas moi.

— Je n'y ai jamais pensé de cette manière. Mais je ne voulais pas raconter d'histoires exagérées, comme on dit. J'espérais simplement que ce n'était pas une mauvaise situation pour vous.

— Merci, Ralph. Je ne reviendrai pas voir Grove, mais je passerai vous voir parfois, si ça vous va.

— J'apprécierais beaucoup. Puis-je vous appeler un taxi et y mettre vos sacs ?

— Merci. Vous savez, il y a encore deux sacs appartenant à Grove au ranch où nous sommes allés en vacances. Pourriez-vous lui dire que j'ai dû les laisser là-bas ? Je ne pouvais pas tous les amener.

— Bien sûr.

— Encore merci.

Il suivit Ralph dans la rue. *Au revoir, Nob Hill.*

AU MATIN, Danny alla directement jusqu'à la cuisine avant d'aller dans la salle à manger. Felicia leva les yeux de sa gazinière quand il passa la tête par la porte arrière.

— Bonjour, Danny.

— Bonjour.

Il entra dans la grande pièce chaude remplie des odeurs de bacon et de pâte chaude. Sa bouche saliva.

— Hé, as-tu vu Laurie Belmont partir la nuit dernière ?

Oui, il aurait dû lâcher prise, mais il s'était réveillé trois fois durant la nuit rêvant de Laurie. *Est-ce qu'il va bien ?*

— Oui, il est venu ici avant que j'aie fini de nettoyer la cuisine hier soir. Il a dit qu'il avait une urgence et devait partir.

— Oh, lâcha-t-il. A-t-il dit ce que c'était ?

— Non, mais il n'était pas souriant comme d'habitude.

— Je sais juste que son père est en mauvaise santé, se renfrogna Danny. J'espère que tout va bien.

— Moi aussi. C'est un tel amour.

— Il n'a pas réglé la note avec Rand ?

128

— Il n'arrivait pas à trouver Rand et Kai et devait partir vite pour attraper son avion. J'ai vu un taxi qui l'attendait. Il m'a demandé de dire à Rand de tout mettre sur la carte de crédit de Chilcott et il est parti avec ses deux valises. Il a dit qu'il ne pouvait pas prendre tous les sacs tout seul.

— Il avait beaucoup de valises.

— Cette garde-robe ne sort pas d'un sac à dos, admit-elle avec un sourire.

L'image d'un bustier rouge traversa son esprit.

— C'est sûr. Où sont les valises ?

— Je les ai mises dans la réserve au pavillon. Je l'ai dit à Rand ce matin.

— Merci, Felicia.

— Le petit déjeuner est prêt.

— Ça sent bon.

Il tapota le mur et traversa le pas de la porte vers la salle à manger, où chaque visage se tourna vers lui avec des yeux grands ouverts et des sourires forcés. Amusant, il avait tellement été obnubilé par Laurie, la nuit précédente, que tout le rodéo et la rencontre avec Eldon étaient passés à l'arrière de son esprit.

— Bonjour.

Nora tapota le siège à côté d'elle et il s'y glissa alors que Felicia arrivait pour servir la nourriture. Il essaya de remplir sa bouche d'un roulé à la cannelle – les préférés du groupe, Felicia leur en faisait donc presque chaque jour – pour écarter l'assaut de questions. Pas de chance.

Aliki mâcha et parla en même temps, envoyant quelques miettes épicées sur son assiette.

— Danny, tu étais, genre, extraordinaire. Comme Superman ou Captain America ou autre chose.

— Je dois me trouver une cape, rigola Danny.

— Comment faites-vous ça ? demanda Andy en agitant une fourchette. Comment restez-vous dessus ? Je veux dire, est-ce que les taureaux font toujours la même chose ? Savez-vous à quoi vous attendre ?

Arthur attrapa le bras de son fils, riant.

— Doucement, mon garçon. Laisse Danny manger.

— Pardon.

Danny avala une bouchée et sourit.

— Ça va. Non, les taureaux font rarement les mêmes choses. Chaque taureau est différent. On peut apprendre certaines choses en les observant

129

sur vidéo, mais on ne sait jamais avant d'arriver à un événement quel taureau on va tirer. Alors un monteur de taureaux doit se préparer à l'inattendu. Il est question de chance et de suivre les coups, pas d'essayer de répondre à chaque mouvement que fait un taureau. Même les meilleurs monteurs se font éjecter. Beaucoup, en fait.

— Comment évite-t-on d'être blessé ? demanda Lani, le regardant avec sérieux.

— Malheureusement, on ne peut pas. Les monteurs de taureaux se cassent probablement plus d'os que n'importe quel autre athlète.

— Waouh, murmura Aliki. Euh, peut-être que tu devrais t'en tenir aux chevaux.

— En fait, c'est plus un bon conseil.

Si seulement il pouvait le suivre.

— Où est Laurie ce matin ? interrogea Nora en regardant autour d'elle.

— Il est parti hier soir, répondit Danny, essayant de paraître neutre.

— Parce qu'il était bouleversé à propos du rodéo ? s'étonna Nora en prenant une bouchée d'œufs.

— Quoi ? Non. Il a dit à Felicia qu'il avait une urgence.

— Oh. J'espère que tout va bien. Pauvre chéri, il était à coup sûr paniqué que vous soyez sur ce taureau. J'ai honnêtement pensé qu'il allait être malade.

— Je pense que Laurie t'aime bien, Oncle Danny, souffla Aliki en se penchant.

— Je pense qu'Aliki est très intelligent, avoua Nora dans un ricanement.

Danny avala difficilement, puis s'éclaircit la gorge.

— C'était super de le rencontrer, mais il est parti maintenant, retourné à la vie citadine.

Felicia était en train de verser du café dans la tasse d'Arthur. Elle leva les yeux.

— Bien sûr, quelqu'un doit trouver comment ramener les sacs de M. Chilcott.

LAURIE ÉTAIT allongé sur son lit, dans son appartement, les doigts s'agitant sur son téléphone. *Il est trop tôt pour appeler Maman, pas vrai ? Oui, tu le souhaiterais, poule mouillée.*

130

Il s'assit, déjà complètement habillé. Il devait être au bureau dans une heure et demie. Plus tôt serait mieux. S'il pouvait y arriver avant Carlson et avoir l'air très occupé, peut-être qu'il pourrait éviter tout le problème du contrat pour un jour de plus.

Mais avant tout, il devait appeler sa mère.

Merde !

Il composa le numéro et attendit sa voix tremblotante.

— Bonjour, chéri. As-tu demandé à Grove pour ton père ?

Oh bon sang !

— Non, Maman. Je ne l'ai pas fait.

— Quoi ? Mais tu as dit...

— Grove et moi avons rompu.

— Quoi !

Il put l'entendre haleter pour retrouver son souffle.

— Qu'as-tu fait, Laurie ? Mon Dieu ! Comment as-tu pu ?

Merci pour le vote de confiance, putain.

— Je suis rentré la nuit dernière et suis allé chez Grove pour lui parler de Papa et, euh, d'autres affaires. Je l'ai découvert au lit avec un autre homme.

— Oh non. Il a perdu tout intérêt pour toi. Mais c'est sûrement temporaire. Tu es si magnifique.

Il lissa de son pouce le pli entre ses sourcils.

— Mère, as-tu entendu ce que j'ai dit ? Il était au lit avec quelqu'un d'autre, quelqu'un avec qui il me trompe depuis six mois ou plus, apparemment.

— Chéri, ces choses-là arrivent dans les relations. Les hommes ont des appétits.

— Quand exactement ai-je cessé d'être un homme ?

— Tu sais ce que je veux dire.

Il put presque la voir agiter la main.

— Un homme comme Grove – puissant, riche. Ils sont habitués à avoir ce qu'ils veulent.

— Oui, eh bien, il ne m'a plus.

Amusant comme cela ne l'attristait même pas.

— Tu ne peux pas faire ça, Laurie. Nous avons besoin de Grove.

— Nous ?

131

— Toi, ton père, moi. Nous n'avons pas d'autres options pour empêcher le rachat. Tu n'as pas d'autres options pour te sortir de cette entreprise qui ne t'apprécie pas.

Combien de fois et de combien de manières différentes lui avait-elle dit ça dans sa vie ? *Tu n'as pas d'autres moyens pour avoir un A en Mathématiques – excepté être gentil envers ton professeur.* Elle n'avait jamais tout à fait défini « gentil ». *Tu ne peux pas avoir une bourse pour l'université tout seul, tu as besoin que le meilleur ami de ton père parle au chef du département.* Bien sûr, il pourrait simplement vouloir une pipe en douce, mais elle n'avait pas à savoir ça.

— Mère, j'ai vingt-quatre ans. Je suis intelligent. J'ai beaucoup d'options dans la vie sans être la pute d'un homme.

— Lawrence Belmont, ne t'avise pas d'utiliser ce mot. Bien sûr que tu es intelligent. Mais tu ne peux pas récupérer l'entreprise de ton père.

— Tu me dis tout le temps que Papa est faible et malade. N'est-ce pas mieux pour lui de simplement négocier une acquisition ?

— Et de quoi vivrions-nous ? demanda-t-elle, sa voix gelant avant de se briser lentement en sanglots. Ton père mourrait sans sa compagnie. Et les gens s'attendent... Je veux dire, comment vivrions-nous ? Oh, Laurie, tu dois faire quelque chose.

Il relâcha lentement sa respiration. Ils l'avaient accueilli quand personne ne voulait de lui. Ils avaient pris soin de lui. Et maintenant, l'entreprise de son père, celle pour laquelle il avait travaillé si dur afin de la faire prospérer, était sous le danger d'un rachat hostile par le fils de son ancien partenaire. Il devait faire ce qu'il pouvait.

— J'essaierai de trouver un avocat.

— Nous... nous ne pouvons nous le permettre. Grove est le meilleur et il était gr-gratuit.

La fin sortit dans des sanglots précipités.

— Je verrai ce que je peux faire.

— Merci, chéri. Tu es si bon envers nous.

Il raccrocha. Pas un sanglot de plus ou il allait – quoi ? Pleurer ? Non. Vomir. Un sanglot de plus et il allait vomir.

En parlant de vomir – il se leva lentement du lit, attrapa une veste pour plus tard, quand il ferait froid et quitta l'appartement. Il était l'heure d'aller travailler.

132

XVI

DANNY SE tenait devant la réception du magnifique vieil immeuble. Un grand homme aux cheveux gris, dont le badge indiquait Ralph, lui sourit.

— Oui, monsieur. M. Belmont m'a dit que ces sacs étaient toujours au ranch. Je suppose que vous venez de là.

Danny baissa les yeux sur son jean, sa chemise en denim, sa vieille veste en cuir, ses bottes de cow-boy et le chapeau qu'il tenait à la main et sourit.

— Vous l'avez deviné, n'est-ce pas ? Est-ce que Laurie – euh, je veux dire, M. Belmont – est ici ?

— Non, monsieur. J'ai cru comprendre qu'il ne reviendrait pas.

Bam ! Son cœur cogna contre ses côtes.

— Je vois.

— Je serais content de vous prendre ces sacs, monsieur, offrit Ralph en inclinant la tête. Ou peut-être que vous aimeriez les lui apporter vous-même ?

Quelque chose dans la lueur de ces yeux sombres poussa Danny à acquiescer.

— Sauriez-vous où M. Belmont vit ou travaille ?

— Non, monsieur, je ne sais pas, répondit-il avec un sourire.

— Eh bien, je pense que j'aimerais apporter ces sacs en haut, si ça ne vous dérange pas.

— Très bien, monsieur. Montez. Quatrième étage. Numéro quatre cent dix-sept.

Il montra ses grandes dents blanches. Mère-grand devait être quelque part là-dedans.

Danny porta les valises jusqu'à l'ascenseur et frappa à la porte que Ralph avait indiquée. Pas de réponse. Il appuya sur la sonnette.

La porte s'ouvrit d'un coup sur un Chilcott renfrogné.

— Que diable faites-vous ici ?

— Je ramène vos bagages, expliqua Danny après un regard vers les sacs sur le sol, ou voudriez-vous que je les remporte et que je vous laisse venir les chercher ?

Chilcott s'offusqua assez pour paraître légèrement désolé.

133

— Oui. Pardon. Pas les meilleures journées dernièrement.

— Désolé de l'entendre.

— Avez-vous fait le voyage spécialement pour les amener ?

Il fit un geste vers l'entrée et Danny amena les sacs à l'intérieur.

— Non. J'avais d'autres affaires en ville.

Il leva les yeux vers le grand appartement à haut plafond et se retrouva nez à nez avec un minet aux cheveux noirs portant seulement une serviette. Cela expliquait la partie « ne pas revenir ».

Chilcott remarqua le regard de Danny, suivit sa ligne de mire, grimaça et marmonna.

— Des invités venant de l'extérieur de la ville.

— Quoi qu'il en soit, j'ai un sac pour M. Belmont. Le portier dit qu'il ne vit pas ici, alors où dois-je l'amener ?

L'expression de Chilcott disait *comme si j'en avais quelque chose à foutre*, mais il haussa les épaules.

— À son bureau, je suppose. Armisted Design, dit-il avec un sourire narquois. Soyez prudents. Ce sont une bande de requins. Ne soyez pas aspiré là-dedans.

— Je regarderai où je nage, promit Danny en commençant à s'éloigner.

— Hé, Boone.

— Oui ?

— Est-ce que Laurie et vous aviez un truc en cours au ranch ?

Danny remit lentement son chapeau sur sa tête.

— Un truc ? Bon sang, non. D'après ce que je peux en dire, il pensait que vous étiez monté comme un taureau.

Il se tourna et partit tranquillement. *Réfléchis à ça, espèce de connard infidèle.*

LAURIE ARRIVA au bureau comme s'il traînait des sacs de farine. Ou des pierres. *Merde, pourquoi puis-je pas simplement faire mon travail ?* Il l'aimait et il le faisait bien. Si Carlson savait ce qui était bon pour lui, il le laisserait tranquille. *Pas une putain de chance.*

Parfois, il prenait un taxi jusqu'au travail, mais pas cette fois-là. Pas ce jour-là. Il jeta un regard en arrière vers son immeuble. Il l'aimait bien. Il aimait Mission District. Mieux valait commencer à penser à un nouvel endroit où vivre. Il arrêta de marcher et un type derrière lui fonça presque dedans. Grognant, il le contourna.

134

D'où est venue cette pensée ? Pourquoi devrais-je déménager ?

Parce que je ne vais pas – je répète, pas – signer une clause de non-concurrence.

Waouh. Quelle révélation !

Il recommença à marcher, plus vite. Mais comment éviterait-il de la signer ? En quittant l'entreprise et en démarrant la sienne avant de signer la clause. Mais pour faire ça, il avait besoin d'argent. Bon sang, il pourrait travailler de son appartement ou en trouver un nouveau, moins cher. Pas idéal, mais peut-être que certains de ses clients les plus dévoués, comme Viola, pourraient rester avec lui. Quand même, il avait besoin de nouveaux ordinateurs, de quelqu'un pour l'aider à temps partiel au moins, d'une assurance pour l'entreprise. *Merde !* Peu importe comment il y réfléchissait, tout revenait aux dollars et au bon sens.

Et ensuite, il y avait le problème de l'avocat pour son père.

Oh, merde ! Il voulait s'asseoir au coin de la rue et pleurer.

À la place, il passa les portes d'entrée d'Armisted Design. Francie, à l'accueil, leva les yeux, sourit, puis regarda rapidement de chaque côté. Elle bougea une main pour le faire approcher et murmura :

— Je suis si contente que tu sois là, mais tu pourrais vouloir repartir en courant. Carlson est déchaîné.

— J'ai entendu.

— Je ne suis pas sûre s'il va nous rester des clients quand il aura fini, avoua-t-elle avec un regard vers la porte des services administratifs. Mais sois prudent. Il est difficile de dire qui est de quel côté.

— Compris. Merci, chérie. Il est là ?

— Pas encore dit-elle, regardant en arrière avant de secouer la main. C'est vraiment bon de te voir. Est-ce que tu t'es amusé, au moins ?

Difficile de se le rappeler.

— Oui. Certaines parties étaient géniales.

Et il savait exactement quelles étaient ces parties. Soudain, une vague de solitude le frappa comme un raz-de-marée et il dut déglutir pour s'empêcher de haleter. Seul – pour quoi ?

— Tu vas bien ?

— Oh, bien sûr. Je me rappelais simplement des moments drôles. D'accord, j'y vais.

Il se pinça le nez et avança vers la porte intérieure.

Francie ricana.

135

Dans son bureau, Laurie laissa ostensiblement la porte ouverte, puis sortit son téléphone portable et appela Viola.

— Laurie, bonjour, chéri. Dieu merci.

— Je suis de reeeetour.

— Ce n'est pas trop tôt. Je ne vais pas signer cette ineptie que Carlson a envoyée. Pas une seule chance. Je veux travailler avec vous et seulement avec vous.

— Oui, eh bien, j'y travaille.

— Oh ? Il est temps. Dites-m'en plus.

— Je ne peux pas faire ça... pour l'instant. Mais j'ai votre projet bien en main et prêt à être réalisé.

— Vous êtes au bureau, n'est-ce pas ?

— Oui.

— Mais vous êtes sur votre portable.

— Absolument.

— Alors vous m'appellerez quand la voie sera libre ?

— Bien sûr.

— D'accord, mon cher. Écoutez, je sais que si vous montez votre propre entreprise, je peux vous amener plus de clients. Aucun avec mon goût sensationnel ou mon discernement, rit-elle, mais ne vous inquiétez pas pour les affaires.

— Merci, très chère. Je suis si heureux d'entendre ça.

Carlson passa la porte du bureau de Laurie.

— Qu'es-tu heureux d'entendre ?

— Un bisou à Papa pour moi et nous parlerons plus tard, très chère.

Viola riait quand il raccrocha. Laurie sourit, bien que cela lui prenne des tonnes d'énergie.

— Mon père se sent mieux aujourd'hui.

— Oh, génial, génial.

Carlson agita une main et commença à fouiller dans son sac.

Le téléphone sur le bureau sonna et Laurie s'en saisit rapidement. Sauvé par le gong légendaire.

— Laurie Belmont.

— Bonjour, Laurie, c'est Hannah Anderson. Vous vous souvenez de moi ?

Oh oui, il s'en souvenait. Petit budget, grande demande et difficile à contenter.

— Oui, bien sûr, Hannah. Comment allez-vous ?

Il mit une main sur le combiné et murmura « Une cliente qui revient ».

136

Carlson plissa le front, mais hocha la tête et sortit du bureau.

Quinze minutes plus tard, il avait pris des notes sur une nouvelle ébauche de grand salon que Hannah voulait et l'avait convaincue de venir au bureau pour le rencontrer. Quand il raccrocha, Carlson se propulsa à l'intérieur comme s'il avait écouté dehors. Il l'avait probablement fait.

— Alors, un nouveau dossier ?

— Pas nouveau. Elle a eu recours à nos services pour une nouvelle aile de sa maison il y a environ un an, tu te souviens ? Elle était un peu casse-pied.

— Elle devait être une casse-pied qui paye, ou je me souviendrais d'elle.

— Oh, oui, elle a payé.

— Bien, bien. Maintenant, parlons des nouveaux contrats.

Il se laissa tomber sur la chaise pour les invités et sortit plusieurs pages de son sac.

— Voici une copie du contrat que j'ai envoyé à Viola. Elle ne l'a pas encore retourné et je veux que tu l'appelles pour lui dire de le signer.

Laurie regarda la formulation.

— Viola est ma cliente. Elle est venue vers l'entreprise parce qu'elle voulait travailler avec moi. Elle te l'a dit et tu lui as assuré qu'elle pourrait. Ce qui fait d'elle ta cliente.

— Ils sont tous mes clients, Lawrence. Certains s'avèrent simplement travailler avec toi, dit-il en se renfrognant. Mon avocat assure que ceci rend tout ça bien légal.

— Et cet avocat est Jeffrey ?

Carlson passa une main sur ses cheveux marron lissés en arrière.

— Tu te souviens de lui ?

— Le type que tu essayais de mettre dans ton lit ?

— Il est un très bon avocat, répliqua-t-il en tapant un doigt sur le contrat. Appelle-la et dis-lui de signer.

— Et si elle décide de quitter l'entreprise à la place ?

— Oh, elle ne le fera pas. Elle t'adore.

— Je suis remplaçable, Carlson, soupira Laurie de manière audible. Si tu essaies d'enfermer tous tes clients dans ce ridicule contrat à toute épreuve, tu vas en perdre une tonne. Les clients ne nous appartiennent pas. Ils vont où ils veulent.

— C'est à cause de ces attitudes laisser-aller que nos clients ne sont pas déjà plus enfermés, asséna-t-il en sortant un autre contrat de son sac. Ça suffit ces idioties. Voici ton nouveau contrat. Signe-le.

Les nœuds dans le ventre de Laurie auraient retenu le gréement sur une goélette à quatre mats.

— Je t'ai dit que tu ne pouvais pas faire appliquer une clause de non-concurrence en Californie, Carlson, alors quel est l'intérêt ?

— Tout ce que j'ai à faire, commença Carlson en croisant les bras, est d'amener ça au tribunal, ce qui oblige mes employés – comme toi, mon chou – à engager un avocat pour les représenter et je devine que tu ne peux pas faire ça et démarrer une affaire en même temps.

— Mais tu oublies, contra Laurie en croisant également les bras, que comme toi, je couche avec mon avocat.

Ou couchait avec, mais Carlson n'avait pas besoin de le savoir.

— Je suppose que nous allons devoir tester la théorie, lâcha Carlson avec un regard noir. Signe.

D'accord, c'était l'heure de la confrontation. Laurie se rassit sur sa chaise.

— Je ne vais pas....

— Laurie ?

Celui-ci regarda vers la porte de son bureau et pendant une seconde, ne put pas vraiment se situer dans le temps et l'espace.

Danny se tenait en tenue d'apparat de cow-boy et pleine splendeur, avec Francie à côté de lui, mais comment ? Pourquoi ?

— Euh, salut ? Comment êtes-vous arrivés ici ?

— Chilcott m'a dit où vous travaillez.

Francie jeta un regard à Carlson puis, revint à Danny.

— Désolé. Je ne voulais pas vous déranger, mais la porte était ouverte.

Carlson était littéralement bouche bée et les yeux écarquillés. Danny n'était pas une vue qu'on avait tous les jours à Armisted Design.

Laurie hocha la tête et se leva, allant jusqu'à Danny avec une main tendue.

— C'est bon, Francie.

Il lui sourit et elle prit ça comme le signal pour partir, mais elle regarda en arrière, la curiosité inscrite partout sur son visage.

— Danny, c'est bon de vous voir, dit Laurie gardant son sourire. La dernière fois que je vous ai vu, vous ramassiez vos gains.

138

Il serra la main calleuse de Danny et essaya d'ignorer le picotement qui remonta sur son bras.

— Gains ? questionna Carlson, les yeux encore plus grands.

Joue jusqu'au bout.

— Oui, Danny est un champion en monte de taureaux.

Il serra la main de Danny juste un peu et il sembla comprendre. Retirant sa main, ce dernier tira sur le bord de son chapeau.

— Oh, j'ai juste été chanceux.

Laurie se mordit le bout de la langue pour s'empêcher de rire.

— Alors qu'est-ce qui vous amène ici ?

Danny jeta un regard à Carlson, puis à Laurie. Il se rappelait assez de choses pour savoir que Carlson n'était pas le meilleur ami de Laurie.

— Eh bien, j'ai pensé que je pourrais vous inviter à déjeuner.

Il regarda sa montre fonctionnelle de cow-boy et dévoila ses fossettes, ce qui donna clairement envie à Carlson de jouir dans son pantalon.

— Disons, un brunch, amenda-t-il, ses yeux verts dansants. Je veux discuter d'une affaire.

Si Laurie se jetait sur le sol et embrassait les bottes de Danny, est-ce que Carlson le remarquerait ?

— Bien sûr, j'adorerais.

— Est-ce que les cow-boys font beaucoup de décoration ? demanda Carlson avec un sourire plaqué.

Danny lui offrit un regard plat. On pouvait presque compter les puits de pétrole qu'il devait avoir jaillissant sur sa propriété.

— Je pourrais avoir besoin d'un nouvel endroit que je vais faire construire près de Chico. On ne sait jamais, dit-il avant de sourire à Laurie. Prêt ?

Il offrit son bras. Qu'on donne un Academy Award à cet homme.

— À plus tard, Carlson, salua Laurie en prenant son bras.

Danny les emmena par la porte d'entrée du bureau, lançant un sourire à Francie, et ils parvinrent jusqu'au trottoir avant d'éclater tous les deux de rire.

Laurie arrêta de marcher, se tenant les flancs.

— « Je pourrrrais avoir besoin d'un endroooit que je vais faire construire près de Chico », répéta-t-il d'une voix traînante. Oh, mon Dieu, vous êtes génial. Merci. Alors, pourquoi êtes-vous vraiment là ? Et comment m'avez-vous trouvé ?

Danny s'assombrit pendant une seconde, puis son visage redevint normal. *L'ai-je offensé ?*

139

— J'ai rapporté les valises. J'ai donné les siennes à Chilcott et j'ai découvert le nom de l'entreprise pour laquelle vous travaillez, alors je les ai ramenés, expliqua-t-il en croisant les bras. J'ai aussi découvert que vous ne retourneriez plus chez Chilcott. Je pense en avoir compris la raison quand j'étais là-bas.

— Oui. Je l'ai vue aussi, avoua Laurie d'un air sombre.

— Désolé.

— Oui, eh bien, toutes sortes de merdes se produisent par ici, alors pourquoi Grove ne devrait-il pas être infidèle également ?

— Allez. Nous pourrions quand même aller manger.

Danny pointa un petit café local du doigt. Laurie hocha la tête et suivit ces fesses flexibles dans le petit café-restaurant démodé.

Dès que la serveuse en jupe courte des années cinquante et socquettes eut fait de l'œil à Danny et les eut conduits à une table, Laurie s'appuya en arrière contre la banquette en vinyle rouge avec un soupir.

Danny commanda du café pour eux deux, puis tendit à Laurie un menu qu'il prit derrière le juke-box.

— Chilcott m'a demandé si nous avions un « truc » en cours au ranch, annonça-t-il en fixant un peu trop fort son menu.

— Que lui avez-vous répondu ?

— La vérité. J'ai dit que vous sembliez penser qu'il dominait le marché du sexy, expliqua-t-il avec une moitié de sourire.

— Qu'a-t-il dit ?

— Puisque le minet derrière lui ne portait qu'une serviette, il n'y avait pas grand-chose à dire. Je suis vraiment désolé que ce soit arrivé. Il est fou et mérite de vous perdre.

Laurie souffla sur les cheveux qui étaient collés à sa joue.

— Merci. Que je monte sur mes grands chevaux n'aurait pas pu arriver à un pire moment, cependant.

Il secoua la tête et essaya de sourire à la serveuse quand il commanda une omelette au fromage et aux épinards et du fromage blanc.

— J'ai besoin de toutes les protéines que je peux avoir.

Quand la serveuse partit, Danny sirota son café.

— Dites-moi ce qui se passe.

— Vous vous souvenez que j'avais des problèmes avec mon travail ? Je pourrais avoir dit que mon patron est une teigne. Mais je n'ai pas encore l'argent pour me mettre à mon compte, alors je ne faisais pas de vagues. Je prévoyais de rester pendant au moins encore un an, soupira-t-il. Mais

140

maintenant, Carlson me met au pied du mur. Il essaie de modifier tous les contrats du bureau, ce qui ferait de mes clients ses clients et il veut que je signe une clause de non-concurrence. Je ne peux pas faire ça. D'abord, je ne veux pas mentir et je ne pourrais pas me permettre d'aller en justice. Il le sait

Il prit une gorgée de café et recula rapidement la tasse avant de la reposer.

— Mince. Toujours chaud. En tout cas, je suis allé chez Grove pour voir s'il me prêterait l'argent. Vous connaissez la suite de l'histoire.

La serveuse apporta les œufs, qui, malgré le tas agréable d'épinards frais, lui semblèrent aussi appétissants que la paille dans la grange McIntyre.

— Comment se fait-il que vous n'ayez pas d'argent ? Ne vous payent-ils pas dans ce boui-boui ?

— Ils nous font investir une part de nos économies dans les actions de la compagnie, expliqua Laurie en frappant ses œufs, et j'ai donné le reste à mes parents.

— Ça doit être illégal. Les actions, pas les parents.

Parfois, Laurie se posait des questions sur les deux.

— Quoi qu'il en soit, me voilà assis là, avec au moins une de mes meilleures clientes prête à partir et à me suivre, mais je ne peux pas monter l'affaire.

Le téléphone dans sa poche vibra. Probablement Carlson. Il grimaça alors que Danny entamait ses œufs brouillés. Il baissa les yeux. *Mère.*

— Excusez-moi. Salut, Maman. Qu'est-ce qui se passe ?

— Laurie, viens ici rapidement. Ton père...

— Merde ! J'arrive tout de suite. Où êtes-vous ?

— À la maison.

— Dois-je appeler les secours ?

Danny leva les yeux, la fourchette toujours en équilibre dans sa bouche.

— Non. Ne les appelle pas.

— Tu es sûre ?

— Oui. Viens simplement ici.

Sa mère paraissait hystérique. Même selon son habituel cinéma, c'était exagéré.

— Je serai bientôt là.

Il raccrocha et chercha son portefeuille.

141

Danny posa une main sur son poignet, avant de regarder l'addition et de jeter quelques billets sur la table.

— Je m'en charge. Allons-y.

— Où allez-vous ?

— Avec vous. Vous n'êtes pas en état d'aller où que ce soit en toute sécurité. Je vais venir et voir si je peux aider.

Eh bien, si cela ne ressemblait pas à la plus merveilleuse, gentille et apaisante idée jamais vue.

— Merci, dit-il, essuyant ses yeux larmoyants

Il se poussa hors de la banquette et courut vers la porte.

XVII

DANNY PAYA le chauffeur de taxi tandis que Laurie bondissait du véhicule et courrait vers la maison en grès rouge dans un quartier assez chic de San Francisco. On aurait dit que cela avait pu autrefois être des maisons bourgeoises, mais qui avaient maintenant quelques fissures dans leurs fondations.

Danny suivit Laurie en montant les marches du perron. Bon sang, cela faisait seulement quelques jours, mais voir Laurie lui donnait l'impression d'être jeté d'un taureau sur du béton. Plus que sa réponse normale face à des types efféminés – bien plus. Cette combinaison de prêt à s'évanouir sur le canapé et de prendre les choses en main faisait vrombir son moteur.

Laurie ouvrit la porte avec sa clé et entra, faisant signe à Danny de le suivre. L'entrée semblait de bon goût, parfaite... et un peu poussiéreuse.

— Maman !

Laurie trottina vers le petit salon avant d'appeler à nouveau :

— Mère ?

— En haut, chéri.

Danny leva les yeux vers l'escalier d'où venait la voix.

— Devrais-je attendre ici ?

— Non. Venez avec moi – s'il vous plaît. Si ça ne vous dérange pas.

Ses grands yeux de biche brillaient. Diable, qui pourrait dire non ?

Danny hocha la tête et le suivit. En haut des escaliers, Laurie tourna à gauche dans un couloir. Il appela :

— Maman, j'ai quelqu'un avec moi. Est-ce que ça te gêne ?

— Grove !

La voix ressembla à un cri perçant et une femme arriva en courant dans le couloir, le visage rayonnant. Elle jeta un regard à Danny et fronça les sourcils.

— Qui est-ce ?

— Mère, répondit Laurie, semblant mal à l'aise, voici Danny Boone, un ami que j'ai rencontré pendant que nous étions au ranch. Il a rapporté des affaires restées là-bas et était là quand tu as appelé. Il a offert de l'aide.

Le visage de sa mère parut boudeur.

143

— Je ne vois pas comment il peut aider à moins de cacher son diplôme de Droit dans ses autres bottes ou s'avère avoir quelques millions dont il n'a pas besoin.

— Mère, tu es impolie. Danny est mon ami et il a offert de l'aide. Maintenant où est Papa ? demanda-t-il en la dépassant pour entrer dans la pièce. Papa ?

— Ici, Laurie.

Mme Belmont sourit de façon tendue à Danny, puis tourna brusquement et suivit Laurie dans la pièce. Intéressant. Il était facile de voir que Laurie avait été adopté. Sa mère n'était pas belle. À peine attirante. Elle pouvait avoir cinquante ans, mais paraissait bien plus vieille. *Je me demande ce qu'elle ressent d'avoir un fils aussi magnifique ? L'a-t-elle choisi pour sa beauté ?* Danny suivit doucement de quelques pas dans le couloir afin de pouvoir voir ce qui semblait être un genre de salon. Probablement rattaché à la chambre principale de l'autre côté.

Il regarda dans la pièce à temps pour voir Laurie agenouillé aux pieds d'un homme mince aux cheveux argentés et avec des lunettes. Les branches des lunettes étaient d'une teinte de gris qui s'accordait presque à sa peau.

— Papa, que s'est-il passé ? demanda Laurie. Maman a insinué que tu étais prêt à aller à l'hôpital.

L'homme leva les yeux vers la mère de Laurie, qui avait le dos tourné vers Danny.

— Non, fils. Je me sentais juste comme d'habitude. Fatigué et vieux.

Laurie jeta un regard à sa mère, puis prit la main de son père et y appuya sa joue.

— Tu n'es pas vieux. Voyons. Tu n'as même pas encore soixante ans.

— Certains jours, j'ai l'impression d'en avoir cent soixante.

— Que dit ton médecin ?

— Rien. Que j'ai besoin de plus d'exercices et de soleil.

— Papa, de l'autre côté de la porte se trouvent ces deux choses en excès. Pose tes livres de temps en temps. Va te promener. Je peux même te trouver tes livres préférés en audio pour que tu puisses les écouter pendant que tu marches.

— Ces médecins n'y connaissent rien, asséna la mère de Laurie. Il a besoin de retourner travailler, d'avoir plus de défis. Il a besoin de récupérer son entreprise.

Danny fixa le visage de M. Belmont et vit la vague de douleur et de tristesse. *Que se passe-t-il ici, bordel ?*

144

— Alors pourquoi m'as-tu appelé, Mère ? demanda Laurie en se levant. Rien ne semble avoir changé et j'ai beaucoup de pain sur la planche.

Le ton de Laurie au téléphone avec sa « Maman » avait toujours été respectueux. À cet instant ? Pas tellement.

— As-tu déjà appelé Grove ?

— Non, et je n'ai pas l'intention de le faire.

Elle posa les mains sur ses hanches.

— Arrête ces bêtises. Grove exerce sa prérogative de mâle et a dévié un peu. La belle affaire. Si tu t'acoquines avec... commença-t-elle en jetant un regard vicieux par-dessus son épaule, des cow-boys, pas étonnant qu'il se soit fait de fausses idées. Tout ce que tu dois faire est de lui montrer que tu veux le récupérer, et tout ira bien. Papa retrouvera son entreprise et sa position, tu pourras avoir ta petite affaire de décoration, tu pourras épouser un homme fortuné et vivre heureux jusqu'à la fin de tes jours.

— Et qu'est-ce que tu obtiens, Mère ? questionna Laurie, ses grands yeux plissés.

— J'obtiens que mes garçons aient tout ce qu'ils veulent.

Danny avala sa salive. *Waouh. Est-ce vraiment la personne qui a élevé Laurie ?*

Le visage de Laurie s'adoucit un peu. Il la prit dans ses bras.

— Je suis désolé, Maman. Je ne peux simplement pas faire ça. Je ne peux pas retourner avec Grove. S'il fait le premier pas... hésita-t-il en soupirant. Je n'en suis même pas sûr.

Elle s'écarta, le front plissé.

— Tu es le rêve de chaque homme, Laurie. Tu le sais. Quel bien amène tout notre travail si tu gâches tout ?

Doux Jésus ! Danny recula et s'appuya contre le mur à l'extérieur de la porte donnant sur la pièce. *Qu'est-ce que Laurie est, bordel ? Son taureau vedette ?*

Il pouvait toujours entendre les voix. Laurie disait :

— Je ne gâche rien. J'essaie de démarrer ma propre affaire. Je suis un bon décorateur. Tu le sais.

— Oh, mon Dieu, n'importe qui peut s'essayer à tripoter en amateur des rideaux et des antiquités. Tu es un prix pour un roi, un empereur.

— Je ne suis pas un prix, Mère. Les prix sont achetés et vendus, lâcha-t-il avant qu'il y eut une pause. J'espère que tu te sens mieux, Papa.

145

Il sortit de la pièce jusqu'au couloir, jeta un coup d'œil à Danny, les larmes coulant de ses yeux et il continua simplement de marcher jusqu'aux escaliers. Danny le suivit à grands pas.

Quand ils furent enfin dans la rue, Danny siffla un taxi et ils grimpèrent dedans. Laurie donna une adresse et s'appuya contre le siège, l'avant-bras sur ses yeux.

— Elle est terrifiée à l'idée d'être pauvre. Elle a grandi sans rien. Elle a en fait vécu dans un foyer pendant un moment étant enfant. Je suppose que sa mère s'est toujours plainte qu'elle n'était pas assez jolie pour pouvoir attirer un homme riche et les sortir de leur condition.

— Et vous l'êtes ? Assez joli ?

— Je suppose que oui, lâcha Laurie en baissant son bras et en hochant la tête.

Il regarda fixement par la vitre et Danny lui jeta des coups d'œil furtifs pendant quelques minutes de plus jusqu'à ce que le taxi s'arrête devant un gratte-ciel plus ancien. Danny paya la course et suivit Laurie, qui s'arrêta pour prendre le courrier dans un hall d'entrée relativement simple, puis ils prirent un ascenseur jusqu'au seizième étage. Le couloir était un peu passé, mais quand même joli, dans un genre éclectique, avec un vieux papier peint sur les murs au-dessus de bancs modernes en érable. Cela semblait intéressant et artistique – comme Laurie.

Celui-ci s'arrêta devant une porte et inséra sa clé, puis ouvrit. Danny entra et s'arrêta. *Waouh !* Devant lui s'étirait une seule grande pièce avec des fenêtres s'étendant presque du sol au plafond sur le côté le plus éloigné, donnant sur le District. Peut-être que la pièce avait autrefois eu des murs et des portes, mais plus maintenant. Des sols en parquet qui réussissaient d'une certaine manière à paraître à la fois brillants et marqués par l'âge étaient décorés avec pas seulement un tapis, mais une pile aléatoire de tapis l'un par-dessus l'autre qui semblait – géniale. Inattendue, tentante, confortable. Au milieu des tapis se trouvait un canapé qui était si profond que même les jambes de Danny n'auraient pas touché le sol. On aurait dit qu'on pouvait s'y blottir pour une petite sieste avec un ami ou deux. De chaque côté de ce canapé inhabituel se tenaient deux chaises hautement colorées sur la gauche et une chose qu'il appellerait probablement une causeuse sur la droite. Un luminaire, du genre chandelier, mais plus moderne, pendait du haut plafond.

— Mince, c'est beau.

— Merci.

Laurie sourit, mais ses yeux étaient de grandes flaques tristes.

146

— C'est mon travail. Ou ça l'était. Puis-je vous offrir quelque chose à boire ?

Il fit un signe de la tête vers l'autre bout de la pièce, où un grand îlot séparait la cuisine du salon.

— Bien sûr.

— Du thé glacé, ça va ? J'ai aussi du café glacé.

— Le café semble super.

Les lèvres de Laurie se levèrent un peu, comme si la demande de café ne le surprenait pas et il alla jusqu'à la cuisine.

— Depuis combien de temps vivez-vous ici ?

— Environ un an. C'était une vraie trouvaille. Tout cet espace. Bien sûr, il n'était pas en très bon état quand j'ai emménagé.

— Vous en êtes propriétaire ?

Il soupira alors qu'il amenait deux verres avec du café blanchi jusqu'au salon et les posait sur la table basse sur des sous-verres.

— Je n'ai pas cette chance. Mais au moins, ça signifie que je peux le sous-louer sans trop de problèmes.

— Vous déménagez ?

Danny goûta le café. La quantité parfaite de crème et une petite touche de douceur. Vraiment bon.

Laurie se laissa tomber sur le grand canapé et recula pour être appuyé contre les coussins avec les jambes tendues. Cela demanda de puissantes quantités de sang-froid pour pas bondir sur le canapé avec lui et le câliner.

— Je dois déménager, répondit Laurie en sirotant son café. Je suis déterminé à ne pas renoncer à mon futur pour l'offrir à Carlson. Quand je refuserai de signer la clause de non-concurrence, il va me virer et je n'aurai pas de travail.

— Vous pouvez en trouver un autre, j'en suis sûr.

— Probablement. Carlson essaiera de m'évincer, mais beaucoup de gens dans la communauté ne l'apprécient pas. Peut-être que si je déménageais vers la Silicon Valley. Mais je me sens mal pour mes clients. Ils ne resteront pas à Armisted – du moins, la plupart n'y resteront pas. Mais si j'essaie de les emmener chez un gros concurrent, je demande à la nouvelle entreprise de supporter une action en justice menée par Carlson. Merde !

— Qu'en est-il de démarrer votre propre affaire, comme vous le disiez ?

— Je n'ai pas l'argent.

— Combien faut-il ?

147

— Je pourrais utiliser cet endroit comme bureau, expliqua-t-il avec un haussement d'épaules, mais j'ai quand même besoin de quelqu'un pour m'aider, au moins à temps partiel. Et j'ai besoin d'ordinateurs, de meubles, d'une assurance et de suffisamment d'argent pour ouvrir des comptes avec les fournisseurs. Ils ne travaillent pas avec du liquide. Peut-être que si je suis vraiment sournois, je peux sortir mon argent d'Armisted avant que Carlson me vire, mais c'est uniquement dix mille environ. Pas assez, avoua-t-il en secouant la tête.

— Vos parents ne peuvent-ils pas aider ?

— Ils ont déjà tellement fait pour moi. Je ne peux pas leur demander plus.

— N'avez-vous pas dit que vous leur donniez toutes vos économies ? demanda Danny, le front plissé vers son café.

— C'était un cadeau. Pour essayer de les rembourser un peu pour... eh bien, m'avoir offert un foyer.

— Quel âge aviez-vous quand ils vous ont adopté ?

— Cinq ans. C'est difficile de trouver des maisons pour les enfants plus âgés. La plupart des gens veulent des bébés.

— Qu'est-il arrivé à vos parents biologiques ?

— L'habituelle merde sentimentale, dit-il en plissant le nez. Mère droguée. Père inconnu.

— Gardez-vous le contact avec votre mère ?

— Non. Mes parents n'ont jamais voulu que je le fasse.

— Ça dérange si je demande à quoi vous ressembliez à cinq ans ?

Laurie pencha la tête, puis se décala et ouvrit un tiroir dans la table d'appoint. Il en sortit un album et se pencha vers Danny. Celui-ci se leva et l'attrapa, puis s'assit et ouvrit le livre de photos. Sur la première, les parents de Laurie, une version plus jeune des personnes que Danny avait vues ce jour-là, étaient assis de chaque côté d'un enfant. Danny ne put que regarder fixement. Les adultes étaient, comme il l'avait vu, assez plaisants, mais des gens d'apparence ordinaire. L'enfant arrêtait le temps avec sa beauté. Danny se souvenait avoir vu des photos de l'actrice Elizabeth Taylor quand elle était bébé, avec ses grands yeux et sa peau parfaite. Le Laurie de cinq ans la surpassait – des cheveux pâles, de grands yeux, des lèvres pleines. Parfait. Danny leva les yeux vers Laurie.

— Vous ne devez pas être resté adoptable longtemps.

— Vous avez raison. J'étais avec ma mère biologique.

— Vous vous souvenez d'elle, alors ?

148

— Un peu.

— Je parie qu'elle était vraiment belle.

— Je le pense, avoua Laurie en hochant lentement la tête.

Danny jeta l'album sur la table.

— Je me dois de dire ça.

Laurie semblait appréhensif, comme s'il ne pourrait supporter encore de mauvaises nouvelles.

— Vous êtes vraiment magnifique et je suis sûr que cela a des inconvénients. Mais Laurie, vous êtes talentueux et je sais que vous êtes intelligent, drôle et qu'on s'amuse bien avec vous. Il y a beaucoup de choses en vous qui n'ont rien à voir avec votre beauté. Ne vous sous-estimez pas.

Il n'ajouta pas « simplement parce que votre mère vous le dit », mais il espérait que c'était sous-entendu.

Silence.

Danny leva la tête.

Laurie le fixait avec de grands yeux de faon, les larmes coulant sur son visage en un flot silencieux.

— Mince alors !

Danny se leva, rampa sur le grand canapé, manœuvra de manière à ce que ses bottes dépassent du bord et mit un bras autour de Laurie.

— Je ne voulais pas vous faire pleurer.

— C'est... c'est juste que personne ne m'a jamais complimenté à part sur ma beauté, exposa-t-il, sa voix aiguë et chantante. Souris, Laurie, montre-nous ces belles dents. Porte ce pull rose. Ça met en valeur tes cheveux. Ne sors pas avec ce garçon. Il n'est pas assez riche. Avec ta beauté, tu peux avoir n'importe quel homme. Quand vous m'avez dit que j'étais bon sur un cheval, c'était la première fois qu'un homme me complimentait sur quelque chose qui n'incluait pas mon apparence, finit-il en reniflant.

Danny sourit et resserra le bras autour de Laurie.

— Eh bien, je ne peux pas revendiquer cette position désintéressée, quand j'admirais sérieusement vos fesses dans ce jean étroit, madame.

— Vous savez ce que je veux dire, répliqua Laurie en lui frappant le bras.

— Oui, je sais. En partie parce que mon physique a joué un rôle dans le fait que je sois embauché une ou deux fois. Mais surtout parce que j'ai vu comment Grove et votre mère vous traitent et ce n'est pas bien.

Il lâcha Laurie et se rassit.

— J'ai une cousine. Je ne l'ai pas vue depuis des années, mais quand j'étais petit, elle était souvent dans le coin. J'ai vu comment ils la traitaient.

149

Il était toujours question de son physique et si elle avait un petit ami qui était le bon genre de type. Je me souviens avoir pensé que j'étais content de ne pas être une fille. La plupart des garçons ne le remarquaient probablement même pas. Peut-être que je l'ai remarqué parce que j'étais gay et ressentais les choses différemment des autres gars, avoua-t-il en haussant les épaules. En tout cas, c'est comme ça qu'ils vous traitent, mais en pire.

Laurie fixa le doux tissu d'ameublement gris.

— J'ai des clients qui pensent que je suis intelligent. Peut-être parce que ce sont des femmes et qu'elles savent que le cerveau et la beauté ne sont pas mutuellement exclusifs.

Il lâcha un long soupir qui aurait dû le dégonfler comme un ballon.

— Je détesterais les perdre.

— Alors, ne les perdez pas.

— Ma meilleure cliente, Viola, serait sûrement prête à payer cash si je lui parlais de la situation, mais les autres ne le feront pas. C'est trop de soucis et ça ne me fait pas paraître professionnel.

— Tout d'abord, reprit Danny en s'asseyant. Appelez le bureau et dites-leur que vous avez besoin de retirer votre épargne. Demandez-leur de préparer un chèque. S'ils posent des questions, répondez que c'est une urgence familiale. Ils vont croiront, pas vrai ?

Laurie hocha la tête.

— Bien. Et ce n'est pas un mensonge. Dites-leur que je viendrai prendre le chèque, d'accord ? De cette manière, ils ne peuvent pas vous mettre dos au mur.

— D'accord, souffla Laurie. Mais ils diront probablement que c'est demandé trop à la dernière minute.

— C'est une urgence, pas vrai ? sourit Danny.

Laurie sortit le téléphone de sa poche. Il se mordit la lèvre et composa le numéro, puis regarda Danny.

— Salut, Francie. J'ai besoin de parler au service comptabilité. Non, j'ai de sérieux problèmes. Merci, dit-il avant d'écouter. Bonjour, Hazel, c'est Laurie. Écoute, je déteste faire ça parce que je ne veux pas perdre mes investissements, mais j'ai une urgence familiale et j'ai besoin de retirer la valeur de mes actions... Je sais, mais j'en ai vraiment besoin maintenant, alors je vais devoir simplement renoncer aux indemnités de fin d'exercice. Je sais. C'est mon père, souffla-t-il en reniflant. Oui, je suis tellement désolé. Merci.... Oh, ce serait merveilleux, très chère. J'envoie un ami à moi pour récupérer le chèque, d'accord ? Je ne peux pas partir. Oh merci, merci. Il est

150

grand, superbe et ressemble à un cow-boy, expliqua-t-il en faisant un clin d'œil à Danny. Merci, ma chère. Il sera bientôt là.

Il raccrocha et appuya une main sur sa poitrine.

— Elle prépare un chèque. Mon Dieu, vous êtes brillant.

— Je vais aller le chercher, dit Danny en se levant et en faisant une petite révérence. Vous restez ici, et ne répondez pas au téléphone. Laissez-leur penser que vous êtes à l'hôpital ou autre part.

— Ce n'est pas assez pour commencer mon entreprise, avoua Laurie en hochant la tête, mais au moins, je ne devrai pas partir sans le peu que j'ai économisé. Merci d'y avoir pensé.

Il glissa hors du canapé et avança vers la cuisine.

— Peut-être que je peux trouver un avocat pour aider mon père.

Danny leva une main.

— Ne faites rien avant que je revienne, d'accord ?

Laurie acquiesça et passa une main dans ses cheveux soyeux.

— Certains jours, je pense que je suis aussi stupide que tout le monde le dit.

Il sourit, mais ses grands yeux brillaient de douleur.

151

XVIII

LAURIE REGARDAIT son troisième verre de café glacé se condenser sur la table. Au moins, il n'aurait pas à faire de l'exercice cette semaine. Il serait trop agité pour aller à la gym. Ses doigts le démangeaient d'appeler Viola, mais il avait promis à Danny.

Danny. Comment ce jour était-il arrivé ? Laurie était revenu à la vraie vie, mais un bout de son rêve était venu avec lui – son héros cow-boy, avec son chapeau de paille blanc, était arrivé monté sur une licorne pour le sauver.

Bizarre. Le dédain total – la haine, presque – dans les yeux de sa mère quand elle avait regardé Danny. C'était comme si elle reconnaissait son pire cauchemar – un type sans argent qui voyait plus en Laurie que son visage et sa queue.

Laurie secoua la tête. *Non, Maman m'aime. Elle m'aime plus que la vie. Elle ne veut simplement pas me voir pauvre et souffrir. Elle veut le meilleur pour moi.*

Un coup à la porte le propulsa debout et lui fit traverser l'espace comme un lièvre. Il ouvrit la porte sur Danny, lui tendant un chèque.

— Voilà. Encaissez-le vite.

— Oh, mon Dieu, merci !

Il jeta les bras autour de Danny et le serra, puis recula pour le laisser entrer, prit le chèque, et le posa rapidement sur la table. Il retint presque son souffle pendant qu'il le photographiait pour le déposer sur son compte. Après avoir appuyé sur Envoyer, il sourit à Danny.

— Maintenant, nous attendons pour être sûrs que c'est bon, mais c'est le mieux que nous pouvons espérer pour l'instant. Je ne peux pas vous remercier assez. Que s'est-il passé quand vous êtes arrivé là-bas ?

Il avança vers la cuisine et fit un autre café glacé pour Danny. Ils seraient agités ensemble.

Danny s'installa sur une des chaises et croisa ses longues jambes recouvertes de jean étroit. Il devait avoir créé une petite crise cardiaque au service comptable. Carlson gardait ces personnes enchaînées à leurs bureaux.

152

Danny posa son chapeau sur la table d'appoint, à l'endroit, et accepta le café.

— Dès que je suis entré dans le service comptable – cette dame à l'accueil est vraiment gentille en tout cas, votre patron est entré précipitamment. Il a dit qu'il n'avait pas autorisé ceci. Je tenais déjà le chèque à ce moment-là. J'ai serré sa main et lui ai fait un énorme câlin pour dire combien ça signifiait pour vous et comment il sauvait votre famille. Je me suis assuré que tout le monde l'entende, pour qu'il ne puisse pas revenir dessus sans avoir l'air d'un connard.

Laurie se laissa tomber sur la causeuse.

— Parfois, c'est mieux quand l'intérieur d'une personne ne se voit pas à l'extérieur, soupira-t-il. Alors je dois trouver un avocat pour reprendre le cas de mon père. Peut-être que ceci sera suffisant pour couvrir ses honoraires.

— Quel est le cas de votre père ?

— Le fils de son ancien partenaire dirige un rachat hostile et j'ai besoin de trouver un avocat pour l'arrêter. Grove ne cessait de dire qu'il le ferait, mais il ne l'a jamais fait.

— Pourquoi le rachat hostile ?

— Ils disent que Papa ruine la compagnie.

— Est-ce vraiment le cas ?

— Je... je ne sais pas, avoua Laurie en levant les yeux. Je veux dire, c'est son entreprise. Il l'a démarrée.

— Que faisait son partenaire ?

— Eh bien, Papa est ingénieur. Un scientifique, vraiment. Il a développé les produits originaux que vend la compagnie. Son partenaire s'occupait du côté affaires et des ventes, je pense.

— Alors qui s'occupe de cette partie maintenant ?

— Euh, eh bien, Papa, je suppose.

— Peut-être qu'il est mauvais à ça.

Laurie plissa le front.

— Je ne pense pas qu'il aime faire ça.

— Pourquoi dites-vous ça ? demanda Laurie, la tête se relevant d'un coup.

— J'ai pu voir son visage quand votre mère disait qu'il devait récupérer sa compagnie. Il avait l'air malade.

— Il est malade.

Danny se contenta de le fixer.

— Maman dit toujours qu'il est malade parce qu'il n'a pas son travail.

153

— Avez-vous pensé que peut-être il est malade parce qu'il déteste aller travailler ? Parfois, je vois des monteurs de taureaux qui se blessent exprès pour ne plus devoir avoir peur.

Leurs yeux s'ancrèrent. *Eh bien, merde.*

— Oui, j'y ai pensé, avoua-t-il en prenant une longue gorgée de son verre. Mon père est un homme calme qui aime ses livres, s'asseoir à son ordinateur et inventer des trucs. Il n'est pas un homme d'affaires. C'était son partenaire qui menait vraiment les affaires, mais Maman a vu la mort de celui-ci comme une chance pour Papa de se montrer, dit-il en ouvrant grand les bras, sous son meilleur jour et rendre la compagnie encore plus prospère.

— J'en conclus que ça n'a pas si bien fonctionné.

— La compagnie et la santé de mon père sont toutes les deux en difficulté.

— Peut-être que Grove le savait et que c'est pour ça qu'il continuait de traîner les pieds.

Laurie se renfrogna.

— Non pas que j'aime suggérer quelque chose de bien à propos de lui, ajouta Danny avec un sourire.

— D'accord, disons que c'est vrai. Mon père déteste gérer l'entreprise. Que dois-je y faire ? Il ne l'admettra pas, alors ma mère va continuer d'insister.

— Je ne pense pas que vous devriez dépenser vos économies pour engager un avocat afin de donner à votre père quelque chose qu'il ne veut pas, répondit Danny avec un haussement d'épaules.

— Comment êtes-vous devenu si futé ? demanda Laurie en souriant.

— Je vous raconterai un jour ou l'autre.

— Peut-être que je pourrais appeler le type qui essaie de racheter, songea Laurie, le regard perdu dans le vide. Nous pourrions parler, d'un fils à un autre.

— Ça me semble une idée géniale.

— D'accord, dit Laurie avec un sourire tendu, alors si je n'engage pas d'avocat, j'ai un peu moins de dix mille dollars pour démarrer une affaire et vivre dessus. Je ne pense pas que ça va fonctionner. Peut-être que je peux trouver un travail quelque part, vivre avec mes parents pendant un an et amasser de l'argent.

— Ça semble horrible.

— Oui.

— Et si je vous aidais ?

154

Laurie lui lança un doux sourire.

— Vous l'avez déjà fait. Merci.

— J'ai un peu d'argent.

— Quoi ? s'étonna Laurie, le souffle accrochant dans sa poitrine.

— J'ai environ dix-sept mille dollars économisés. Je pourrais les investir dans votre entreprise.

— Vous savez que la plupart des petites entreprises qui démarrent échouent, pas vrai ? expliqua Laurie, la gorge nouée.

— La vôtre n'échouera pas. Alors ce serait suffisant ?

— Euh, ce serait serré, mais peut-être si je demande à Viola de payer cash... ou peut-être qu'elle aiderait. Qui sait ? Je peux imaginer que ça fonctionnerait.

Ne t'emballe pas. Ne t'emballe pas. Il essaya de maintenir sa voix calme.

— Je travaillerai tellement dur pour que ça réussisse. Mais c'est votre argent pour les cours et le ranch.

Merde, sors-toi la tête du cul.

— Oui, eh bien, là aussi ce n'est pas assez. Si je l'utilise pour les cours, je ne peux pas garder mon travail et j'épuiserai tout, ce qui signifie que je devrai tout recommencer. Alors je pense que j'ai besoin d'économiser pour acheter d'abord le ranch.

Laurie se rapprocha du bord de la causeuse.

— Il me faudrait un an pour rembourser l'investissement, j'en suis sûr. Peut-être deux.

— Ça semble bien. Je peux continuer d'économiser.

— Je vous paierai des intérêts tous les mois.

— Et peut-être que dans un an ou deux, j'aurai assez pour acheter quelque chose. Bon sang, je n'avance pas vite.

— Vous feriez ça ? demanda Laurie, tout le corps tremblant. Vous me feriez confiance à ce point ?

— Bien sûr, répondit-il avec un sourire. Comme je le dis, vous êtes bien plus qu'un joli visage.

— Je ne perdrai pas votre argent, Danny. Je le promets. Même si je dois vendre ce corps que tout le monde estime tant, je ferai du profit pour vous.

— Je vous crois, et aucune prostitution n'est requise. Allez vendre votre cerveau.

155

— Allons dîner et c'est moi qui paye. Tout ce que je peux me permettre est une pizza. Après tout, je dois être prudent avec l'argent de mon investisseur.

Oh, mon Dieu, qu'est-ce qui le rendait le plus heureux ? Avoir un moyen de démarrer son entreprise ou savoir que Danny croyait en lui ?

DANNY SOURIT, inspira et essaya d'arrêter le martèlement de son cœur. Il allait donner tout l'argent qu'il avait économisé. Il ne mentait pas – il croyait en Laurie –, mais il en savait assez sur les affaires pour deviner que cet investissement n'était pas une transaction d'initié sur les actions d'Amazon. Il pourrait disparaître. Vite.

Oh, bien. Ce n'est pas comme si j'avais de grandes perspectives. Rand dit que Kai et lui veulent me garder. C'est bien.

Il enfila son chapeau et se leva pour suivre Laurie afin d'aller manger cette pizza. Ça semblait bien, niveau prix.

Bien sûr, une pizza à San Francisco s'avéra bien différente d'une à Chico. Le temps que Laurie ait ajouté des pignons de pin, des cœurs d'artichauts et de la feta, plus deux verres de Chianti, l'addition aurait payé des steaks à Chico. Ils étaient assis à une table dans un coin et se léchaient les doigts entre les bouchées. Danny avala.

— C'est bon.

— C'est ma combinaison préférée. Angelo l'appelle la Laurie.

— Angelo ?

— Le propriétaire.

— Vous venez souvent ici ?

— Je n'ai jamais le temps de cuisiner, grogna-t-il. Pas beaucoup de compétences non plus.

— Mais vous êtes si mince.

À tous les bons endroits.

— Métabolisme d'un colibri.

— Et tout aussi dangereux ? demanda-t-il avec un sourire.

— Quoi ?

— Les scientifiques disent que si les colibris étaient plus gros, ils seraient létaux.

Laurie leva un sourcil.

— Je ne suis pas sûr d'être assez létal. J'ai laissé un paquet de personnes me marcher dessus.

156

Une rapide lueur de douleur passa dans ses yeux.

— J'appellerais ça de la générosité.

— Mince, vous êtes celui qui est généreux. Je ne peux pas croire que vous me prêtiez votre argent durement gagné.

— Je n'en ai pas l'utilité pour l'instant. Ceci m'empêchera de le dépenser.

Il le pensait vraiment.

Laurie repoussa son verre de chianti vide sur la nappe blanche.

— Vous voulez rester chez moi ce soir ? Je vous laisserai mon lit – ainsi que ma chemise.

Il lança ce doux sourire qu'il semblait garder pour les occasions spéciales. Danny secoua la tête.

— Je dois rentrer. J'ai du travail demain.

Maintenant si Laurie offrait de partager son lit avec lui – mais ce serait stupide. Ils étaient maintenant associés.

— Je peux vous offrir plus de café glacé quand nous rentrerons.

— Doux Jésus, ma teneur en caféine rivalise avec l'heure de pointe matinale à Starbucks – mais je vais le prendre. Je ne veux pas que le vin m'endorme.

Laurie laissa un pourboire et ils retournèrent lentement vers l'appartement dans l'air frais et moite du soir.

— Combien de temps vous prend le trajet ?

— Dans mon camion, environ trois heures.

— Oh, j'ai oublié. Où est votre camion ?

— Sur le parking derrière votre ancien bureau.

— Ça devrait aller. Ils n'enlèvent rien, puisque les gens travaillent à toutes heures.

— Je vais juste monter prendre ce café glacé et vous signer un chèque.

Laurie posa une main sur son cœur, mais ne dit rien.

Dans l'appartement, Danny s'assit sur le canapé et sortit le chéquier qu'il utilisait pour son compte épargne. Tout le monde disait qu'il devrait investir l'argent, mais il l'avait toujours gardé accessible. *Maintenant, j'investis.* Il laissa vingt-cinq dollars sur le compte et écrivit un chèque pour le reste, puis le coinça dans un coin du bureau de Laurie. Même s'il se sentait bien d'agir ainsi, il avait quand même les paumes en sueur. Beaucoup d'heures en selle étaient sur ce bureau.

157

Laurie sortit de la cuisine avec une tasse de voyage en métal, avança jusqu'au petit bureau ressemblant à une antiquité et s'assit devant l'ordinateur.

— Je vais rédiger un contrat entre nous. Je vous payerai huit pour cent d'intérêt.

— C'est trop, déclara Danny, les sourcils froncés. Je ne pourrais obtenir ça nulle part.

— C'est vrai. Et c'est pour ça que je veux que vous l'obteniez de ma part. Il doit y avoir des avantages à prendre un risque.

— D'accord. Merci.

C'était gentil de sa part.

— Et j'accepte de vous rembourser le capital en deux ans. Je peux payer un peu à la fois ou de grosses sommes, selon comment vont les affaires.

— Ça me convient.

Laurie continua de taper, puis se rassit tandis qu'un document s'imprimait. Il le sortit, le relut et le signa au bas, puis le tendit à Danny avec un stylo et un magazine de mode sur lequel s'appuyer.

Danny le parcourut. Plutôt direct. Il signa et le rendit, puis se leva et marcha vers la porte de l'appartement. Laurie attrapa la tasse en métal et le suivit. Quand Danny se tourna pour dire au revoir, Laurie le fixait avec des yeux indéchiffrables. Soudain, il plissa le front, se pencha en avant et posa avec précaution le conteneur sur un magazine sur la table du couloir, puis regarda de nouveau Danny.

— Es-tu actif ou passif ?

— Quoi ? D'où est-ce que ça sort ?

Il rigola, mais ça semblait forcé, même pour lui.

— Lequel es-tu ?

— D'habitude, je suis actif.

— Ce n'est pas ce que j'ai demandé, répliqua Laurie en croisant les bras. Certaines choses que tu as dites au ranch m'ont fait penser que tu aimes être passif, mais que personne ne te laisse faire à cause de la présence du SMC

— SMC ?

— Syndrome Macho Cow-boy.

— Euh, oui.

Merde, son visage devenait-il rouge ?

158

— Oui, le SMC est réel, *oui*, personne ne te laisse être passif, ou *oui*, tu aimes l'être ?

— Tout, lâcha Danny. Pourquoi ?

Laurie mit une main sur sa bouche et regarda dans le vide, puis il recula la main comme pour laisser les mots sortir.

— J'aimerais que tu comprennes que ceci n'a rien à voir avec le chèque posé sur mon bureau. Grove n'a pas pu m'acheter pour plusieurs millions de dollars. Je ne vais certainement pas prendre moins.

— Merde, Laurie, je n'essaie pas de t'acheter, quel que soit le montant...

— C'est pour ça ! s'exclama Laurie en le pointant du doigt.

— Quoi ?

Laurie s'approcha, le prenant par surprise, le plaqua contre la porte de l'appartement, glissa une main dans les cheveux de Danny, balançant son chapeau, et se mit à appuyer ses lèvres sur la bouche étonnée de Danny.

— Ummmph

Laurie poussa l'autre main dans la tignasse ébouriffée de Danny, contrôlant sa tête et ensuite, avec la précision d'un sculpteur, moula chaque centimètre de son corps contre celui de Danny, commençant par l'entrejambe. Danny pouvait être beaucoup plus large, mais Laurie était presque aussi grand, et l'accord entrait dans la catégorie *comme un gant*. Il ajusta leur érection côte à côte et les frotta plus fort, pendant que sa langue explorait – chaude et exigeante, sans une particule de soumission ou d'incertitude.

Putain de bordel de merde ! Ceci ne pouvait pas être en train de se produire. Il avait pratiquement joui dans son pantalon quand Laurie s'était décrit comme « autoritaire » au ranch, mais ça allait bien au-delà. Son membre s'embrasait et mettait le feu à son cerveau. Il commença à enrouler les bras autour de la taille de Laurie, mais celui-ci appuya ses poignets contre la porte, si vite qu'il ne put même pas réagir – excepté pour geindre et gémir. Laurie lâcha un son grognant dans sa gorge et poussa durement son corps mince contre celui plus gros de Danny. Un soupir sembla murmurer dans chaque cellule et dériver dans l'atmosphère. Danny ouvrit plus grand la bouche et autorisa la langue inquisitrice de Laurie à jouer pleinement. Rien à faire à part se détendre, apprécier et brûler.

Soudain, Laurie recula sa tête.

— Tu veux être baisé, cow-boy ?

Danny hocha la tête. *Doux Jésus. Oui.*

159

— Dis-le !

— Oui, oui, baise-moi.

— Va dans la chambre et déshabille-toi. Allonge-toi et montre-moi ta position préférée pour la prendre dans le cul.

— Bordel de merde !

— Tu changes d'avis ?

— Non.

XIX

DANNY PARTIT comme si un taureau était après lui vers une des deux portes conduisant hors de la pièce principale. Il s'arrêta et regarda en arrière. Laurie lui fit un signe de la main vers l'autre porte et Danny entra en courant dans une chambre de bonne taille, pleine de tissus chauds et doux et de peintures charmantes. L'œuvre d'art que Danny préférait, cependant, était l'énorme lit au milieu. Il planta ses fesses dessus et commença la lutte pour sortir de ses bottes. Dieu savait qu'il avait couché avec beaucoup de mecs en les portant encore. Il était facile de voir pourquoi on disait que les vrais cow-boys mouraient les bottes aux pieds. C'était trop difficile de les enlever.

Enfin, soufflant comme un bœuf, il retira la seconde botte, jeta ses chaussettes par-dessus et s'attaqua à son jean. Tout son corps vibrait. Bien sûr, Frank le baisait parfois, mais c'était plus comme un interrupteur, où deux grands types masculins prenaient leur tour à être passif. Pas le fantasme de Danny. Laurie avait le droit à une toute nouvelle ligue de rodéo.

Il enleva son jean, réussit à retirer son boxer tout simple de sa queue super gonflée, et passa ensuite sa chemise par-dessus sa tête avec tous les boutons encore attachés. Il fixa les draps blancs. Doux Jésus, étaient-ils bordés ? *Quelle est ma position préférée ? En levrette, pour être vraiment martelé ? Face à face pour que je puisse voir ses yeux ? Sur le côté ?* Bon sang, chacune semblait si foutrement bonne.

Un petit ricanement derrière lui le fit se retourner. *Bordel.* Il ne respirerait jamais de nouveau.

Laurie se tenait sur le pas de la porte portant – rien du tout. Si on ne comptait pas le chapeau de cow-boy de Danny. Son grand corps élancé brillait dans la faible lumière fournie uniquement par la lampe de chevet. Des épaules étonnamment larges, un torse légèrement défini, des hanches incroyablement étroites et des jambes si longues qu'elles avaient besoin de leur propre code postal. Ses cheveux blond-rose tombaient en un rideau sur ses épaules, compensés par le chapeau totalement incongru. Au milieu de cette perfection se dressait – terme correct – un sexe remarquablement large. Long comme le reste et sans un seul poil visible, il claqua contre son ventre quand Laurie avança – disons comme un tigre – vers le lit. Il s'arrêta,

161

les mains sur les hanches, tandis que Danny restait bouche bée. Laurie leva un doigt et inclina légèrement le bord du chapeau.

— Je ne vois pas ta putain de position préférée, à moins que tu veuilles que je mette ceci dans ta bouche ouverte, lâcha-t-il en caressant sa queue.

Danny referma la bouche. *Pas de ça, Lisette.* Il avait offert un bon paquet de pipes. Baiser était ce dont il avait envie, ou plus précisément, être baisé.

— Je ne peux pas décider. À toi de choisir.

— Quand était la dernière fois où tu as été pris ?

— Il y a un moment.

Laurie fit ressortir une hanche, planta une main dessus et lança à Danny un regard disant *non, sans blague ?!*

— Quelques semaines. Peut-être des mois.

— D'accord, allonge-toi sur le dos. J'ai besoin de voir si je te fais mal.

— Tu ne me...

— Allonge-toi !

Il s'allongea alors que Laurie approchait de la table de chevet et jetait une grande bouteille de lubrifiant au format économique, une boîte de préservatifs, un plug, et un godemiché rose sur le lit.

Danny essaya d'inspirer.

— Vas-tu... ?

— Chut. Tu es entre de bonnes mains.

Douce musique à ses oreilles.

Laurie repoussa les jambes de Danny. De la chaleur envahit le visage de ce dernier. Position plutôt gênante. Laurie fredonna pendant qu'il hochait la tête, des emballages se froissant et des bouchons de bouteilles s'ouvrant, semblant peu concerné par les fesses nues de Danny – ou les siennes. Puis il se pencha.

— Inspire.

Danny le fit.

— Maintenant, expire un peu et détends ton cul.

— D'accord, mais je... Bordel de merde !

Pop. Le plug lubrifié entra et des coups d'électricité allumèrent ses testicules comme si quelqu'un allait commencer à danser.

— Avertissements. Les avertissements sont bons.

— Non, ricana Laurie, tapotant légèrement les fesses de Danny. Sinon tu te serais tendu. Laissons ça mijoter pendant une minute.

162

Il s'étira de tout son long près du corps de Danny et commença à caresser son torse.

— Sais-tu à quel point j'aime tout ça ?

— Qu-quoi ?

— Tout ce corps que tu as, cow-boy.

Il tendit une main et repoussa le chapeau pour qu'il puisse mettre ses lèvres là où avait été sa main. Il embrassa le pectoral de Danny, puis avança jusqu'à un mamelon en frôlant la peau du nez, léchant le bourgeon. Avec les lèvres plissées, il s'y accrocha et... les hanches de Danny décollèrent du lit plus vite qu'un Brahma.

— Oh mince.

— Tu es facilement satisfait.

Laurie suça plus fort, lécha et bougea vers le sud, où les hanches de Danny dansaient la salsa. Le petit allumeur poussa la queue de Danny sur le côté avec son nez pour pouvoir lécher autour de son nombril et embrasser le creux entre sa cuisse et son entrejambe. Un souffle chaud réchauffa le membre de Danny, mais aucune satisfaction ne venait.

— Laurie !

— Hmmmm ?

— Enculé !

— Bientôt.

D'un mouvement, il attrapa le sexe de Danny, l'enfonça dans sa bouche comme une bratwurst [3] et commença à sucer.

— Bordel de merde, tu es sans merci.

— Oh oui, rétorqua Laurie en retirant sa bouche.

— N'arrête pas, s'il te plaît.

— Eh bien, chéri, je suis horriblement bon à l'oral, mais je pense que baiser est en haut de nos deux listes.

— Oui, s'il te plaît, oui.

Doux Jésus, tout son corps palpitait comme une énorme plaie. Ses testicules ressemblaient à... des noix. Dures et prêtes à craquer. Il voulait... voulait simplement. Peu importe quoi, il le prendrait, tant que cela venait de Laurie.

Celui-ci repoussa de nouveau ses jambes et retira le plug bien plus gentiment qu'il ne l'avait inséré, bien que les hanches de Danny se tortillant devaient être un défi, puis il enfila un préservatif sur son propre sexe.

---

3 Grosse saucisse allemande.

163

Prometteur. Avant que l'entrée de Danny ne puisse se refermer, Laurie inséra deux doigts pleins de lubrifiant et les fit entrer et sortir. La torture du plaisir, mais pas assez de plaisir, picota les nerfs de Danny.

— S'il te plaît, s'il te plaît, s'il te plaît.

Laurie inséra un troisième doigt, ne se précipitant pas, malgré les supplications de Danny.

— Oh merde, tu as l'air si bon là-dedans. Oh, oh.

Il devait avoir courbé les doigts, parce qu'un éclair de chaleur aveuglante brûla à travers le système nerveux de Danny.

Encore un. *Je pourrais m'évanouir.*

Laurie sortit ses doigts et, alors que Danny commençait à gémir, s'agenouilla entre ses jambes, appuya un objet chaud et rond contre son entrée et poussa. Tout céda. Les jambes de Danny tombèrent de chaque côté de ses hanches, son anneau de muscles s'étira et le sexe de Laurie s'enfonça dans un défilé d'honneur de bienvenue. Danny cria si fort qu'on aurait pu l'entendre dans une arène de taureaux et Laurie rigola.

— Pour paraphraser une dame célèbre, « Accroche-toi. Le voyage va être mouvementé. »

Là-dessus, Laurie redéfinit le terme *actif.* Regardant Danny dans les yeux, il poussa, martela et pilonna au point que le cul de Danny resterait à sa forme pour toujours. Il sourit.

— Tu aimes ça ?

— Merde, oui.

— Tu en veux plus ?

— Plus fort.

— Oh, chéri, personne n'a jamais monté un taureau aussi bon. Ton cul a été fait pour moi. Je veux le marquer d'un *L.*

Danny rendit son rire et pointa du doigt sa fesse.

— Là. Juste là.

La malice dans les yeux de Laurie se transforma en brûlure profonde et il se pencha au-dessus de Danny, serra les dents et le baisa comme un marteau-piqueur.

Immersion totale. Comme s'il n'avait jamais été baisé avant. Aucune odeur sauf celle de Laurie. Aucun son sauf les grognements gutturaux de Laurie – tellement peu féminins. Aucune sensation sauf le feu dévorant de ce sexe martelant de son cul à son cœur – chaque poussée comme une pompe forçant de plus en plus de joie dans ses nerfs et son cerveau saturés. Danny rejeta la tête en arrière et hurla. Ses testicules tirèrent si fort qu'elles auraient dû éclater et du sperme bouillonnant sembla se rassembler dans chaque cellule, prêt à exploser.

— Oh oui, rit Laurie, jouis pour moi, cow-boy. Jouis partout sur moi.

Comme l'ordre avait été donné, le sexe de Danny se transforma en éruption volcanique et cracha du sperme si fort qu'il heurta le menton de Laurie et parsema ses cils. La giclée suivante éclaboussa la joue de Danny et coula sur le bout de son nez, mais il le remarqua à peine alors qu'une lumière blanche illuminait sa tête et explosait jusqu'à ce qu'il ait l'impression d'être un compagnon pour les étoiles.

— Bordel de merde ! hurla Laurie. Oh, oh mon Dieu. Oh !

Tout son corps se figea à l'exception des petites poussées bégayantes de ses hanches. Comme un doux animal de forêt, Laurie se replia sur le torse de Danny.

Tant bien que mal, le corps de Danny réapprit l'existence mortelle et il aspira de l'air pour reprendre le contrôle des battements de son cœur. *D'accord, admets-le. Tu pourrais tout aussi bien n'avoir jamais eu d'expériences sexuelles avant.* Il soupira longuement et profondément.

LES YEUX de Danny s'ouvrirent en papillonnant. *Où suis-je ?*

Une respiration douce et une odeur succulente d'orange et de sexe. *Oh, c'est vrai.*

Pendant un instant, il laissa son cœur battre en rythme avec ces légères inspirations.

Quelle heure est-il ? Il jeta un coup d'œil à sa montre, mais la fonction d'éclairage avait disparu depuis quelques taureaux. Malgré tout, il aurait été tard pour commencer le trajet de retour quand il s'était endormi. Maintenant, ça devait être ridicule.

Il remua et Laurie soupira. *Oh, merde, je dois partir. Je déteste devoir laisser tomber tout ça.* Mais qu'allait-il faire ? Accueillir Laurie au matin avec un cappuccino et de la brioche ? Passer bavarder avec la mère de Laurie – avant qu'elle lui serve de l'arsenic ? L'aider à choisir des rideaux en brocard ? *Oui. Non.*

Ses jambes donnaient l'impression d'être des poids en fer alors qu'il les traînait sur le bord du lit.

Laisse tomber.

Cette nuit – une partie d'une nuit – s'inscrivait hors des murs de la vraie vie. Ils avaient célébré quelque chose qu'ils voulaient tous les deux,

165

mais c'était là que ça finissait. Un décorateur sophistiqué de San Francisco n'avait rien en commun avec un cow-boy clochard de Chico. Un petit sourire réchauffa ses lèvres. Mais alors, il avait désormais une petite mise de départ dans cette vie chic, n'est-ce pas ?

Il baissa les yeux vers la beauté endormie avec le collier brillant posé sur son torse. *Au revoir, ma licorne. Tu sais où me trouver.*

LAURIE TENDIT sa lampe torche vers le trou de la serrure et ouvrit la porte d'Armisted Designs. Il jeta un regard par-dessus son épaule. Ça ne servait à rien de se sentir coupable. Il était venu travailler si tôt de nombreuses fois. Bien sûr, ce matin, il avait été réveillé d'une stupeur provoquée par le sexe par le bruit de la porte d'entrée de son appartement se refermant. Oui, il savait que Danny devait rentrer à Chico, alors pourquoi cette porte avait-elle ressemblé à un morceau de son cœur heurtant le sol ? *Putain. Réfléchis à ça plus tard.* Il tira la porte derrière lui.

Laissant les rideaux à l'avant fermés pour que la lumière ne soit pas évidente à l'extérieur, il avança jusqu'à son bureau dans l'obscurité, puis alluma la lampe sur son bureau. *Ne ressemble pas trop à un cambrioleur.* Il alluma également le néon.

Démarrant son ordinateur, il copia rapidement toutes les informations de contacts de ses clients et les fichiers pertinents sur une clé USB, puis la coinça dans sa chaussure au cas où quelqu'un entrerait. Il ne volait pas. Toutes les informations étaient encore là. Carlson avait un accès total.

Il alla jusqu'à la réserve où ils gardaient les livraisons et trouva une boîte vide qu'il rapporta jusqu'à son bureau. Il n'y avait pas tellement de choses qu'il pouvait légitimement prétendre être à lui, puisque Carlson avait insisté pour payer toute la décoration de son bureau avec la carte de crédit de la compagnie. Sur le moment, cela avait semblé gentil, mais maintenant ? Pas tellement.

Il mit les photos personnelles de ses parents dans la boîte, plus quelques babioles qu'il avait achetées avec son propre argent lors d'achats pour les clients. Posant la boîte sur la table de réunion, il regarda autour de lui. *Oh oui, la veste derrière la porte.* Il l'attrapa et la jeta dans la boîte.

Un bruit lui parvint de l'entrée des bureaux. Il regarda sa montre. Cinq heures quarante-cinq. *Qui ?*

Il jeta ses fesses sur sa chaise de bureau tout en poussant la boîte dessous et fixait l'écran tout en tapotant son clavier quand Carlson passa la tête par la porte. Il plissa le front.

— Que diable fais-tu ici à cette heure ?

— Je travaille.

Laurie rendit l'air renfrogné. Il agita une main vers le plan de sol pour un des clients de Carlson qui occupait son écran.

Nonchalamment, Carlson entra et regarda. Le bâtard. Bien sûr, il avait le droit d'être suspicieux.

— Qu'est-ce qui t'a pris de décider de travailler maintenant ?

— Je pourrais te demander la même chose.

Laurie sourit. Comme un requin.

— En fait, je rentrais chez moi après une fête et j'ai vu une lumière allumée.

Laurie passa une main sur son cou et soupira.

— En fait, je ne pouvais pas dormir, alors j'ai décidé que je pourrais tout aussi bien travailler.

— Quelque chose ne va pas ?

— Oui. Mon père ne va pas bien, et Grove et moi avons rompu.

— Sans déconner ?

Les sourcils de Carlson se levèrent et ses yeux se plissèrent. Bâtard sournois. Aucun doute qu'il planifiait comment il pourrait planter ses crochets dans tout cet argent.

— Oui. Je suis rentré plus tôt de vacances et j'ai découvert qu'il me trompait. Qu'il me trompait depuis un moment, je pense, soupira-t-il à nouveau lourdement.

— Eh bien chéri, les prises riches comme ça filent rarement droit, tu ne trouves pas ?

— Je suppose que c'était trop demander.

Carlson se redressa et Laurie retourna à son écran. Comme s'il travaillait simplement. Carlson agita une main comme pour attirer son attention.

— Je vais rentrer me changer. Puis nous devons parler.

— Bonne douche.

Il sourit, mais ses yeux continuaient de regarder droit devant eux.

Carlson tapota le cadre de la porte quand il partit. Laurie continua de pianoter jusqu'à ce qu'il entende la porte d'entrée se refermer. Il attrapa une tasse à café, descendit le couloir et alla à la machine à café dans la salle de

167

pause. Il se versa une tasse et écouta. *Ah. Connard.* Le faible bruit des pas de Carlson glissa dans le couloir.

Ostensiblement, Laurie rapporta son café jusqu'à son bureau, s'assit et recommença à taper. Quelques minutes plus tard, il entendit un *clic*. Enfin parti – vraiment cette fois. Bien sûr, Carlson pourrait attendre sur le parking. Il y attendait probablement. Laurie patienta encore quinze minutes, puis avança sur la pointe des pieds jusqu'à la fenêtre et jeta un coup d'œil dehors. Pas de voiture sur le parking. Il était venu en Uber.

Attrapant la boîte, il se faufila jusqu'à l'entrée arrière, laissa la lumière allumée comme s'il revenait tout de suite et se glissa par la porte. Là-dessus, il commença à marcher. Quelques pâtés de maisons plus loin, il trouva un taxi et s'installa sur la banquette arrière, puis regarda sa montre. Encore quelques heures avant qu'il puisse appeler Viola.

XX

POURQUOI LE matin devait-il être si tôt ?

Danny se traîna vers la cuisine pour trouver du café. Un gallon semblait bien. Mais même s'il pouvait à peine soulever les paupières, marcher représentait un pur plaisir. Oh, oui, ses hanches étaient totalement détendues et son cul faisait parfaitement mal. *Apprécie simplement et ne réfléchis pas au fait que ça pourrait ne jamais se reproduire.*

Il passa la porte ouverte. Felicia leva les yeux et sourit.

— Quelle quantité de toi as-tu laissée en ville, *chico* ?

Waouh. Cela serra un peu sa poitrine. *Secoue-toi.*

— J'ai laissé des morceaux sur chaque kilomètre de route entre San Francisco et la maison. Je pense qu'ils conduisaient des camions pour casser la route devant moi sur la majorité du trajet, juste pour que l'autoroute soit pleine de bosses et de trous. J'ai besoin de café en intraveineuse. Tout de suite.

— Comment va notre Laurie ?

Elle lui tendit une tasse fumante et il inspira profondément.

— Euh, bien. Content de récupérer ses valises. Mais il a rompu avec Grove juste avant que j'arrive là-bas, je pense, alors j'ai dû le trouver à son bureau. Puis sa mère a appelé et on aurait dit que son père était vraiment malade. Ça s'est avéré être une fausse alerte, mais je suis allé avec Laurie, puisqu'il était bouleversé.

Il souffla sur le café. Bon sang, il préférait se brûler la bouche au lieu de vivre sans caféine une minute de plus. Il sirota. *Aïe.* Bien sûr. Ce serait douloureux pendant toute une journée.

Rand et Kai entrèrent, se tenant la main. Cela le faisait toujours sourire. Deux hommes coriaces avec peu de mots – écartant le fait que Kai était sacrément beau – qui se touchaient comme des amoureux d'école primaire. Rand lança à Danny un regard des pieds à la tête et vit probablement trop.

— Je t'ai entendu dire que Laurie avait rompu avec Grove.

— Pas une surprise, répliqua Kai avec un sourire en coin.

Danny leva un sourcil et avala sa gorgée de café.

169

— Vraiment ? Le type riche et la reine de charme ? Ça ressemblait à un conte de fées.

— Non, fit Kai avec une grimace. Grove le traitait trop comme une reine. Laurie peut être beau, mais il n'est pas une mauviette. Ce type a des couilles.

Tu n'as pas idée.

Rand prit son propre café et souffla dessus.

— Alors, est-ce que son père va bien ?

— Je suppose, répondit Danny avec un haussement d'épaules. Il n'a pas fait de crise cardiaque, comme le pensait Laurie. Sa mère est un sacré numéro. Beaucoup de cinéma. On parle carrément de quelqu'un qui traite Laurie comme une reine, et pas d'une bonne manière.

Il fixa le liquide crémeux, puis releva les yeux vers Rand et Kai.

— Désolé qu'il m'ait fallu si longtemps pour revenir. Qu'y a-t-il de prévu pour aujourd'hui ?

— Dernier jour de tous les clients, alors faisons-leur un grand au revoir. Kai et moi avons deux élèves et nous avons un nouveau poulain que nous devons aller voir à Durham.

— Quand arrive le nouveau groupe de clients ?

— Nous en avons quelques-uns de plus demain.

— Alors nous disons au revoir, ensuite nous rafraîchissons le matériel et les granges pour les nouveaux cavaliers.

Rand hocha la tête.

— Vous venez prendre le petit déjeuner ?

— Dans un instant.

La journée commença.

Danny passa la porte de la cuisine vers la salle à manger, où Nora, Elena, Andy et son père, plus Manolo, Lani et Aliki beurraient tous leurs roulés à la cannelle.

— Ça sent divinement bon ici.

Il tira le bord de son chapeau, puis l'enleva et le posa sur la desserte.

— Oncle Danny, s'exclama Aliki avec un sourire, content que tu sois rentré. Comment était San Francisco ?

— Vallonné.

Aliki grogna.

Nora demanda, avec de la malice dans sa voix sirupeuse :

— Comment va notre Laurie ?

— Bien.

170

Il jeta un coup d'œil aux visages pleins d'espoir. Oh bon sang, ces personnes ne reverraient probablement jamais Laurie et ils aimaient un peu de potins.

— En fait, Grove et lui ont rompu.

Nora regarda Elena avec une expression disant je *te l'avais dit*.

— Oh, quel dommage.

— Mince alors, dit Aliki en haussant les épaules. Je suppose que ça signifie qu'il ne montera plus dans la Spyder.

Danny se mordit la langue pour s'empêcher de rire.

— Bien sûr, ils pourraient se remettre ensemble. Les couples font ça – je l'ai entendu dire.

— Que s'est-il passé ?

Nora mit la douceur cannelée dans sa bouche, mais semblait quand même avide d'informations.

Danny lança un regard plein de sens à Aliki et les yeux de Nora s'écarquillèrent. Danny attrapa un roulé à la cannelle.

— Je pense qu'ils ont eu un désaccord.

— Personnellement, déclara Aliki en attrapant plus de beurre, je pense que M. Chilcott ne comprend pas très bien Laurie.

— Oh vraiment ?

Ce fut au tour de Danny de grogner. Elena et Nora en avalèrent presque leur roulé tout entier, tant elles essayaient de ne pas éclater de rire.

— Oui. Il agissait toujours comme si Laurie ne savait rien faire, mais je pensais qu'il faisait les choses mieux que M. Chilcott. Mince, il faisait les choses mieux que la plupart des gens.

La vérité sortait de la bouche des enfants, comme on disait.

— Tu pourrais avoir raison, Aliki. En tout cas, je pense que Laurie va prouver que tu as raison, parce qu'il se prépare à démarrer sa propre entreprise.

— Il va le faire ? Merveilleux ! s'écria Nora en claquant une main sur la table.

— Je pensais qu'il n'avait pas encore le financement pour le faire, s'étonna Elena de sa manière si calme.

Danny regarda vers la porte de la cuisine. *Où est Felicia ?*

— Eh bien, je pense qu'il a trouvé des investisseurs.

— C'est bien pour lui.

Felicia apporta le premier plateau d'assiettes et Danny bondit pour aller chercher le reste dans la cuisine. Est-ce que cela paraîtrait étrange pour tous ces gens s'ils savaient qu'il avait donné ses économies de toute une vie à Laurie ? Bon sang, ça lui paraissait étrange, pourquoi pas à eux ? Mais bizarrement, ça semblait juste, peut-être simplement parce que cela lui donnait un lien avec Laurie. Quelque chose qui semblait important.

Il distribua le reste des assiettes. Rand et Kai entrèrent avec du champagne et ils firent des mimosas pour tout le monde.

Nora se leva et tendit son verre.

— Je sais que nous ne sommes que deux dans la quantité de clients qui viennent à vous, mais vous nous avez très certainement donné l'impression d'être de la famille et nous ne vous oublierons jamais. En fait, nous discutons même de quand nous allons revenir et combien de nos amis nous pouvons envoyer ici pour des vacances. Vous êtes un groupe spécial, et nous sommes énormément reconnaissantes. Au Ranch McIntyre.

Elle sirota son champagne et Elena leva son verre à côté d'elle.

Arthur se leva ensuite.

— Je suis reconnaissant envers vous tous pour m'avoir fait passer ce moment génial avec mon fils et pour lui avoir prouvé que je ne suis pas un vrai ringard.

— Oh, Papa, souffla Andy, poussant son père du coude, mais avec le sourire.

— Nous reviendrons aussi, assura Arthur. À chaque occasion que nous aurons, en fait.

Il jeta un rapide regard vers Lani.

Après le petit déjeuner, Danny escorta Nora et Elena jusqu'au van. Pauly les conduirait à Chico, où elles prendraient la navette de North Valley jusqu'à l'aéroport de Sacramento. Nora lui offrit un énorme câlin et Elena une poignée de main, mais il accepta les deux avec l'affection qu'elles voulaient y mettre. Nora se recula.

— Vous allez vraiment me manquer, Danny chéri. Je ne vous oublierai jamais sur le dos de ce taureau ou comme Laurie était inquiet pour vous. Je pensais que cet homme allait mourir de peur. Ne laissez pas les circonstances vous convaincre que vous n'êtes pas destinés à vous revoir.

— Il y a beaucoup de choses qui se passent pour nous deux, Nora, dit Danny en avalant difficilement. Il est si différent.

— Arrête de te mêler de ce qui ne te regarde pas, chérie, déclara Elena en prenant le bras de Nora.

— D'accord, eh bien, c'est tout ce que j'ai à dire là-dessus. Vous allez nous manquer, mais nous reviendrons très vite.

— Vous me manquerez aussi, assura Danny, le pensant vraiment. Je pense à vous deux comme à des amies.

Nora plissa les lignes près de ses yeux.

— Parfois, on forge les amitiés les plus proches pendant des circonstances vivement émotionnelles.

Riant, elle grimpa dans le van. Elena tendit la main.

— Désolée. Prenez soin de vous, d'accord ?

— Merci, Elena. Je le ferai.

Il eut en fait un peu les larmes aux yeux tandis que le van s'éloignait, mais ce ne fut rien comparé aux larmes sur les joues de Lani et celles qu'Andy ravalait alors qu'ils se tenaient l'un près de l'autre et se tenaient la main près de la voiture d'Arthur. Manolo aidait celui-ci à charger leurs bagages, mais Lani et Andy seraient manifestement tout aussi heureux si les sacs explosaient et s'ils pouvaient rester où ils étaient.

Arthur serra la main de Danny.

— J'appellerai la semaine prochaine et j'arrangerai un moment pour revenir, au moins pendant un week-end. Autrement, je pense que je serai confronté à une sérieuse mutinerie.

La voix de Rand arriva de derrière lui.

— Hé, Danny, quand tu seras libre, viens à l'intérieur. Au revoir, Arthur, Andy. À bientôt.

Arthur le salua de la main.

Danny hocha la tête.

— Nous serions heureux de vous revoir.

Ils partirent et Danny claqua son chapeau contre son jean, étreignit Lani d'un bras, puis retourna au pavillon et frappa sur la porte à moitié ouverte.

— Entre, Danny.

Il fallut une seconde à ses yeux pour s'ajuster à la lumière plus faible, ensuite il réalisa qu'il y avait une autre personne assise dans le salon, mais pas de Rand ni Kai. L'homme semblait familier.

— Euh, bonjour. Je suis Danny.

— Marsh Banks.

L'homme se leva et lui serra la main. Il était plus âgé – probablement dans la soixantaine – fort et nerveux.

— Vous possédez le ranch à côté, pas vrai ?

— C'est ça.

173

Kai entra en venant de la cuisine avec le chocolat chaud préféré de Danny chargé de marshmallows. Peu importait si la température montait dans les vingt-sept degrés ce jour-là. Le chocolat chaud régnait en maître.

Rand suivit avec le cake au citron de Felicia et les serviettes, fourchettes et cuillères dont ils avaient tous besoin. Quelle réception ! *Je me demande ce qui se passe.*

Danny s'assit sur la chaise confortable recouverte d'une couverture western. Kai lui tendit le chocolat chaud et Danny commença à souffler. Plus tôt il pourrait y goûter, mieux ce serait. Bien sûr, cela avait déjà été une journée où on ne se refusait rien avec les roulés à la cannelle et le champagne.

Banks s'enthousiasma pour le cake et, pendant quelques minutes tout le monde sirota simplement et mâcha. Finalement, Rand prit la parole :

— Danny, Marsh a une proposition que nous voulons que tu entendes.

— Moi ?

Marsh s'essuya les lèvres sur une serviette, puis se pencha en avant.

— J'ai dix acres, juste à côté du Ranch McIntyre, que je veux vendre. Je garde ma maison et quelques acres pour un jardin et des animaux, mais le reste est un pâturage ouvert et je deviens vieux. Je n'en ai pas l'utilité et aucun enfant pour en hériter. Alors je l'ai proposé à Rand.

Celui-ci posa sa part de cake sur le côté.

— J'ai expliqué que tout notre argent supplémentaire va actuellement dans le troupeau reproducteur et l'agrandissement des écuries, mais nous avons suggéré que tu pourrais être intéressé.

— Moi ?

Le mot tomba de sa bouche comme une perle – qui fut écrasée sous le sabot d'un cheval.

— Mais, je n'ai pas les ressources pour acheter un gros lopin de terre comme celui-là.

— Eh bien, déclara Banks en croisant les mains, je pensais à l'origine vouloir en obtenir quarante pour cent de sa valeur, puisque c'est souvent la coutume pour une terre à l'état brut, mais quand Rand et Kai m'ont dit que tu pourrais ne pas avoir cet argent disponible, je pensais que peut-être un quart de sa valeur me conviendrait. Je m'occuperais des papiers et si tu ne payais pas, je saurais à coup sûr où te trouver, rit-il. Cela ferait vingt milles, environ.

La bouche de Danny s'ouvrit. Puis se referma. Vingt mille. Seulement trois milles de plus que ce qu'il avait eu le matin précédent – le matin où il

174

avait été baisé à en perdre la tête et avait investi dans quelque chose de si fou qu'il ne pourrait l'admettre envers Rand et Kai.

— Je n'ai plus cet argent.

— Quoi ? demanda Rand, les sourcils froncés.

— Je l'ai mis dans un investissement à long terme, pensant que je n'en aurais pas besoin pendant un moment.

Mais enfer et damnation, son cœur battait si vite que sa poitrine faisait mal. Dix acres juste à côté de Rand et Kai. Il pourrait travailler avec eux, presque comme une famille.

— Quand devrais-je avoir l'argent, M. Banks ?

— Eh bien, je ne suis pas très pressé, mais je veux vendre avant les fêtes pour que je puisse commencer à planifier ma nouvelle vie. Penser à faire des voyages. J'ai toujours voulu voir l'Australie. Peut-être la Nouvelle-Zélande aussi.

Trois mois. Il leva les yeux vers Rand.

— Je pourrais l'obtenir, mais je devrais prendre des congés. Monter sur le circuit.

Rand et Kai échangèrent un regard. Le premier dit :

— Mince, Danny, c'est dangereux et sans aucune garantie que tu gagnes.

— C'est le seul moyen que j'ai.

— Quand tu parles du circuit, demanda Banks en se penchant en arrière, tu parles de rodéo ?

Danny hocha la tête.

Kai lança presque un regard noir.

— Il est monteur de taureaux.

— Bon sang, souffla Banks en secouant la tête, c'est ce que nous appelons ne pas faire l'idiot. Mais j'ai entendu dire qu'on peut gagner gros sur ces taureaux de nos jours. Tu es bon ?

— Ouaip.

— Même les meilleurs se font piétiner et blesser gravement, grogna Rand. Peut-être que tu devrais attendre. Il y aura d'autres opportunités.

— Pas aussi bonnes que celle-ci, répliqua Danny en croisant son regard. Ce serait comme une extension du Ranch McIntyre. Je pourrais continuer à travailler pour vous et quand même me bâtir une maison sur mon temps libre. À supposer que vous vouliez de moi.

— Merde, bien sûr. C'est pour ça que nous y avons pensé.

175

— M. Banks, si vous me laissez un mois et quelques, j'aurai une idée de si je vais pouvoir réunir l'argent. Je ne vous mènerai pas en bateau.

— Je te fais confiance, Danny, dit Banks avant de reprendre son cake. J'aimerais que tu l'aies. Tu ferais un bon voisin.

— Merci, monsieur.

Il voulait presque laisser échapper qu'il était gay, puisque la plupart des propriétaires de ranch plus âgés n'agitaient pas exactement des drapeaux arcs-en-ciel, mais Banks semblait plutôt décontracté à propos de Rand et Kai, alors Danny se tut et mangea le reste de son cake.

— Des jours comme ça pourraient me faire grossir.

Kai lui lança un regard de ses magnifiques yeux noirs.

— Tu devrais d'abord réussir à prendre du poids

Danny ricana et continua de manger, mais ses paumes transpiraient. *Monter sur le circuit*. Merde, il affronterait des choses bien plus effrayantes que les taureaux.

LAURIE INSPIRA profondément et appuya le téléphone portable contre son oreille.

— Laurie, c'est vous ?

— Oui, bonjour.

Il aimait Viola, mais avait-il déjà été aussi effrayé ?

— Qu'est-ce qui ne va pas ?

— Euh, rien, dit-il avant de déglutir. Je vais le faire. Bon sang, je l'ai fait. J'ai quitté Armisted et je démarre ma propre affaire.

— Youpiiiiiiiiiiii ! gloussa-t-elle comme une petite fille. Il était sacrément temps que vous échappiez à ce pirate.

— Le fait est, je fais ça avec un budget serré, puisque j'ai dû partir plus tôt que je le prévoyais. Je vais convertir mon appartement en bureau et, mon Dieu, je déteste demander, mais...

— Vous voulez que je paye pour mon mobilier directement ?

— Oh, très chère, ce serait génial. J'ai eu un petit prêt et réussi à sortir mes toutes petites économies d'Armisted. Combinés, cela supportera le nécessaire, mais un investissement dans l'inventaire sera plus long à venir.

— Ça va. Cela me fera gagner de l'argent, alors je peux vous payer des honoraires plus élevés.

— Vous ai-je déjà dit que je vous aime ? demanda Laurie, souriant enfin.

176

— La flatterie vous mènera partout. Alors, avez-vous peur ?

— Mort de peur, parce que je ne peux pas échouer, Viola.

— Je sais, très cher. Vous n'échouerez pas.

— Je suis sérieux. J'ai emprunté de l'argent à quelqu'un qui ne peut se permettre de le perdre. Je veux vraiment qu'il soit impressionné avec un grand retour sur investissement.

— Il ? répéta-t-elle, la voix souriant pour elle.

— Oui, ricana-t-il.

— Alors, manifestement pas votre petit ami plein aux as.

— Non. Il a pris le chemin de tous les petits amis pleins aux as.

— Bien. Pas du tout votre genre.

Dites donc, elle devrait voir Danny. Quand on parle de ne pas être mon genre.

— Mon investisseur est juste un ami, mais quelqu'un qui m'a confié les économies de toute sa vie.

— Eh bien, trésor, vous ne le décevrez pas. Maintenant, quand pouvons-nous nous voir pour mon projet ? Et j'amènerai une amie avec moi qui pourrait avoir du travail pour vous.

— J'ai besoin de quelques jours pour que mon appartement paraisse chic et professionnel. Je vous appellerai.

— Excellent ! Je suis impatiente.

— Merci beaucoup, Viola. Je ne pense pas que je pourrais faire ça sans vous.

Ou Danny.

— C'est ce que Carlson obtient à vouloir être avide.

— C'est la vérité.

— Oh, et Laurie ?

— Oui, ma chère ?

— Je veux rencontrer votre investisseur.

177

XXI

MERDE, SON appréhension avait des appréhensions. Danny composa le numéro sur le téléphone.

— Garcia.

— Salut, Maury, c'est Danny Boone.

— Salut, Danny. Je prends le fait que tu m'appelles comme un bon signe. Que puis-je faire pour toi ?

— J'aimerais rencontrer tes amis. Je pense rejoindre l'ACRP.

— Ce sont vraiment de bonnes nouvelles, bien que je doive être masochiste pour le dire. C'est une invitation à ce que tu me bottes les fesses, rit-il.

— Peu probable, Maury.

— Tu l'as fait deux fois, fils, lâcha-t-il avec plus de ricanements. Où es-tu ?

— Chico.

— D'accord. Nous montons à Vegas ce week-end. Que dirais-tu si je t'inscrivais ?

— Je ne suis pas membre.

— Je pense que ça peut être facilité. Tu peux rencontrer les gars vendredi, puis monter samedi et dimanche.

Purée. Ça va vite.

— Ce serait super. Merci. Je viendrai avec une saleté de camping-car, alors je serai dedans. Je dois trouver un endroit pas cher où le garer.

— Je vais loger au Bellagio. Nous pouvons nous retrouver là-bas.

Ça doit être agréable.

— Bien sûr. Super.

Il devrait garer le camping-car près de l'Arène, qui était en centre-ville, ou le prix des taxis le tuerait. Rand le payait probablement au-dessus du taux normal, mais la majorité était allée dans ses économies – celles qu'il n'avait plus.

— Alors qu'est-ce qui t'a fait changer d'avis ?

— J'ai eu une opportunité pour acheter un terrain. Besoin d'argent.

Il pourrait tout aussi bien être honnête.

178

— Tu es barjot, Boone. Nous, les monteurs de taureaux empestons l'ego habituellement. Nous voulons monter ces bêtes pour prouver notre virilité.

Il étira le dernier mot et rit.

— Oui, eh bien, on a cassé la gueule à la mienne.

— Sacrément désolé d'entendre ça. Ça pourrait être une chance de récupérer un peu ce qui était à toi. Tu t'attends à revoir Eldon ?

— Aussi peu que possible, souffla bruyamment Danny.

— Ne t'inquiète pas. Cette fois, tu es un homme, pas un gamin, et tu as des amis.

— Merci de dire ça.

Malheureusement, cela ne rendait pas Eldon moins fou.

— C'est sincère. À vendredi. Je t'enverrai l'heure et le lieu par message, expliqua Maury avant de raccrocher.

Maintenant, il devait le dire à Rand et Kai.

— OUI ? BONJOUR. Je voulais me renseigner à propos du bureau ancien pour lequel vous avez mis une annonce. Est-il toujours disponible ?

Laurie regarda sa liste de choses à faire sur la table de sa salle à manger, le seul meuble actuellement assez grand pour fonctionner comme surface de travail. Son tout petit et délicat secrétaire ne faisait pas l'affaire.

— Oui, il est toujours disponible, répondit la femme d'une voix plaisante.

— Le prix est-il négociable ?

— Je peux l'envisager.

— Eh bien, j'ai vérifié en ligne et trouvé des prix d'environ cinq cents dollars de moins pour des bureaux de cette taille.

— C'est vrai, mais le mien est de Chine occidentale. C'est plutôt inhabituel. Pourquoi ne venez-vous pas y jeter un coup d'œil ?

Il s'appuya en arrière contre la chaise.

— Je ne veux pas conduire jusqu'à Sacramento et découvrir que vous voulez le prix total. J'ai un budget serré.

— D'accord. Et si je dis que je réduirais le prix de trois cents dollars ?

— Je dirais que ça vaut le trajet, dit-il avec un sourire.

— Mon travail ne finit pas avant dix-neuf heures, alors je ne pourrais pas vous rencontrer avant.

179

Il serait tard pour faire le trajet de retour, mais le bureau était une affaire.

— D'accord. Dois-je venir à l'adresse sur l'annonce ?

— Oui. Je vous attends aux environs de dix-neuf heures quinze.

Laurie se remit à réarranger les meubles pour que la table de salle à manger devienne un centre de conférence. Il repoussa la causeuse et les chaises à côté de la grande table basse. Un bon endroit pour examiner les échantillons. Il allait probablement devoir vendre son gros canapé. Trop décontracté pour le travail et pas assez de place pour le garder.

Enfin, il s'effondra sur la chaise. Bon sang, il n'avait pas transpiré autant depuis qu'il avait galopé tout l'après-midi à travers les pâturages au ranch.

Waouh. Cette seule pensée lui coupa le souffle. *Danny.* Soudain, Danny lui manquait avec un désir si intense que cela faisait littéralement mal. *Stupide.* Tout ce qu'ils avaient en commun était le sexe – mais mince, cela avait été génial. Presque mystique.

Il se leva, se doucha, s'habilla et appela son père.

— Salut, Papa.

— Où es-tu, Laurie ? Nous ne t'avons pas vu depuis des jours.

Sa voix paraissait fatiguée, comme si sa mère se tenait là à lui énoncer quoi dire.

— Il se passe beaucoup de choses pour moi. Je viendrai te raconter, mais d'abord, j'ai besoin d'emprunter le camion.

Son père avait un vieux camion qu'il avait utilisé autrefois pour transporter les stocks de son affaire. La compagnie était devenue trop grande pour le camion, mais son père l'avait gardé.

— Oh, d'accord.

— Je vais passer prendre les clés dans environ vingt minutes, si ça ne dérange pas ?

La voix de son père se transforma presque en murmure.

— Et si je les mettais sur le porche ? Si tu es pressé, ce serait mieux.

— Merci, Papa. Je suis sûr que tu as raison. Sous le pot ?

— Oui, répondit-il avant d'élever la voix. Tu viens nous voir bientôt, pas vrai ?

— Oui, bientôt. Et j'aimerais à coup sûr avoir l'occasion de te parler en privé. Il y a une chance pour que nous puissions avoir un déjeuner entre hommes ou autre chose ?

— J'adorerais ça.

180

— D'accord, je rapporterai les clés.

— Il n'y a pas d'urgence.

— En fait, si ça ne te dérange pas, je pourrais en avoir l'utilité pendant quelques jours.

— Aucun problème.

— Merci, Papa. Je te rappelle bientôt.

Une demi-heure plus tard, il s'était glissé sur le porche de ses parents, avait trouvé la clé, démarré le camion que son père gardait dans un abri derrière leur maison et était arrivé sur la I-80, en direction de Sacramento. Le vieux véhicule n'était pas le plus rapide sur la route, mais son père aimait le bricoler et le gardait en parfait état de marche. Malgré tout, une heure quarante-cinq plus tard, il avait entendu suffisamment de musique cow-boy pour tout son vivant immédiat, puisque cela semblait être la seule station de radio qui fonctionnait, et il cherchait la rue de l'adresse que la femme lui avait donnée. Cela s'avéra être une maison plus ancienne, dans ce qui avait autrefois été une calme partie résidentielle de Sacramento. La dame, Elinor, était encore habillée de sa tenue d'infirmière. Elle lui montra le bureau, il l'acheta comme il avait su qu'il le ferait et elle lui présenta son fils, Edgar, qui l'aida à sortir le bureau de la maison et à le hisser dans le camion.

— Vous retournez dans la grande ville ce soir ?

Edgar souriait de manière un peu aguicheuse. Il avait environ dix-huit ans et était manifestement plus qu'homo-curieux.

— C'est mon intention.

— La I-80 est vraiment mortelle à cette heure du soir. Je parie que Maman vous accepterait pour la nuit.

— C'est gentil, mais je dois rentrer. Désolé, dit-il en haussant les épaules.

Il ne pouvait pas en vouloir au gamin d'essayer. Laurie sourit, grimpa dans le camion et commença à rouler vers la I-80. Comment Edgar avait-il dit ? Vraiment mortelle à cette heure du soir. De gros semi-remorques allant à un million de kilomètres/heure et lui dans son vieux camion transportant un bureau ancien. *Parfait.*

Il avança lentement sur la voie secondaire vers l'autoroute et s'arrêta au feu avant la bretelle d'accès. Un grand panneau indiquait San Francisco avec une flèche vers le haut. Un second panneau indiquait Chico et pointait vers la droite. La même vague d'envie qu'il avait ressentie plus tôt remplit le camion, comme s'il était tombé dans une rivière de désir. *Mon Dieu, pourquoi suis-je si stupide à cause d'un stupide cow-boy ? Nous n'avons rien en commun. Rien. Enfin, excepté qu'il aime les mecs efféminés qui dominent et que j'aime les hommes virils qui sont passifs – mais c'est difficilement la base pour une relation durable.* Tout ce que la mère de Laurie lui avait appris criait dans son cerveau. *« Il est tout aussi facile de tomber amoureux d'un homme riche que d'un homme pauvre. Le seul moyen d'avoir du pouvoir est de manipuler ceux qui l'ont pour faire ce que tu veux. Utilise ta beauté pendant que tu l'as ou tu mourras vieux et seul. »* *Merde, n'ai-je donc rien appris ?*

Laurie regarda les panneaux – repartir ou aller de l'avant. Il sourit presque. Presque. *C'est pas juste, l'Univers. Pas même subtil. Tu parles de putain de croisée des chemins.* Deux routes qui divergeaient et tout ça. Mais s'il devait choisir entre rentrer dans son lit solitaire et rouler une heure et demie hors de son chemin initial – trois heures en fait, aller et retour – est-ce qu'aller jusqu'à Danny serait la route la moins fréquentée ? Laurie ricana. *Pas s'ils pouvaient voir le cul de ce cow-boy.*

Le feu passa au vert et les voitures commencèrent à bouger. *Ne sois pas stupide !* Ses mains tournèrent le volant et il commença à avancer péniblement vers le nord.

DANNY POSA sa tasse sur la petite table à côté du rocking-chair et se leva.

— J'apprécie sincèrement.

— Nous ferons en sorte que ça fonctionne du mieux que nous pouvons, répondit Rand en hochant la tête avant de soupirer. L'automne arrive, mais nous sommes encore bien occupés. Je vais avoir besoin de toute ton attention quand tu es ici, autant que possible. Et ce pourrait être difficile, puisque tu seras plutôt roué de coups.

— C'est sa manière de dire qu'il est inquiet pour toi, expliqua Kai en regardant Danny.

— Oui. Je me défoncerai au boulot. Promis.

— Qu'en est-il de ton vieux ? se renfrogna Rand.

— Je suppose que je vais devoir croiser les doigts pour qu'il ne soit pas aux rodéos où je serai en compétition ou qu'il garde son avis pour lui.

Ce qui arriverait quand les taureaux voleraient. Malgré tout, même la pensée de croiser de nouveau ces yeux glacials le rendait un peu malade.

— Ça va être difficile de rester sur un taureau avec les doigts croisés, lâcha Rand, levant les yeux.

182

Danny força un rire alors qu'il descendait les marches du porche, mais, bon sang, c'était foutrement vrai.

Juste le lendemain et jeudi pour faire son travail. Il conduirait jusqu'à Vegas tard dans la nuit et mettrait le camping-car sur le site qu'il avait trouvé en centre-ville. C'était bon marché, puisqu'ils voulaient que les invités parient dans leurs casinos. Cela signifiait qu'il avait besoin de beaucoup de sommeil ce soir et la nuit du lendemain afin d'être prêt pour le week-end. Maury lui avait envoyé une heure pour la rencontre de vendredi. Si les gars de l'ACRP connaissaient le passé de Danny, Maury ne l'avait pas mentionné. Il s'essuya les mains sur son jean. La rencontre le rendait plus nerveux que les taureaux.

Il ouvrit la porte d'entrée du baraquement, n'étant pas trop silencieux, puisque Manolo était rentré chez lui pour la nuit et Pauly ne restait pas, alors il avait le lieu pour lui. *Youpi. Toute l'eau chaude. À moi.*

Il avança directement jusqu'à la salle de bain, se déshabilla et se tint sous le jet pendant environ dix minutes. Rien que de penser à tout un week-end à monter des taureaux lui faisait mal aux fesses, alors il les poussa sous l'eau, ce qui le fit mourir d'envie pour autre chose. Une bonne chose d'avoir ce godemiché dans la table de chevet.

Finalement, l'eau devint froide et il sortit, s'essuya et enroula la serviette autour de sa taille. Après avoir attrapé ses vêtements et ses bottes du tas où il les avait laissés, il avança lentement dans le couloir faiblement éclairé jusqu'à sa chambre et ouvrit la porte. Comme d'habitude, il entra et, illuminé seulement par la lune à travers la fenêtre, il jeta les vêtements dans son panier et posa les bottes près de la porte où il les gardait toujours, puis il referma et posa la serviette humide sur le bord de la chaise. *Attendez.* Il y avait des vêtements sur la chaise. Qu'avait-il laissé là ? Il haussa les épaules, couvrit la petite distance jusqu'au lit et repoussa la couverture. Ses mouvements étaient si automatiques que son esprit ne remarqua le corps chaud que quand ses fesses touchèrent le matelas.

— Bordel de merde !

Il vola hors du lit, ne réussit pas à se mettre debout et se claqua les fesses sur le plancher tandis qu'il filait vers le mur.

— C'est quoi ce bordel ?

Vous parlez d'un entraînement à monter les taureaux !

Cette douce voix, croisement entre Scarlett et Marilyn murmura :

— Salut, cow-boy. J'étais dans le coin, j'ai pensé que j'allais passer te voir.

183

Cerveau et corps pas connectés. Le temps qu'il se représente pleinement la pensée – *Laurie* –, son sexe et ses testicules étaient déjà à moitié retournés vers le lit, le tirant comme s'il avait coincé sa botte dans l'étrier d'un cheval s'enfuyant au galop.

Il se mit sur le lit et avait déjà exploré les recoins de la bouche de Laurie avant qu'il puisse dire :

— Que fais-tu là ?

— Si tu ne le sais pas, je dois mal m'y prendre. Retourne-toi.

Merde, oui. Il fut à quatre pattes si vite qu'il aurait dû gagner un prix et Laurie enfonça du lubrifiant en lui comme s'il fourrait du beurre dans une dinde.

— Oh mon Dieu, Laurie, mets-la-moi. S'il te plaît.

— Oui, chéri, oui.

Le sommet de son membre, grinçant du préservatif et du lubrifiant, appuya contre l'entrée de Danny et s'enfonça ensuite jusqu'au bout, si fort qu'il cria.

— Tu vas bien ? haleta Laurie.

— Mieux que bien. Baise-moi simplement. Fais-le.

— Oh oui.

Laurie le baisa fort, et chaque poussée faisait mal à la perfection, envoyant des vagues de plaisir ponctuées d'éclairs de joie quand il heurtait juste comme il fallait la prostate de Danny.

— Jamais. Oh, mon Dieu, jamais.

— Jamais quoi, cow-boy ?

— Jamais senti quelque chose d'aussi bon. De si parfait. Merde, n'arrête pas. N'arrête jamais.

Les hanches de Laurie se figèrent pendant un instant, puis il devint fou, recouvrant Danny comme une couverture de passion, pilonnant son cul et mordant son épaule. Sa main s'enroula dans les cheveux de Danny et tira. Doux Jésus, comment pouvait-il autant aimer quelque chose ?

— Je vais jouir, cow-boy. J'ai rêvé de toi durant tout ce putain de trajet depuis Sacramento. J'étais dur comme une barre de fer rien que de penser à ce moment. J'étais impatient.

Danny rejeta la tête en arrière, ce qui tira plus sur ses cheveux.

— Je ne veux pas que ça s'arrête.

— Ça ne va pas s'arrêter. Nous allons jouir, puis nous reposer pendant une minute, puis baiser de nouveau jusqu'à ce qu'on ne puisse pas se lever.

Qui avait besoin de sommeil de toute façon ?

184

EN FEU. Tout le corps de Laurie tremblait alors qu'il essayait d'amener Danny à l'orgasme avant de basculer par-dessus bord lui-même. *Je suis fou.* Il n'en avait jamais assez de ce grand cow-boy bien foutu tombant en morceaux comme la poupée de Laurie – geignant, gémissant, complètement soumis – jusqu'à ce qu'il parte monter un foutu taureau. *C'est un rêve. Oui, pas réel. Je m'en fiche.*

Chaque poussée de ses hanches explosait dans sa tête comme un feu d'artifice, pas de vision, juste des sensations, des étincelles volant le long de sa colonne, éclatant dans sa tête.

Les cris de Danny augmentèrent à chaque mouvement des hanches de Laurie. Il tendit la main et saisit ce gros membre à monter les taureaux et le caressa en rythme avec ses poussées.

— Oh, oh mon Dieu. Oui. Merde, merde – merdeeeee !

Du sperme jaillit de la queue de Danny et inonda la main de Laurie.

Oh, chéri, c'est mon signal. Il détendit la prise serrée que ses muscles avaient sur son entrejambe et ses testicules firent gicler du sperme comme une rivière dans le cul chaud et étroit de Danny. Ses hanches se figèrent, bégayèrent pendant quelques convulsions, puis explosèrent en un flot chaud de plaisir.

Danny s'effondra sur le lit et Laurie atterrit sur son dos élancé aux muscles durs. Il caressa la peau lisse de Danny du bout des doigts. Extraordinaire. Simplement extraordinaire.

Le cœur de Danny battait contre son dos, si fort qu'il vibrait dans la poitrine de Laurie. Il ne pouvait pas dire où finissait Danny et où il commençait.

Merde. Il se tendit et roula sur le côté, atterrissant sur le dos, appuyé contre le mur sur le lit étroit. *Que diable suis-je en train de faire ?*

185

XXII

LE LIT commença à vibrer. *Est-ce qu'il pleure ?* Laurie posa une main sur l'épaule de Danny.

— Tu vas bien ?

Avec la souplesse d'un artiste de cirque, Danny réussit à se retourner dans le petit espace et jeter un bras sur ses yeux.

— Tu plaisantes ?

Son ventre se tordait tandis qu'il... riait !

— Qu'est-ce qui est si drôle ?

— Je n'entrerai jamais plus dans cette chambre, dit-il en laissant retomber son bras, ou ne dormirai dans ce lit sans attendre que quelque chose de génial se passe.

Il se tourna sur le côté, tendit une main et toucha la joue de Laurie.

— Comment es-tu arrivé ici ?

D'accord, sacrément mignon. Laurie se tourna vers lui pour que leurs visages soient à quelques centimètres.

— J'étais à Sacramento, pour acheter un bureau ancien pour mon nouvel espace de travail dans mon appartement.

— Euh, trésor, c'est à plus d'une heure et demie d'ici.

— Plus proche de deux par le chemin que j'ai pris, soupira Laurie.

— Chevaux avec un attelage ? rit Danny.

— Presque. Je conduis un vieux camion que mon père a depuis des années. Avec le bureau à l'arrière, devrais-je mentionner.

— Peut-être que je devrais te reconduire ? envisagea-t-il, le front plissé.

— Je sais conduire, se renfrogna Laurie. Adulte très compétent là.

Danny leva une main.

— Waouh. Personne ne pense plus que moi que tu es adulte. Tu te souviens, je suis passif. C'est simplement un trajet chiant pour n'importe qui, et cela sans un bureau attaché dans le camion.

— D'accord, concéda-t-il avec un sourire. Merci. Mais tu as du travail et tu serais coincé à San Francisco sans moyen de rentrer.

— Il y a des avions.

186

— Aucun de nous n'a de l'argent à gaspiller, avoua-t-il en lissant les cheveux de Danny. Sérieusement, laisse-moi dormir quelques heures et ça ira. Mince, il y aura moins de camions dans la matinée de toute façon.

Doux Jésus, il pouvait à peine croire qu'il avait perdu une demi-journée – mais waouh. *Irrésistible.*

Danny s'étira comme un chat paresseux.

— Qu'est-ce qui te fait penser que je ne vais pas t'obliger à me baiser toute la nuit ? Je pourrais te garder dans le placard comme mon esclave sexuel.

Laurie rit. Le plus triste était que ça ne le dérangerait probablement même pas.

— TU PARS ?

Danny jeta un coup d'œil au réveil, puis s'appuya sur sa main et regarda Laurie marcher magnifiquement nu dans la chambre pratiquement sombre.

— Oui. Je ferais bien de me mettre en route.

Au total, ils avaient dormi pendant quatre heures et Danny avait du papier de verre derrière les yeux pour le prouver.

— Laisse-moi venir pour vérifier les attaches sur le bureau, dit-il en s'asseyant.

Pendant une seconde, Laurie plissa les yeux, puis son expression s'adoucit.

— Merci. Ce serait génial.

Ils enfilèrent tous les deux leurs vêtements, bien que Danny mentirait s'il disait qu'il ne regardait pas surtout Laurie. Quelle surprise – du meilleur genre. Après avoir dormi un peu, ils s'étaient réveillés pour une autre partie de baise. Bien sûr, ils auraient pu se sucer ou se branler mutuellement, mais clairement, aucun d'eux n'avait assez de leur drogue préférée – pour Laurie, être un actif farouche et pour Danny, être un joyeux passif. Oui, cela nourrissait son addiction, mais au diable le reste, non ?

Quand ils furent tous les deux habillés et que Danny eut réussi à enfiler ses bottes, ils sortirent là où Laurie avait garé son camion. Danny passa une main sur le pare-chocs.

— C'est un sacré véhicule.

— Oui. C'est la petite chérie de mon père. Il la bricole depuis des années.

187

— Elle a l'air neuve.

— Tu es vraiment un mec, rit Laurie.

— Et n'en es-tu pas content ? questionna Danny avec un sourire en coin.

— Je pense que ouais, dit-il avec un accent exagérément western.

— N'hésite pas à faire un détour par ici quand tu veux.

— C'est peu probable, avoua Laurie, redevenant sérieux. Je ne sors pas beaucoup de la ville.

Danny vérifia les liens sur le bureau et les resserra un peu plus.

— Je vais à Las Vegas ce week-end, si tu veux sortir un peu de ta vie tranquille. Bien sûr, j'aurai mon *très élégant* camping-car comme seul arrangement, alors ce ne sera pas grand-chose.

— Pourquoi Vegas ?

Laurie inclina la tête avec un léger pli entre les sourcils.

— Monte de taureaux.

— Pourquoi vas-tu jusque là bas ? Je pensais que tu faisais ça pour t'amuser ?

Oups. Danny haussa les épaules.

— Tu te souviens du champion que tu as vu, Maury Garcia ?

Laurie hocha la tête.

— Eh bien, il m'a appelé et dit qu'il pensait que je pourrais me faire de l'argent en montant sur le circuit. Certains types de l'association m'y encouragent.

— De l'argent ? Mais je pensais que tu avais dit ne pas en avoir besoin pendant un moment. C'est pour ça que tu m'as donné...

Merde ! Danny leva une main.

— C'est pas grand-chose. Juste une de ces portes ouvertes qui n'arrivent pas si souvent.

Le souffle de Laurie sortait à toute vitesse et ses yeux de biche brillaient dans la faible lumière.

— Mais c'est dangereux. Je l'ai vu. C'est horrible. Tu pourrais être blessé.

— Laurie, j'ai été un des meilleurs monteurs pendant plusieurs années. Je sais ce que je fais.

Sa tête sembla se secouer toute seule et ses cheveux pâles volèrent autour de lui.

— Non, non, tu ne peux pas savoir ce que tu fais. Personne ne sait ce que cet animal fera.

— Ce n'est pas si mauvais.

188

— Je l'ai vu !

Les mains de Laurie s'écartèrent et on aurait dit que ses yeux pourraient sortir de son visage.

— Tu fais ça parce que j'ai pris ton argent. C'est pour ça, pas vrai ? Si tu meurs, ce sera ma putain de faute !

Il sauta dans le camion et claqua la portière.

— Laurie !

Les roues du vieux camion tournèrent, il fonça hors du parking, puis sur la longue route du ranch jusqu'à la rue.

Eh bien, double merde.

LAURIE ÉTAIT assis dans le camion à quelques rues de la maison de ses parents, et il se balançait d'avant en arrière. *Arrête d'être stupide.* Il secoua la tête.

Il était rentré en milieu de matinée, après un trajet infernal et horrible, où même les gros semi-remorques avaient semblé flous à travers ses larmes, avait sollicité le responsable de son immeuble, M. Jersey, qui à son tour avait trouvé un jeune qui l'aidait parfois, et tous les trois avaient monté le bureau jusqu'à son appartement. M. Jersey avait jeté un regard autour de lui quand le bureau fut en place.

— C'est vraiment agréable ici.

— Je prévois de faire venir des clients, alors je veux que ça ait l'air professionnel. Est-ce possible ?

— Tout le monde travaille de chez soi de nos jours, Laurie. Ça ne me fait ni chaud ni froid. Soyez sûr d'obtenir une licence professionnelle de la ville.

— Oh, merci du rappel. J'ai été si occupé, je ne l'ai pas encore fait.

— Ça semble vraiment bien.

— Merci.

Laurie donna un pourboire au jeune et essaya de faire pareil avec M. Jersey, mais celui-ci secoua la tête.

— Gardez votre argent. Peut-être qu'un de ces jours, je vous embaucherai pour une rénovation de ma maison. Je parie que ma femme aimerait votre style.

— J'en serais honoré.

189

Après qu'ils furent partis, Laurie avait appelé Viola et pris rendez-vous pour le jour suivant avec son amie et elle, puis il avait ramené le camion et était arrivé jusque-là.

Danny va monter des taureaux à cause de moi. Il se balança. *Mon père va perdre son entreprise à cause de moi.* Encore des balancements. *Maman va être humiliée à cause de moi.* Il arrêta de se balancer et se regarda dans le rétroviseur.

— D'accord, drama queen, tu n'es pas si important pour que tout ce qui arrive soit à cause de toi.

Danny montait des taureaux sans son aide, son père perdait son entreprise tout seul et sa mère ressentait ce qu'elle ressentait. *Pas de ma faute.* Il soupira et tourna la clé dans le contact. Mais quelles étaient les chances que Danny Boone ait sauté sur une occasion de se faire de l'argent en montant des taureaux si Laurie n'avait pas pris tout l'argent qu'il avait ? *Merde ! Je dois le récupérer. Je le dois.*

Il descendit la rue, entra dans l'allée de ses parents et laissa le camion devant l'abri pour que son père puisse l'examiner avant de le garer.

La porte arrière de la maison s'ouvrit et son père y passa la tête.

— Je pensais t'avoir entendu, Laurie. Entre. Ta mère est partie à une réunion et j'aurais bien besoin de compagnie.

Une rare occasion de voir son père seul. Il entra dans la cuisine chaude, sentant du café.

— Miam. Puis-je avoir une tasse ?

Son père versa le café dans une grande tasse – bien plus décontractée que la porcelaine préférée de sa mère. Il ajouta une touche d'un mélange mi-crème mi-lait – le préféré de Laurie. Tout comme celui de Danny. Son cœur donna un coup fort contre ses côtes.

Laurie s'assit à la table de la cuisine.

— Comment te sens-tu ?

— Bien.

La tête de Laurie se releva d'un coup et il regarda fixement son père. C'était vrai. Ses cheveux étaient peignés, son visage un peu plus rose que d'habitude.

— Je suppose que tu n'as pas beaucoup entendu ça, n'est-ce pas ? rigola son père.

— Non, monsieur.

— J'en suis désolé et je vais essayer de faire mieux.

— Mieux ? Ce n'est pas de ta faute si tu es malade, Papa.

190

Ce dernier regarda sa tasse de café, puis prit une gorgée.

— Si, c'est de ma faute.

Laurie retint sa respiration, mais ne dit rien. Son père releva la tête.

— Je me suis rendu malade en vivant une vie que je déteste. Quand tu as dit à ta mère que tu quittais ce taudis où tu travailles pour démarrer ta propre affaire, j'ai réalisé que j'avais le choix. Je n'aime pas diriger la compagnie. Je ne suis pas fait pour ça.

— Je sais.

— Je sais que tu sais, dit-il en souriant tristement avant de prendre une inspiration. C'est pour ça que j'ai appelé David Anders et lui ai dit que je voulais lui vendre l'entreprise.

Laurie dut obliger sa bouche à se fermer.

— J'allais l'appeler pour voir si on pouvait raisonner avec lui.

— Pas besoin désormais. Il veut la compagnie. Paul faisait un boulot génial en s'occupant des affaires pour me laisser bricoler et inventer. Je n'ai jamais voulu de son poste.

— Non, sourit Laurie. Maman voulait son poste.

— Oui. Et elle pourrait le faire aussi, si elle le voulait. Mais elle ne veut pas. Elle veut prétendre être la dame soumise du Sud et aller à ses comités et boire son thé.

— Tu le sais ?

— Bien sûr. Je l'ai épousée, probablement parce qu'elle était si forte et capable, et je savais qu'elle me ferait sortir de mon garage et accomplir quelque chose. Mais maintenant, c'est allé trop loin. Je vois qu'elle essaie de te transformer en elle – sans réaliser qu'elle l'a déjà fait.

— Quoi ?

— Tu es une des personnes les plus capables que je connaisse, Laurie. Tu tiens ça d'elle. Mais tu n'es pas une grande belle du Sud qui doit avoir un homme pour prendre soin de toi pendant que tu le manipules en coulisses. Je pense que tu le sais, alors il n'est pas trop tard.

Laurie le regarda et cligna fort les paupières.

— C'était très juste.

— Je suis vraiment désolé. J'ai passé la main pendant un moment. Un long moment. Je me suis dit que tu aimais vraiment Grove et que tu voulais être avec lui.

— Peut-être que je pensais le vouloir.

— Qu'est-ce qui t'a réveillé ?

191

Danny, en train de chevaucher à travers le pâturage pour le rattraper, traversa son esprit.

— Étrangement, partir en vacances. Je pense que voir les choses différemment m'a aidé.

— Dieu merci pour les ranchs éducatifs, alors.

Amen.

— Alors, tu vends la compagnie au fils de ton ancien associé ?

— Oui. Nous nous rencontrons vendredi pour discuter des termes.

— Qu'en dit Maman ?

— Elle fait comme si ça ne se produisait pas.

— Est-ce que ce sera assez pour vivre ?

— Si nous sommes frugaux. De plus, je prévois de faire de l'expertise-conseil. Je pourrais recommencer à bricoler dans le garage.

— Ça semble parfait, avoua Laurie, la poitrine chaude.

— Comment se présente ton affaire ?

Il se leva et rapporta la cafetière sur la table.

— J'ai installé le bureau dans mon appartement. Ma plus grosse cliente vient demain avec une autre cliente potentielle.

— C'est super. Comment as-tu eu l'argent ? Tout ce que nous avons fait c'est de t'en prendre durant cette dernière année, ce pour quoi je me sens vraiment mal, d'ailleurs.

Laurie regarda sa tasse de café et lutta contre la chaleur derrière ses yeux.

— J'en ai emprunté à un ami.

— Oh. Pas Grove ?

Laurie secoua la tête et fixa sa montre, clignant des yeux.

— Qu'est-ce qui ne va pas ? Qu'as-tu dû faire pour avoir l'argent ?

La voix de son père semblait à bout de souffle. Laurie leva les yeux, surprise, et s'essuya les joues.

— Oh mon Dieu, rien de ce genre.

— Désolé. Bien sûr. Je pensais juste... Désolé.

— Je l'ai emprunté à un ami – quelqu'un que j'ai rencontré en vacances. Il est pauvre. Il n'a rien et il m'a donné toutes ses économies.

— Oh non ! Je suis tellement désolé.

— Maintenant, il semble avoir besoin de cet argent et il va faire quelque chose, de pas totalement sûr pour l'obtenir, expliqua-t-il en essuyant une autre larme. Et c'est de ma faute.

— Il doit te tenir en haute estime pour t'avoir donné ses économies.

192

— Quoi ? Oh, eh bien, c'est un ami, je suppose.

Doux Jésus, il n'y avait pas exactement réfléchi. Trop occupé à se tenir responsable.

— Il n'a pas demandé à récupérer l'argent quand il en a eu besoin ?

— Non.

— Fait-il quelque chose d'illégal ?

— Non. Non. Grand dieu, Papa, je n'ai pas une vie aussi audacieuse que tu l'imagines. Mais il va monter un taureau.

— Quoi ? Seigneur, Laurie, tu ne peux pas le laisser faire ça.

— Attends. Il est monteur de taureaux. Un vraiment bon, je suppose. C'est simplement qu'il travaille comme ouvrier dans un ranch et n'a pas vraiment monté dernièrement, et maintenant je pense qu'il s'est inscrit à un gros concours parce qu'il a besoin de l'argent que je lui ai pris et...

Il plaqua une main sur sa bouche.

— Combien as-tu emprunté ?

— Dix-sept mille.

— Je ne les ai pas.

— Je sais.

— Mais je pourrai bientôt. Je pourrai te les donner dès que j'aurais eu un paiement pour la compagnie, Laurie, et tu pourras rendre cet argent à ton ami, d'accord ? C'est le moins que je puisse faire pour essayer de te rembourser pour nous avoir soutenus durant tout ce temps.

— Tu ne peux pas te permettre de faire ça, Papa.

— Je ne peux pas me permettre de ne pas le faire. J'ai besoin d'être un homme aussi droit que mon fils.

Il sourit et lissa les cheveux de Laurie.

— Je n'aurais jamais dû prendre cet argent à Danny.

— Danny ? C'est lui, le monteur de taureaux ? L'homme qui est venu avec toi l'autre jour ?

Laurie hocha la tête.

— On dirait qu'il voulait te le donner.

— Je l'ai pris parce que j'étais désespéré de m'éloigner de Grove.

— J'imagine que Danny était assez désespéré aussi.

— Que veux-tu dire ? demanda Laurie en penchant la tête.

— De t'éloigner de Grove.

Il rit et son rire contenait une pointe de légèreté – pour la première fois depuis plus d'un an.

193

XXIII

DANNY ENTRA dans le Bellagio. Cela aurait pu être la première ligne d'une blague. Il n'était pas du tout le seul homme dans un style cow-boy complet dans l'entrée, mais il remplissait quand même les critères d'un émigré dans un pays étranger. Le fameux chandelier en verre vénitien brillait d'un éventail de couleurs, les bruits étouffés des machines à sous tintaient depuis le casino et le souffle léger d'air humide flottait depuis le jardin d'hiver. C'était là où il devait aller.

Il traversa la foule, obtenant une inclinaison occasionnelle d'un Stetson ou d'un Resistol venant d'autres confrères voyageurs, et avança tranquillement vers le jardin d'hiver. *Putain de merde !* Comme si quelqu'un avait transporté le paradis dans un hall d'hôtel – des fleurs, des arbres énormes, les sons de l'eau qui coulait. *Tout comme Kai avait décrit Hawaï.*

Bien trop tôt, il aperçut le panneau pour le café où il était supposé retrouver Maury et les gens de l'ACRP. Il fit quelques pas dans cette direction et s'arrêta. Imaginant être dans un endroit comme ça avec Laurie. Enfin, pas un hôtel à Vegas, mais un paradis tropical avec du sable et de l'humidité, le soleil qui ne vous asséchait pas comme une vielle chaussure, et des fleurs qui sentaient meilleur que le mesquite et l'eucalyptus. *Tu peux toujours rêver, cow-boy.*

Son téléphone sonna. Il y jeta un regard. *Frank.* Voulait-il parler ? *Merde, pendant une minute.*

— Salut, Frank. Désolé, je vais bientôt entrer en réunion.

— Réunion ?

— Oui, je suis à Vegas, je me prépare à monter pour l'ACRP.

— Sérieusement ? Je pensais que tu ne voulais pas être de nouveau impliqué dans la monte de taureaux. Ça semble sacrément impliqué.

— C'est une longue histoire.

— Quand rentres-tu ?

— Dimanche dans la nuit. Je dois travailler lundi.

— Tu veux prendre un verre lundi et tu pourras m'en parler ?

Le voulait-il ? Après Laurie, quelqu'un d'autre pourrait-il le faire pour lui ?

194

— Je n'entends pas d'enthousiasme.

— Désolé. J'ai simplement promis de travailler vraiment dur pendant cette semaine au ranch...

— Danny ? As-tu quelqu'un à qui tu es attaché ?

Maintenant ? Mince.

— Euh, pas exactement.

— Alors quoi exactement ?

— J'ai juste un truc pour quelqu'un, mais ce n'est pas, tu sais, exactement quelqu'un à qui je suis attaché.

— Le beau mec avec les cheveux roses ?

— Laurie ? Oui.

— C'est une division importante dans laquelle tu joues, garçon.

— Oui, eh bien, c'est ce que j'ai dit.

— Mais à dire vrai, reprit-il, si ce magnifique morceau duveteux est ce que tu veux, je ne suis pas sûr de la raison pour laquelle tu étais avec moi.

— Hé, j'ai aimé chaque minute où nous étions ensemble, toi et moi...

— Et je suis heureux pour toi. Tu n'es pas un homme facile à approcher et je suis impressionné par quiconque réussit à le faire.

— Il a réussi, je suppose, dit Danny en laissant échapper un petit bruit de gorge.

— J'ai apprécié nos moments ensemble.

— Moi aussi, Frank.

— Comme tu aimes autant être passif, es-tu satisfait d'être le batteur ?

— Laurie est un actif.

— Meer-de.

— Ouais.

— Bonne chance à Vegas. Et si ça ne fonctionne pas, tu sais où me trouver.

— Merci Frank.

Il raccrocha et recommença à marcher. *Tu viens juste de rompre avec le seul ami plan-cul que tu as dans ta vie... et pour quoi ? Des rêves de licorne ?*

Mais il était sur le point de faire quelque chose que Laurie détestait et cela définissait pratiquement toute leur relation. Ils avaient tous les deux des rêves – et ces rêves vivaient à trois heures et plusieurs mondes de distance.

Il se secoua de sa torpeur tropicale et entra dans le café.

Maury lui fit un signe de la main depuis une table près de la fenêtre, où il était assis avec deux autres hommes. Tandis que Danny approchait,

Jules DeRhone leva la tête. Le cœur de Danny fit un petit bond d'adulation. Un des meilleurs monteurs de taureaux au monde en son temps – c'était Jules. L'autre était un homme qu'il avait vu au dernier rodéo où il avait été. Celui où... il avala difficilement sa salive et réprima la pensée.

— Danny, viens t'asseoir, invita Maury, se levant à moitié.

Il le fit, ajoutant son chapeau aux trois déjà posés sur la table à côté d'eux. Il hocha la tête.

— Danny Boone. Honoré de m'asseoir à votre table, M. DeRhone. Monsieur, salua-t-il en regardant l'autre homme.

Maury se rassit et dit :

— Manifestement, tu connais Jules. Voici Harve Elkins. Tous les deux sont de l'ACRP.

— Heureux de vous rencontrer tous les deux, avoua Danny avec un demi-sourire.

Harve fit signe à un serveur, qui se précipita avec une cafetière. Pendant une semaine de rodéo, les cow-boys faisaient manifestement la loi.

— Voulez-vous du café ?

— S'il vous plaît. Un peu de crème.

— Puis-je prendre vos commandes ? demanda le serveur en versant.

Harve, Maury et Jules demandèrent tous un steak et des œufs. Danny supposa qu'ils payeraient alors il fit pareil. Les protéines étaient bonnes et il avait du temps avant le premier tour pour digérer.

— Je t'ai vu monter à Chico, Danny, déclara Jules en touillant son café.

— Oui, monsieur.

— J'étais plutôt impressionné, non seulement par la monte, mais par la réaction des fans envers toi. Nous cherchons toujours des personnalités ainsi que des champions de monte.

On pouvait tout aussi bien plonger dans les eaux troubles.

— Tout le monde ne m'apprécie pas, monsieur.

— Eh bien, j'en ai entendu parler, avoua Jules en hochant la tête. Les choses changent un peu partout. Cela inclut le rodéo.

Danny fit tourner sa tasse sur la table.

— Un peu. Mais je dois vous dire, je ne le crie pas sur tous les toits, mais je ne me cache pas. Si quelqu'un demande, je vais répondre. J'utilise peut-être un nom différent, mais vous savez que quelqu'un finira par le découvrir et ce sera partout sur les sites de fans.

Les sourcils de Harve descendirent d'un coup et il regarda Jules. Celui-ci hocha lentement la tête.

196

— Je pense que le mieux que nous pouvons dire est que nous verrons, mais nous aimerions que tu essaies. Du sang neuf, en particulier quand il est dans un si bel emballage, rend toujours les fans heureux, dit-il avec un sourire.

— J'apprécie.

Le serveur amena leur petit déjeuner et tout le monde commença à manger. Maury parla pour la première fois depuis les présentations.

— Tu es inscrit. Une fois que nous aurons fini, nous pourrons aller là-bas et voir quel taureau tu as tiré pour aujourd'hui. Je peux te parler un peu des taureaux si tu ne t'es pas tenu au courant.

— Merci. Je devrai aller chercher mon équipement dans mon camping-car avant ça.

— Pas de problème. J'ai une voiture.

— Tu campes, fils ? demanda Harve, un sourcil levé.

— Oui, monsieur. Je n'ai pas d'argent à dépenser.

— La plupart des jeunes mènent la grande vie avec leurs gains.

— Je n'ai pas gagné beaucoup ces dernières années, de plus j'économise pour retourner en cours et m'acheter un terrain.

— C'est sacrément bien réglé pour un jeune monteur de taureaux.

— Oui, monsieur.

Il croisa le regard de Jules et y vit de l'admiration.

— Alors, laisse-nous t'en dire un peu plus sur certains concurrents.

Ils mangèrent tous leur steak et parlèrent rodéo pendant la demi-heure suivante, puis Danny monta dans la Lexus de location de Maury et fila vers son destin – cette description autorisant une légère touche de mélodrame.

Deux heures plus tard, il avait tiré son taureau – une énorme bête nommée Scorpion, et d'après l'expression sur les visages de l'équipe de Maury, il devait avoir le piquant pour aller avec le nom. Tandis qu'ils marchaient vers les cages, Maury claqua une main sur l'épaule de Danny.

— Attention. Ne sous-estime pas Scorpion. Il est plus mauvais qu'une teigne.

— Ça ne semble pas être mon tirage le plus chanceux.

— Eh bien, disons juste qu'il gagnera beaucoup de points.

Danny se hissa par-dessus la palissade et se glissa sur le dos large, sentant la chaleur de l'animal en dessous de lui. Il travailla avec le tireur de corde que Maury lui avait fourni pour mettre exactement sa corde dans la tension et la configuration qu'il préférait. Scorpion remua nerveusement, mais n'essaya pas de claquer Danny contre la barrière. Il se pencha vers l'oreille qui tressautait.

— Je suis ton ami, Scorpion. Je te mettrai en valeur si tu me retournes la faveur.

Le cow-boy plus près de Danny ricana.

Le présentateur annonça :

— À suivre, nous avons un nouveau monteur nommé Danny Boone. Si vous êtes allés en Californie dernièrement, vous savez que Danny a eu sa part de victoire. Alors, voyons s'il est à la hauteur du grand état du Nevada.

Danny ajusta sa veste, positionna son chapeau, enroula la main assez fermement pour tenir, mais pas trop pour l'empêcher de lâcher – et hocha la tête.

L'enfer se déchaîna. Le taureau bondit hors de la cage en ligne droite – pas un mouvement que faisaient habituellement les taureaux. Danny entendit vaguement la foule retenir son souffle par-dessus sa propre inspiration. *Mer-de. Fais comme s'il était un bronco.* Danny fit claquer sa main libre vers le ciel et ajusta le roulement de ses hanches et le mouvement de sa colonne pour s'adapter au style unique du taureau. Il éperonna pour quelques points supplémentaires, mais à dire vrai, il pouvait à peine rester sur ce gogo. *Essaie juste d'avoir l'air bien.* La douleur n'existait pas – pour l'instant.

Scorpion fit le grand écart, envoyant ses pattes sur les côtés et Danny chevaucha la ruade, se démenant pour paraître aux commandes. *Bam !* Les quatre sabots heurtèrent le sol au bout des jambes tendues et l'impact remonta le dos de Danny comme un éclair de douleur. Un peu plus longtemps et cette cloche sur le ventre du taureau sonnerait le glas pour Danny. Pendant un instant, le visage de Laurie passa dans son esprit.

Après ce qui sembla une heure, la sirène retentit.

Il attendit que ce vieux Scorpion arrête de tourner, donna un coup sur le côté et atterrit debout. Scorpion n'avait pas apprécié l'offre d'amitié de Danny et se lança après lui comme s'il y avait eu un contrat sur sa vie. Danny bondit sur le côté et laissa Scorpion le dépasser. Deux toreros sautèrent devant Scorpion, mais ce satané taureau était difficile à distraire. Il fonça sur Danny deux fois de plus, faisant beaucoup réagir la foule et chargea enfin les toreros, qui l'attirèrent vers la sortie.

Danny sortit aussi de l'arène alors que le présentateur disait :

— On dirait que Danny Boone peut défier les gros calibres. Bonne monte.

Quelques types lui claquèrent l'épaule et il hocha la tête. *Ne les laisse pas te voir transpirer.*

Quelques heures de plus après ça, il sortait de la première moitié de la compétition avec quatre-vingt-cinq points et demi face aux quatre-vingt-six de Maury, se plaçant second de la journée. Scorpion eut un gros score, ce qui augmentait les points de style de Danny. Maury avait eu un taureau pas si méchant, mais l'avait monté dans le style d'un manuel d'introduction à la monte de taureaux et avait épaté les juges. Entre les taureaux, Danny avait regardé dans littéralement chaque coin et recoin, mais aucun signe d'Eldon. Doux Jésus, il avait pratiquement regardé tous les toreros dans les yeux. Difficile de décrire quel soulagement c'était.

Tandis qu'il quittait l'arène avec Maury, plusieurs filles se précipitèrent vers lui et demandèrent des autographes. Bien sûr, elles demandèrent aussi celui de Maury, mais Harve s'arrêta près du portique et offrit un petit sourire à Danny.

Après avoir pris des selfies avec les chasseuses d'autographes, Maury demanda :

— Tu es libre pour dîner ?

— Bien sûr. Où dois-je te retrouver ? J'ai besoin d'enlever l'odeur du taureau de moi.

— Je vais te déposer et je reviendrai te chercher.

— Pas besoin. J'apprécierais volontiers, mais je prendrai un taxi.

— Tu penses que tu vas gagner cette récompense ? lança-t-il avec son plus grand sourire.

— J'espère la seconde place, mon vieux.

— Content de l'entendre, ricana Maury.

Celui-ci le laissa à son camping-car et lui dit de les retrouver au Caesars, dans la zone du Forum. Danny se doucha, enfila de nouveaux vêtements et trouva un bus pour aller sur le Strip. Il le déposa devant le Caesars. Quelques questions plus tard, il trouva le restaurant italien haut de gamme que Maury avait décrit. Il jeta un coup d'œil au menu à l'extérieur. *Merde. J'espère que quelqu'un d'autre paye.* Bien sûr, il leur devait à tous beaucoup – en particulier à Maury. *Je me demande pourquoi il a voulu aider un type comme moi ?*

À l'intérieur, il trouva Maury, Harve et Earl Westemann, qui devait être un genre de bras droit pour Maury. Quand il s'assit, Earl lui tendit une main.

— Félicitations pour un grand premier jour.

199

— Merci. Et merci à Maury d'avoir cru en moi.

— Je reconnais le talent et tu en as, Danny.

— Bien aimable.

Il s'installa et apprécia chaque bouchée de l'escalope de poulet qu'il commanda.

— C'était un taureau bagarreur que tu as tiré aujourd'hui, dit Earl.

— J'ai été chanceux, répondit Danny en hochant la tête.

— De survivre ? rigola Earl.

Maury hocha la tête avec sérieux.

— Tu ne peux pas compter sur le fait d'avoir un aussi bon taureau demain. Réfléchis à des moyens d'intégrer du style en plus.

— Merci. J'y penserai.

Danny protesta honnêtement quand Harve ramassa l'addition – encore une fois.

— J'espère que vous me laisserez payer un de ces jours.

— Quand tu sortiras avec des récompenses à six chiffres, je l'envisagerai, rétorqua Harve en claquant sa carte de crédit sur l'addition.

— Ça semble juste.

Danny sourit, mais, sincèrement, il n'avait pas vraiment besoin de six chiffres pour avoir ce dont il avait besoin. Il avait juste besoin de cinq chiffres – et de Laurie.

Cette réalisation lui sauta dessus comme un chat de ferme. *Waouh !*

— Tu vas bien ? demanda Maury en penchant la tête.

— Oh, oui. Désolé. Juste une pensée du passé.

— Je parierais que tes souvenirs de rodéo ne sont pas vraiment géniaux, dit Earl en sirotant une bière.

— Tu parierais bien.

Danny garda la pensée sur Laurie pour l'examiner de plus près quand il serait de retour à son camping-car, et essaya de justifier pendant le reste du repas la confiance de Earl et Maury dans sa personnalité gagnante. Enfin, ils quittèrent le restaurant, Maury et lui essayant de ne pas paraître endoloris, ce dernier et Earl le déposèrent.

— Je voulais te dire, rit Maury, c'est vraiment un chef-d'œuvre merdique d'art camping-car.

Danny rit et salua de la main alors qu'il sortait de la voiture.

— À demain.

— Je serai là, fils. Je serai là.

200

Il entra dans le camping-car, referma la porte et lâcha un long et lent soupir. Merde, son corps faisait mal à des endroits qu'il avait presque oubliés. Oui, il avait monté quelques taureaux au cours des derniers mois, mais les taureaux de l'ACRP étaient une autre histoire, et Scorpion était un des plus gros et meilleurs – comprendre : pires – ce jour-là.

Il attrapa une bière dans la glacière, la décapsula et s'effondra sur le canapé étroit où il dormirait dans une minute. Pour un monteur de taureaux, ça avait été une journée sacrément excitante – un taureau génial, une bonne monte, des points fabuleux, pas de blessures sérieuses, la seconde place pour aller dans la dernière journée et la reconnaissance de ses pairs. *Je devrais être aux anges. Je devrais. Je le suis, en quelque sorte.*

Cette pensée plus tôt à propos de vouloir cinq chiffres et Laurie revint sans faire de bruit dans son esprit. Étrange. Il était un type réaliste. Autrefois, il avait cru que la monte de taureaux pouvait lui donner tout ce qu'il voulait. Il avait apprécié l'adulation et le danger. Il avait cru que les gens l'appréciaient – et que son père ne lui ferait jamais mal.

Oui, il avait cru au père Noël et au Lapin de Pâques aussi.

Alors, pourquoi bordel je rêve d'une licorne ? Peut-être que Laurie et lui pourraient être amis. Peut-être des plans cul à l'occasion. Mais Laurie aimait San Francisco, la vie chic et détestait la monte de taureaux. Il était dévoué à sa famille, qui détesterait très certainement Danny. Laurie pourrait tout aussi bien être d'une espèce différente.

Danny se pencha en avant et souffla un air vibrant dans la bouteille presque vide. *Oh bon sang, je souhaiterais...*

Arrête de rêver, cow-boy, et va dormir.

LE JOUR suivant se leva brillant et douloureux. Ce vieux Scorpion avait laissé des traces. Danny s'étira de chaque façon qu'il pouvait sans avoir à avaler d'antidouleurs. Dans tous les sports dangereux, les antalgiques étaient une voie à sens unique vers la ruine. Ça sonnait comme le nom d'un feuilleton télévisé.

Il posa une jambe sur le dessus de la table et laissa doucement sa tête tomber dans cette direction. *Aïe. Mieux vaut ne pas laisser les gars me voir faisant mon yoga.* Il réussit à se redresser – ce ne fut pas le travail d'une minute – et s'habilla avant que Maury klaxonne à l'extérieur. Il ramassa son équipement et sortit. Pas de Earl, pas d'autres membres de la bande. Juste Maury.

201

Il se glissa au ralenti sur le siège frais et confortable. Bon sang, il aurait pu s'endormir plus facilement ici que sur le foutu canapé dans le camping-car qui laissait ses pieds dépasser du bord.

— Bonjour.

— Comment te sens-tu ?

— Comme un déterré. Et toi ?

— Pareil, sourit Maury. Mais tu t'y habitueras. Tu veux qu'on s'arrête pour un gros petit déjeuner ?

— Mince, oui. Je pourrais manger Scorpion à cet instant.

— Bonne idée. Alors nous serions tous débarrassés de lui.

Maury s'arrêta dans un café-restaurant et ils trouvèrent une table à l'arrière. La serveuse, nommée Peg selon son badge, amena du café. Maury hocha la tête.

— Remplissez et continuez d'en amener, s'il vous plaît, madame.

— Pas de problème. Je connais mes cow-boys, répondit-elle avec un clin d'œil.

Après avoir aspiré la caféine et commandé des steaks et des œufs, ils restèrent assis pendant un instant. Rien de tel que le présent.

— Maury, ce n'est pas que je pense ne pas en valoir la peine, commença Danny avec son sourire le plus insolent, mais tu as vraiment fait beaucoup pour moi, et je sais que je ne pourrai jamais te remercier assez ou te rendre la pareille. Je me demandais simplement – eh bien, pourquoi ? Tu es un mec génial et je te vois beaucoup aider les gens, mais tu ne me connais même pas.

— Tu m'as sauvé la vie, répondit-il, levant sa tasse en salut.

— C'est discutable. Mais tu m'as remboursé depuis longtemps.

— Vrai, dit-il, relevant ses yeux sombres et sérieux. J'avais un frère. Plus âgé que moi. Il était monteur de taureaux aussi.

— Je ne le savais pas.

— C'est parce qu'il n'a pas vécu assez longtemps pour laisser sa marque.

— Je suis désolé. Il devait être jeune. Comment est-il mort ?

— On lui a tiré dessus.

— Merde !

— Juste après avoir été tabassé et avoir essayé de se défendre.

— Bordel de merde !

Il grimaça et but une gorgée de café.

— Tu connais ça.

— On ne m'a jamais tiré dessus.

202

— Non, mais tu sais ce que c'est, quand quelqu'un te traite de pédale et d'être tabassé à cause de ça.

Ses yeux croisèrent ceux de Danny.

— Ton frère ?

— Ouais, avoua-t-il en secouant la tête. C'est dur d'être gay et Mexicain. C'est même encore plus dur d'être gay et de faire du rodéo. Ramón a eu le pire des deux mondes.

— Je suis vraiment désolé.

— Quand j'ai entendu ce qui t'était arrivé, c'était comme remonter dans le temps. Être presque tué parce que tu es gay – et par ta propre famille. Quand tu m'as sauvé la vie ce jour-là, j'ai su que c'était une chance pour moi de rendre un petit quelque chose à mon frère. Car contumace.

Il posa sa tasse et la remplit à nouveau.

— J'en suis honoré.

Et déchiré et prêt à pleurer, mais Maury détesterait ça. Danny regarda fixement sa tasse à la place.

— S'il y a quoi que ce soit que je puisse faire pour toi un jour, s'il te plaît, dis-le-moi.

— Vis simplement une vie heureuse.

La respiration de Danny accrocha, mais Maury ne sembla pas le remarquer.

— Mon frère n'a jamais eu un jour heureux à partir du moment où ma famille l'a découvert.

— Merde, vieux, je suis tellement désolé.

— J'ai envie de frapper les gens sur le dessus de la tête. Comment osent-ils rabaisser quelqu'un simplement parce que cette personne est différente d'eux d'une certaine façon ? Bordel, une famille de Mexicains – discriminés et transformés en boucs émissaires chaque jour. Comment ont-ils eu le cran de dire à quelqu'un d'autre d'aller en enfer ?

Peg amena leurs commandes et les posa devant eux deux. Elle se pencha.

— La moitié des gens vont seulement à l'église parce qu'ils veulent que quelqu'un leur dise à quel point ils ont raison. Idiots hypocrites. Désolée, dit-elle avec un sourire. Je ne voulais pas espionner. Mangez. Mettez un peu de gras sur ces jolis os.

Elle s'éloigna, remuant ses fesses généreuses.

Maury regarda Danny et ils éclatèrent tous les deux de rire.

— Philosophe de comptoir, déclara Danny en ramassant sa fourchette.

— Oui. Mais elle a autant raison que Socrates.

203

XXIV

ILS PARLÈRENT surtout de rodéo pendant le reste du petit déjeuner, mais Danny avait reçu un cadeau. Il devrait attendre plus tard pour l'examiner.

Ils allèrent à l'arène, s'enregistrèrent et eurent le nom des taureaux qu'ils monteraient. Celui de Danny se nommait Hombre.

— Ne t'inquiète pas, lui dit Maury en levant un sourcil. Il n'est pas du tout aussi méchant que Scorpion.

— Mes fesses sont heureuses de l'entendre.

Ils traînèrent pendant un moment, bavardant avec l'équipe de Maury et Earl. Les gradins étaient déjà à moitié pleins et les gens arrivaient par vagues. Le rodéo était populaire et la monte de taureaux encore plus, bien que les taureaux de l'ACRP étaient les plus populaires de tous. Pour les régionaux de Las Vegas qui gagnaient leur vie aux casinos, les événements étaient un soulagement bienvenu. Bien sûr, pour l'ACRP, les gens venaient quand même.

Danny bondit contre la barrière, jeta un coup d'œil et se figea.

Était-ce... ? Il cilla et regarda à nouveau. Quelques grands types maigres avec des cheveux poivre et sel marchaient vers le panneau des toilettes pour hommes. *Merde, tu sursautes face à des ombres. Il n'était pas ici hier.*

— Grosse foule.

— Ouaip, concéda Maury avec un hochement de tête.

Danny observa les sièges se remplir avec enthousiasme. Amusant comme ses yeux suivaient quiconque avait des cheveux pâles, en particulier s'ils avaient cette teinte rosée. Heureusement, c'était une couleur inhabituelle, alors il ne se fit pas de torticolis.

Puisqu'il était le nouveau pour cette compétition, il monta plusieurs tours avant Maury, qui était un des grands noms. Monter simplement sur le dos du taureau lui donna une sensation moins nerveuse qu'avec Scorpion. Une fois qu'ils touchèrent la poussière, Hombre offrit un spectacle assez bon et autorisa Danny à montrer son contrôle, sa capacité à chevaucher les ruades et son talent à l'éperonnage. Quand il descendit après huit secondes pas si menaçantes, Hombre ne se tracassa même pas à le poursuivre. Quand même, il espérait que c'était suffisant.

Maury lui sourit quelques minutes plus tard alors qu'il se dirigeait vers sa cage.

— Voyons si je peux menacer ta moyenne, mon grand.

— Tu es celui qui peut le faire, répondit Danny en lui rendant son sourire.

Il le fut. Maury finit avec la même avance d'un demi-point une fois que les moyennes furent compilées, mais la seconde place de Danny était assez bonne pour quatre mille dollars, pendant que Maury faisait presque cinq. Quatre mille vers le terrain. Son terrain. Malgré tout, vingt semblait éloigné d'une tonne de douleur et de danger.

Harve arriva et lui offrit une ferme poignée de main.

— Félicitations.

— Je t'avais dit qu'il était un gagnant, dit Maury en se faufilant vers eux.

— Sacrément vrai. Alors tu es inscrit pour Sacramento, le week-end prochain ?

— Oui, monsieur. C'est ce que je prévois.

— Content de l'entendre.

— Je peux te ramener au chef-d'œuvre merdique ? demanda Maury en ricanant.

— Merci, mais je dois m'arrêter aux toilettes et je pourrais prendre quelque chose à manger pour le long trajet de retour. Je prendrai un taxi.

Un autre nom pour le bus.

— D'accord. Eh bien, c'était super.

Il offrit à Danny une longue étreinte. Un autre cadeau venant d'un type pas du genre câlin.

— Au week-end prochain.

Danny tira le bord de son chapeau et avança vers les toilettes à l'arrière de l'arène. Oui, il avait besoin de pisser, mais il voulait décompresser un peu avant de prendre la route. Les toilettes pour hommes étaient au bout d'un de ces longs couloirs, et Danny s'arrêta, s'appuya contre le mur pendant une seconde et s'écouta simplement respirer. Dès que les bruits cessèrent, il sentit ses muscles se détendre un peu.

D'accord. Continue. Il avança tranquillement vers les toilettes, utilisa les installations, s'aspergea le visage et revint ses pas dans le couloir. Le bruit venant de l'énorme auditorium au-delà s'était un peu calmé.

Il baissa les yeux pour s'assurer que sa fermeture était bien refermée, releva la tête à un bruit ressemblant à un crissement et vola contre le mur alors que quelque chose de gros et dur percutait l'arrière de sa tête. *Merde !*

Il heurta le mur comme une pierre, rebondit et se tourna juste à temps pour bloquer un coup venant du poing d'un type énorme, tout droit sorti d'un cauchemar et habillé en cow-boy. Danny esquiva sur le côté.

— Dégage, connard ! Si tu cherches de l'argent, tu es venu au mauvais endroit.

— Et ce chèque dans ta poche, espèce d'immonde frimeur ?

— Pour la cérémonie, répliqua Danny en reculant. L'argent est directement viré. Tu ne peux pas l'encaisser, alors, éloigne-toi de moi putain !

— Eh bien, merde, lâcha l'homme, son visage aux gros os se durcissant. Je suppose que je vais devoir simplement te tuer pour le plaisir.

Bordel de merde ? Tuer ?

Il recula encore de deux pas. Il eut le souffle coupé quand une autre paire de bras puissants l'attrapa par-derrière et serra. Bon sang, pas simplement des bras. Un genre de corde en métal ! La respiration de Danny sortit précipitamment de ses poumons et son cœur martela, pourtant il se débattit avec virulence.

Devant, le grand type se rapprocha et balança le poing dans le ventre de Danny. De la bile remplit sa bouche ainsi que du sang là où il se mordit la langue.

— Merde !

Le type derrière lui serrait son corps avec le fil de fer comme un étau.

Il ne pouvait pas bouger les bras, alors il donna un grand coup de pied, sa botte complétée par les éperons touchant la cuisse du grand type.

— Espèce de putain de tarlouze ! hurla le monstre. Tu viens ici et essaies de tafioliser l'un des derniers endroits où un homme peut être un homme.

Alors, c'est ça.

— Je ne t'ai pas vu sur un putain de taureau, sale gros con.

Le type balança à nouveau un poing dans son ventre et Danny vit des étoiles.

Celui derrière lui resserra la corde encore plus, coupant le tissu jusqu'à la peau. Un souffle réchauffa l'oreille de Danny et une voix glaciale, bien trop familière, rampa le long de sa colonne.

— Ce n'est pas ce que tu montes en public le problème ici, n'est-ce pas ?

Eldon.

— Enlève tes mains de moi, siffla Danny, espèce de satané enfoiré de lâche.

— Depuis quand tu ne laisses pas un homme te toucher, Sawyer ?

La respiration d'Eldon sentait la fumée de cigarette, le whisky et la maladie.

— Depuis le jour où je suis né, si cet homme c'est toi, connard.

Merde, Danny haïssait même l'odeur de ce vieux.

Le grand type devant lui regarda au-dessus de la tête de Danny, acquiesça et avança, les poings lancés. Un attrapa le côté du menton de Danny, coupant sa lèvre, et l'autre manqua tout juste ses couilles.

Du sang coula dans sa gorge et des vagues noires submergèrent sa vue.

— Tu vas me tuer maintenant, Eldon ? Tu as raté la dernière fois. Tu penses que l'ACRP ne saura pas qui a fait ça ?

— Bien sûr qu'ils ne sauront pas. Je ne suis même pas sur le tableau de service ce week-end. Mais peut-être que ça leur montrera à quel point les fans apprécient peu de voir des folles dans leurs événements.

— Tu es cinglé.

L'homme recommença à frapper et le corps de Danny tourna brusquement et commença à se replier dans les bras d'Eldon. Merde, ça faisait plus mal que Scorpion – mais pas pendant aussi longtemps. Il avait juste le temps de mourir.

Un cri strident, comme celui d'un animal déchira l'air. Danny sursauta et Eldon aussi. Les bras puissants se relâchèrent juste un peu. *Je veux m'éloigner.* Mais son corps voulait uniquement tomber.

— Laissez-le tranquille, putain !

La voix transperça les grognements et gémissements – ces derniers venant de Danny.

Les bras et le fil de fer furent arrachés de son corps.

— Lâche-moi ! hurla Eldon.

Danny heurta le sol sur un genou.

— À l'aide ! Aidez-nous ! À l'aide !

Les cris continuaient et Danny essuya du sang de ses yeux et releva la tête.

Putain de merde éternelle.

Laurie se cramponnait au dos d'Eldon comme un singe, son poing claquant un objet en métal ressemblant à une poulie de gréement, contre

207

la tête d'Eldon et celui-ci tournait sur lui-même, comme s'il avait pris des leçons auprès de Scorpion.

Le grand type commença à avancer vers eux. *Oh non, connard.* Les fesses de Danny percutèrent le sol et son pied vola avec autant de force qu'il pouvait rassembler, directement dans les couilles de l'homme.

Les cris du type s'ajoutèrent à ceux de Laurie.

Eldon réussit à enlever Laurie de son dos, du sang coulant sur son visage et le claqua contre le mur.

On disait que les taureaux voyaient rouge. Un vrai mensonge. Mais Danny, lui, le vit. Il sauta du sol et fonça sur Eldon, les poings volants. Il entendit vaguement des pas, mais il prit un coup de poing d'Eldon sur le côté de la tête et rendit un gauche sur la mâchoire. La tête d'Eldon partit brusquement en arrière et Laurie se redressa du sol et claqua la poulie en métal sur son crâne. Eldon s'effondra quand deux cow-boys firent irruption et l'attrapèrent.

La voix de Harve résonna dans le couloir :

— Que se passe-t-il ici, bordel ? Que quelqu'un appelle les secours.

Danny essaya de se lever. Pas moyen. Tout faisait mal. Claquant une main contre le sol, il se traîna sur la faible distance jusqu'à Laurie, bien que ses épaules criaient comme si quelqu'un y avait enfoncé des pieux. Il tendit la main pour le toucher.

— Tu vas bien ? Laurie, s'il te plaît.

Laurie avait du sang sur sa lèvre magnifique, ses cheveux emmêlés pendaient autour de son visage et un bleu se formait sur sa pommette droite. Il réussit à hocher la tête.

— Je vais le tuer, grogna Danny entre ses dents serrées.

— Danny, que s'est-il passé ? demanda Harve, s'agenouillant près de lui.

— Ce-ce connard est mon père, commença-t-il avec un signe de tête vers Eldon. Il a décidé que ce serait une bonne idée de me tuer ce soir pour donner une leçon à l'ACRP sur la diversité d'embauche.

Waouh ! Des points devant ses yeux.

Harve leva les yeux. Il regarda Laurie sur le sol à côté de Danny.

— Appelez la police aussi. Qui est-ce ?

— Un ami. Il m'a sauvé la vie.

Laurie bougea les jambes avec un petit gémissement et Harve l'obligea à rester immobile. Il semblait vraiment voir combien Laurie avait l'air délicat.

208

— N'essayez pas de vous lever avant que les secours soient là. C'était très brave.

Laurie n'ouvrit même pas les yeux. *Merde.* Brave était presque un euphémisme. *Il a été blessé à cause de moi.* Des larmes qui n'étaient pas apparues pendant qu'on le tabassait essayèrent de couler de ses yeux. *Comment est-il arrivé ici ? Sa* propre licorne magique était venue pour l'empêcher de mourir.

De nouvelles voix résonnèrent dans le couloir. *Les secours. Sûrement.* Quelqu'un toucha doucement son dos.

— N-non. Laurie. Aidez Laurie.

— Aucun problème, cow-boy, dit une voix de femme. Nous sommes en avance sur toi.

Oh bien. Il lâcha prise et tomba dans l'inconscience.

IL CLIGNA.

Pourquoi cligner des paupières fait-il mal ?

— Danny ? Tu es réveillé ?

D'accord, il connaissait cette voix. *Licorne de ville.* Il ricana.

— Est-ce que tu ris vraiment ? On t'a presque arraché les entrailles à coups de poing et tu ris ?

Hmm. Licorne en colère. Il rigola de nouveau.

— Ça alors, tu t'es cogné la tête ? Qu'est-ce qui ne va pas ? C'est peut-être une commotion ?

Beaucoup de bruissements et quelques geignements, puis des bips hurlèrent dans la pièce.

Merde ! Danny essaya de mettre les mains sur ses oreilles. Une faisait horriblement mal et l'autre – faisait horriblement mal, mais peut-être d'une manière différente.

— Laurie Belmont, remontez dans ce lit. Vous ne pouvez pas vous lever avant que le médecin vous ait donné le feu vert.

Une voix de femme. Très autoritaire. Pourquoi Laurie est-il au lit ?

— Il est réveillé et ce qu'il fait n'a aucun sens. Il gloussait.

— Il est sous antalgiques. Il a une tolérance très basse, semble-t-il. Une petite quantité l'anéantit.

Danny ouvrit les yeux en papillonnant.

— Pas anéanti. Où est ma licorne ?

209

— Je n'ai rien à ajouter, grogna la femme avant que quelqu'un se penche au-dessus du lit. Rendormez-vous, Danny. Vous vous sentirez mieux demain.

— Promis ?

— Oui.

— D'accord.

Il ferma les yeux et s'assoupit.

LAURIE ENTENDIT la respiration de Danny devenir plus profonde, puis se transformer en léger ronflement. Il soupira. Entendre ce bruit venant d'un autre lit ne lui correspondait pas. Bien sûr, être allongé là avec une lèvre fendue, des bleus sur la majorité du corps et une légère commotion au lieu d'avoir des réunions avec ses clients et de faire tourner son affaire n'était pas son idée de la productivité. *Bon sang !* Il avait des responsabilités. L'une d'elles était l'homme dans le lit d'à côté.

La porte s'ouvrit et un policier bien bâti tapota le cadre alors qu'il entrait. FBI, en fait. De première catégorie.

— Puis-je entrer ?

— Où va le FBI ? Partout où il veut, lui lança Laurie avec un sourire en coin.

— D'humeur sarcastique, n'est-ce pas ?

L'agent Julio Ramirez sourit à Laurie, tira une chaise près du lit et s'assit. Il jeta un coup d'œil vers Danny.

— Toujours endormi ?

Laurie voulut dire « non, sans blague, », mais il se sentait uniquement à l'aise avec des mini répliques quand il était question du FBI.

— Il s'est réveillé un peu, mais ils l'ont drogué alors il n'était pas vraiment cohérent.

— Comment vous sentez-vous ?

— Comme si quelqu'un m'avait jeté contre un mur. Je dois sortir d'ici, cependant. Je viens tout juste de démarrer une nouvelle affaire et mes clients me quitteront si je suis parti trop longtemps.

Ramirez écrivit dans son bloc-notes et jeta à Laurie un regard en biais.

— Je ne peux pas imaginer grand monde voulant vous quitter.

Sans aucun avertissement, des larmes jaillirent de ses yeux. *Eh bien, mince.* Ramirez parut surpris et Laurie agita la main qui n'était pas branchée à quoi que ce soit, puis la passa sur son visage.

210

— Désolé. Juste un sujet sensible. Merci pour votre gentil compliment.

— D'accord, racontez-moi de nouveau cette histoire.

— Nous l'avons déjà fait, pas vrai ? fit Laurie en plissant les lèvres.

— La dernière fois, vous étiez à peine cohérent et plus inquiet pour Boone que par ce que vous disiez, rappela-t-il en secouant la tête. Est-ce vraiment son nom ? Danny Boone ?

— Demandez-le-lui.

— Je le ferai. Allez-y.

Il commença à réciter comme s'il lisait une histoire pour la cinquième fois.

— Danny est mon ami. Il m'a prêté de l'argent pour démarrer mon entreprise. Puis j'ai découvert qu'il en avait besoin, mais je l'avais déjà utilisé. Mon père a accepté de rembourser Danny. Je suis venu à Las Vegas pour le lui dire. Je l'attendais dans le couloir, à l'extérieur de l'arène, mais il ne sortait pas. J'y suis retourné pour le chercher et j'ai vu deux connards en train de le tabasser. J'ai sauté sur le dos du type. Fin de l'histoire.

— Cela a été signalé comme un crime haineux. Êtes-vous d'accord avec ça ?

— Je suis certainement foutrement d'accord avec ça !

— Pourquoi ?

— Tout d'abord, souffla Laurie, je sais que le père de Danny – le type sur lequel j'ai sauté – a déjà essayé de le tuer une fois après que Danny lui a dit qu'il était gay. Mais quoi qu'il en soit, j'ai entendu ce bâtard dire à Danny qu'il prévoyait de le tuer pour montrer à l'ACRP que les pédés n'étaient pas les bienvenus. Et j'ai entendu le grand idiot traiter Danny de tarlouze. J'appellerais ça de la haine, pas vous ?

— Êtes-vous gay, M. Belmont ?

— Je ne pense pas que mon orientation sexuelle soit l'affaire du FBI, se renfrogna Laurie, mais c'est plutôt sacrément évident.

— Hé, je ne fais jamais de suppositions. De plus, vous avez terrassé et à moitié tué un torero entraîné qui pèse plus de trente kilos que vous. Vous pourriez être 007 pour ce que j'en sais, dit-il avec un sourire.

— Vais-je être poursuivi pour avoir attaqué ce FdP ? déglutit Laurie.

— Non. Les deux hommes qui sont venus vous aider ont vu ce qui se passait et la direction de l'ACRP a confirmé qu'Eldon Jones a la réputation d'agir sur la base de son homophobie.

— J'aurais dû frapper ce bâtard plus fort.

211

— Je suis content que vous ne l'ayez pas fait. Un homicide involontaire, même pour défendre quelqu'un, est compliqué, expliqua-t-il en glissant son bloc-notes dans sa poche. Le médecin dit que vous serez sorti d'ici ce soir. Retournerez-vous directement à San Francisco ?

Il jeta un regard à Danny, respirant toujours profondément, mais ne ronflant pas.

— Oui. Je dois rentrer.

— Je vous appellerai probablement à nouveau pour fournir des détails supplémentaires ou au minimum, pour témoigner.

— D'accord. Danny aura-t-il des ennuis ?

— Encore moins que vous. Il est la victime, pas le diable de Tasmanie qui est venu à son secours, rigola Ramirez en se levant. Merci pour votre coopération, Laurie. Vous avez ma carte si vous vous souvenez d'autres détails.

Ricanant toujours, il quitta la chambre et referma partiellement la porte.

Laurie s'appuya en arrière pour attendre le médecin... et essaya de ne pas penser.

212

XXV

— OÙ JE suis bordel ? hurla Danny.

Il se redressa sur le lit, retenu par des fils et même un tube qui faisait mal, mais pas autant que son corps. Il regarda autour de lui. Oh, hôpital. Blanc, bruyant, lit vide à côté de lui. Pas l'idée qu'il se faisait d'un bon moment.

La porte s'ouvrit et entra son idée parfaite d'un bon moment.

Laurie se précipita vers lui et appuya doucement sur son épaule.

— Allonge-toi, ne te fais pas plus mal.

Il obéit, levant les yeux vers ce magnifique visage – avec une croûte sur la lèvre, un gros bleu sur la pommette et la paupière légèrement gonflée. *Bon Dieu !* Tout ce qu'il devait se rappeler le submergea comme un nuage toxique.

— Je vais le tuer.

— Alors tu devras aller en prison pour le faire.

— Ils l'ont arrêté ?

— Tous les deux. Ton père a amené un autre connard homophobe avec lui. Crime haineux. FBI et tout.

Le nuage devint plus chaud et duveteux.

— Tu m'as sauvé.

— J'ai aidé.

— Non. Personne d'autre n'était là. Ils allaient me tuer. Tu as appelé – non, disons plutôt hurlé à l'aide et ensuite...

Il secoua la tête. Était-ce sérieusement arrivé ?

—... tu as sauté sur Eldon et commencé à le frapper.

— Comme un diable de Tasmanie, selon le type du FBI.

— Laurie, pourquoi es-tu ici ? Je veux dire, doux Jésus, je n'ai jamais été aussi heureux de voir quelqu'un, mais être là t'a presque tué. Pourquoi es-tu venu au rodéo ? Tu détestes la monte de taureaux.

Il sauta sur le bord du lit et Danny bougea un peu les jambes pour lui faire plus de place.

— À l'origine, je voulais t'arrêter, mais je n'ai pas pu quitter San Francisco à temps. Je suis arrivé ici samedi matin et j'ai acheté un ticket

213

pour la monte. J'essayais de te trouver pour te dire que j'espère récupérer tout ton argent bientôt, alors tu n'as pas besoin de faire ça. Tu n'as pas besoin de monter des taureaux.

Il baissa les yeux sur ses mains. Elles étaient rouges et contusionnées.

— Enfin, à moins que tu ne veuilles le faire.

— Tu aurais pu m'appeler.

— Oui, c'est vrai. Ça t'aurait vraiment arrêté.

— Je suis vraiment content que tu sois venu, avoua Danny avant de passer une main sur son visage. Aïe. Tu n'es pas retourné dans cette putain d'entreprise, n'est-ce pas ?

— Non.

Danny ravala un nœud dans sa gorge aussi gros que le Nevada.

— Bien. As-tu décidé de retourner avec Grove ?

— Double non, répondit Laurie en souriant. Mon père va vendre son entreprise, et il a promis de me donner l'argent en retour pour tout ce que je leur ai donné au cours des deux dernières années. Je ne connais pas la date exacte, mais il devrait l'avoir bientôt.

— Tu as besoin de cet argent pour la nouvelle entreprise.

— Non. J'ai utilisé l'argent que tu m'as donné et c'était une bouée de sauvetage. Mais tu as besoin de le récupérer et ceci est le meilleur moyen pour toi. S'il te plaît, Danny, supplia-t-il, les yeux gonflés s'écarquillant. Prends l'argent.

Il acquiesça. C'était en fait un énorme soulagement, de ne pas devoir gagner le reste sur le dos d'un taureau.

— Tu as l'air plus léger.

— Oui, sourit Danny. Je le pense. En fait, avec l'argent que j'ai gagné ce week-end, ce sera suffisant pour l'acompte.

— Acompte ?

— Oh oui. Je ne te l'ai pas dit. L'homme qui vit dans le ranch à côté de Rand et Kai m'a offert dix acres. Il demande uniquement un quart de moins, ce qui fait vingt mille.

Une bulle de joie monta dans sa gorge.

— Ça signifie que je peux bâtir ma maison un peu à la fois et quand même travailler pour Rand. Puis je peux même m'associer avec eux... comme une extension. Comme... une famille.

Laurie fit un grand sourire, mais d'une certaine manière, ses yeux n'avaient pas tout à fait eu le message.

— C'est fantastique. Je suis si heureux pour toi.

214

— Merci.

Il réprima le reste de la litanie enthousiaste qui voulait se déverser.

— Et si je te ramenais à San Francisco avec moi ? Le médecin dit que tu ne devrais pas être derrière un volant pour encore quelques jours. Je pense que mon père aura l'argent et je peux te le donner tout de suite. Puis je te ramènerai à Chico.

— Mon camping-car est ici.

— Ce type de l'association de monte a déjà offert de payer quelqu'un pour le ramener à ta place. Il est venu plusieurs fois et semblait vraiment impatient d'aider, déclara-t-il avec un sourire en coin. Probablement pour que tu ne le poursuives pas en justice.

— D'accord.

— *D'accord,* tu vas me laisser te reconduire ?

Danny hocha la tête. Quelques jours dans une voiture avec Laurie ? Bon sang, il prendrait ce qu'il pouvait. Il fouilla la table de chevet des yeux pour trouver son téléphone.

— Je devrais appeler Rand.

Laurie le lui tendit.

— Je l'ai maintenu chargé. J'ai appelé Rand. Il était vraiment inquiet, alors ce serait bien de le rappeler.

— D'accord.

Laurie sourit, mais semblait toujours triste.

— Je vais voir quand le médecin va te libérer.

— Est-ce que tu es en état de conduire ? Tu as l'air encore un peu blessé.

— Bien sûr. Je suis difficile à tuer.

Il glissa du lit et sortit de la chambre avec ce léger roulement de hanches typiquement Laurie. Danny serra les dents. Est-ce qu'une érection ferait aussi mal que le reste de son corps ?

Il composa le numéro et on répondit immédiatement.

— Comment vas-tu, bon sang ?

— Sacrément endolori, avoua Danny, mais ça s'améliore. Je suis supposé être libéré aujourd'hui.

— Je vais venir te chercher.

— Merci, patron. Mais Laurie va me reconduire. Il a besoin d'aller à San Francisco d'abord, ensuite il me ramènera à la maison. Je suis désolé de devoir prendre encore un jour de congé.

215

— Comme si tu serais en état de travailler aujourd'hui de toute façon, lâcha Rand avec un bruit grossier. Alors, Laurie, hein ?

Le grand sourire voyagea tout du long à travers le téléphone.

— Oui. Il m'a sauvé la vie – littéralement. Je suis pratiquement sûr qu'Eldon et son connard d'ami géant m'auraient tué.

— Merde, Danny. Je suis tellement désolé. Laurie a dit qu'ils avaient enfermé ces bâtards.

— Pour l'instant. Qui sait ? Je devrai probablement revenir au Nevada pour témoigner ou autre chose.

— Je ne savais pas que tu retrouvais Laurie à Vegas, dit-il, l'intérêt colorant sa voix.

— Je ne le savais pas non plus. Ça m'a sacrément surpris – d'une bonne manière.

Oh merde, je ne veux pas vraiment lui dire. Mais à quoi servent les amis ?

— En fait, j'ai investi de l'argent dans l'entreprise de Laurie et il est venu me dire qu'il peut récupérer l'argent pour que je l'utilise pour le terrain. Je suppose qu'il essayait de m'empêcher de monter. Au lieu de ça, il m'a empêché de mourir.

— Alors c'est ce qui est arrivé à l'argent que tu économisais.

La voix de Rand resta neutre. Il ne dit pas « Idiot », mais c'était lourdement sous-entendu.

Danny haussa les épaules et cela fit mal.

— Je pensais que je n'aurais pas besoin de l'argent pendant un moment, et Laurie essayait de quitter le boulot merdique qu'il avait, expliqua-t-il sans mentionner Grove. En tout cas, c'est pour ça qu'il veut que j'aille à San Francisco. Je pense que son père lui donne l'argent pour me rembourser.

— C'est un trajet de dix heures jusqu'à San Francisco. Tu veux que je te retrouve sur l'autoroute quelque part et que je te ramène à la maison ?

— Euh, non.

Silence.

— Danny, j'apprécie vraiment Laurie, mais...

— Je sais. Il est trop bien pour moi, vient d'une autre planète, pas intéressé par un cow-boy clochard.

— Je pourrais ne pas avoir choisi ces mots exacts.

— Je sais. Mais...

— Tu veux une dernière passade, pas vrai ?

216

— Oui.

— Ne penses-tu pas que ça rendra simplement plus difficile le fait de dire au revoir ?

— Pas sûr que ça puisse devenir plus difficile, soupira-t-il lentement.

— Je suis amoureux. Je comprends. Appelle-moi si tu as besoin de moi.

— Merci, Rand.

Il raccrocha et fixa le téléphone.

Amoureux.

La porte s'ouvrit et le médecin entra.

— OÙ TES parents pensent-ils que tu es ?

Danny ouvrit la bouteille de thé glacé et la tendit à Laurie quand il eut fini de négocier un virage à gauche. Le vieux camion pouvait être en bon état, mais il prenait fortement les bosses, et Laurie et lui grimaçaient quand ils en rencontraient une.

Laurie prit une gorgée et tendit de nouveau la bouteille vers l'autre côté de la banquette. Pas de porte-gobelets.

— J'ai dit à mon père que j'allais te voir. J'avais besoin d'emprunter son camion. Qui sait ce qu'il a dit à Maman ?

— Alors ton père va mieux ?

— Oui, dit Laurie, sourire aux lèvres. Il a dit que quand il m'a vu quitter Armisted, il a réalisé ne pas vouloir garder plus longtemps son entreprise. Il était misérable là-bas. Il la vend au type qui essayait de racheter – le fils de son ancien associé mort il y a deux ans. Ma mère voulait vraiment que Papa reprenne la place de PDG, alors il a essayé, mais ce n'est pas dans sa nature. Il est un scientifique, pas un patron.

— Que ressent-elle à propos de sa décision ?

— Je ne sais honnêtement pas. Je l'ai vu seul et je suis parti dans le camion vendredi après-midi. Nous n'avons pas parlé depuis.

— As-tu roulé toute la nuit ? demanda Danny, un pli sur le front.

— Oui, en gros. Je me suis garé à l'extérieur de l'arène et j'ai dormi sur la banquette.

— Doux Jésus, tu dois être épuisé.

— Une journée à l'hôpital m'a donné du temps pour faire la sieste.

— Tu parles ! Tu ne peux pas conduire toute la nuit ce soir, et je ne suis sûrement pas en état pour ça non plus. Nous devons nous arrêter.

217

J'ai l'argent que je viens de gagner, alors nous pouvons nous permettre de prendre une chambre dans un motel, ou deux chambres.

— Tu as besoin de cet argent.

— Nous trouverons un motel bon marché, suggéra-t-il en souriant.

Pas d'arrière-pensées là. Aucune.

Ils virent des panneaux pour sortir de l'autoroute et Danny les montra du doigt. Laurie s'arrêta sur le parking d'un motel ayant vraiment l'air simple. Au moins, il ne faisait pas la publicité pour des chambres à l'heure. Avant que Danny puisse réagir, Laurie était sorti et avançait vers l'accueil. Boitait plutôt, en fait.

Merde ! Danny se passa une main sur le visage. *C'est de ma faute s'il est blessé. Alors, dors simplement et n'essaye rien d'acrobatique. Il a besoin de se reposer.* Non pas que Danny était tout à fait prêt pour le Cirque du Soleil.

Laurie ressortit, boitillant toujours, mais avec un petit sourire sur le visage. Danny sortit péniblement par la portière passager et bougea lentement pour le rejoindre.

— Qu'est-ce qui est si drôle ?

— L'employée m'a lancé un regard et a dit que si j'avais besoin d'échapper à un agresseur, elle appellerait la police. Je lui ai dit que je m'étais retrouvé dans une bagarre avec deux types au rodéo, grogna-t-il dans un rire. Certaines personnes ne croient pas la vérité.

Il regarda la rangée de portes du motel avant de dire :

— Au bout.

Danny retint son souffle pendant la majorité du trajet jusqu'à la chambre et ne le relâcha pas avant que les papillons attaquent quand Laurie ouvrit la porte. Un lit. Deux places.

Laurie lui lança un regard de côté.

— Je pourrais dire qu'elle n'avait qu'une seule chambre.

— Ouais, tu pourrais, essaya Danny après s'être éclairci la gorge.

— Bien sûr, le fait qu'il y ait seulement deux autres voitures sur le parking pourrait créer de la méfiance.

Ses fossettes avaient elles-mêmes des fossettes tant il souriait.

C'était exactement ce qu'il avait espéré, mais maintenant qu'il était face à face avec un lit, le cœur de Danny tambourinait contre ses côtes douloureuses. Cela pourrait avoir quelque chose à voir avec ce mot que Rand avait utilisé si nonchalamment.

Il devait avoir attendu trop longtemps, parce que Laurie avait un pli entre ses sourcils clairs.

— Trop endolori ou... juste pas intéressé ?

— Pourquoi ne serais-je pas intéressé ?

— Peut-être que tu as trouvé quelqu'un d'autre ou que tu es devenu sérieux avec ton plan-cul cow-boy ? tenta-t-il en haussant les épaules.

— Non. Frank et moi avons rompu pour de bon.

— Vraiment ? Pourquoi ?

Danny clopina jusqu'au lit et s'assit sur le bord. Il passa une main sur son visage, ce qui lui rappela de ne plus le faire de si tôt.

— D'accord, voilà la vérité.

Le froncement de Laurie s'accentua.

— Il n'y a que toi qui me plais.

— Quoi ?

— Tu me plais plus que n'importe qui d'autre avant. Alors, non, il n'y a personne d'autre, expliqua-t-il en lâchant un long et lent soupir. Mais il y a aussi le fait que tu n'es pas là, tu vois ce que je veux dire ? Chaque fois que je suis avec toi, je pense que c'est la dernière fois et chaque fois que je te quitte, ça devient plus difficile.

Laurie ne fit que le fixer.

— Désolé. Ça ressemble un peu trop à une déclaration pour un cow-boy ?

— Non. Pas exactement. Mais je me sens un peu comme dans « Le Cadeau des Rois Mages. [4] »

— Tu veux dire l'histoire sur les peignes, les cheveux et la montre ?

— Tu m'as donné ton argent pour démarrer mon affaire qui me garde à San Francisco, déclara Laurie en s'asseyant près de lui, et j'essaie de te le rendre pour acheter un terrain qui te garde à Chico.

— Je sais.

— Ce n'est pas exactement l'Australie, cependant. Nous sommes seulement à trois heures l'un de l'autre.

Danny regarda ce visage quasi parfait avec la lèvre fendue et le gros bleu sur la joue.

— Vraiment ?

---

4 Par Oscar Henry, 1905. Della et Jim Dillingham vivent dans un modeste appartement de New York. Ils n'hésitent pas à sacrifier leurs biens les plus précieux (ses cheveux pour elle, sa montre pour lui) pour s'offrir mutuellement un beau cadeau de Noël (une chaîne de montre, des peignes à cheveux) Une belle histoire d'amour et de générosité.

Laurie se laissa tomber sur le lit.

— Allons, Danny. Que puis-je changer ? Je ne suis pas un cow-boy. Je n'élève pas de chevaux ou de vaches ou même des putains de chinchillas. Je ne me fonds pas dans la masse. Les gens me regardent fixement, même à San Francisco. Je suis bien trop attaché à mes parents. Voici les faits, énonça-t-il, drapant un bras sur ses yeux. Je t'apprécie aussi. Mais ça ne change rien.

— Alors, ça nous laisse où ?

Il souleva le bras et regarda Danny par en dessous.

— J'espère que ça nous laisse avec moi prenant ton cul durant le reste de la nuit et nous en train de résoudre le reste demain.

N'avait-il pas dit qu'un peu de Laurie était mieux que pas de Laurie du tout ?

— Levrette, face à face ou en se balançant depuis le lustre ?

Laurie se rassit et lança un regard spéculatif à la fragile lampe au plafond, ancienne de la pire des manières, puis sourit.

— Puisque tu as été tabassé par un homme et une bête, que dirais-tu de côte à côte ?

— Tant que ta queue est en moi, je n'ai pas de réclamations notables.

Pendant une seconde, une lueur de ce doux sourire triste apparut, puis Laurie bondit – bondit gentiment – appuyant Danny sur le lit et couvrit ses lèvres des siennes.

Oh oui ! Détends-toi simplement et chevauche le taureau dans la direction où il va. Danny suça dans sa bouche toute la langue de Laurie qu'il put atteindre et celui-ci commença à lui donner un aperçu de ces poussées à venir, appuyant profondément et doucement, encore et encore.

Un feu instantané. *Oh, merde !* Comme un accro qui avait été privé de sa drogue préférée, puis à qui on en donnait une dose, tout le corps de Danny se souvint d'un coup. *Mets. La. Dedans.* Ses hanches poussèrent vers le haut, ce qui fut incontrôlable.

— Habits. Enlève-les bordel !

Laurie appuya un doigt au milieu du torse de Danny.

— Hmm. Anxieux, n'est-ce pas ? N'oublions pas qui est au-dessus, M. Boone.

Danny hocha la tête et se calma, mais son entrejambe continuait de bouger, ce qui fit ricaner Laurie.

Grimaçant un peu, celui-ci se rassit. Quand Danny remua pour le suivre, il agita un doigt.

220

— Je pense que tu devrais rester là et regarder.

Hoo oui.

Laurie recula du lit, enleva du bout des orteils ses mocassins sans chaussettes, puis attrapa le bord de sa chemise blanche avec des fleurs dessus et la passa par-dessus sa tête, laissant son torse nu. Il tint la chemise dans une main, la fit tourner à partir du poignet et la jeta vers une chaise. Puis le sale petit allumeur passa les mains de sa petite taille jusqu'au renflement de son torse, sur ses plats mamelons roses, jusqu'à ses épaules étonnamment larges, puis tendit les bras comme s'il était sur le point de chanter le refrain de « Let me Entertain You », venant de ce vieux film sur la strip-teaseuse.

Danny s'appuya sur les coudes, ce qui ne fit presque pas mal, et se lécha les lèvres. Comme de la soie ou du satin ou une de ces choses crémeuses et brillantes, la peau de Laurie brillait sous l'horrible lumière.

Très lentement, Laurie glissa les mains sur sa taille et défit la ceinture chic en cuir, puis le bouton de son jean noir moulant. Il attrapa le haut de la fermeture.

— Prêt ?

— Oh oui, toujours.

Un centimètre alléchant après l'autre, il l'abaissa, montrant – waouh, plus de peau douce et laiteuse et le sommet gonflé et rose vif de son membre long et mince.

— Fiou. Regarde qui s'est montré.

— Il fait toujours une apparition quand tu es dans le coin. Un coup d'œil à ces longues jambes de cow-boy et ma queue danse, chéri. Chaque minute au ranch, j'avais une érection. Tu es venu vers notre voiture et j'aurais pu te baiser sur le champ. Je n'ai jamais rien désiré à ce point.

Une toute petite partie encore lucide de son cerveau murmura : *mais ça ne change rien, n'est-ce pas ?*

Puis Laurie descendit jusqu'au bout la fermeture et toutes pensées furent avalées dans une mer de désir. *Je veux. Je veux.*

Laurie secoua son sexe, puis se tourna d'un bond pour que ses fesses tendues soient face à Danny, les pâles cheveux roses tombant sur ses épaules. Il remua les hanches et Danny ricana. Avec un regard par-dessus son épaule, Laurie se pencha très, très en avant et fit glisser le jean jusqu'à ses chevilles, puis l'enleva, un pied après l'autre. Bien sûr, pendant toute l'action, Danny eut une vue imprenable sur ce cul haut et rond et les deux testicules pendants dansant entre ses jambes.

— Laurie. Je vais jouir avant que tu puisses approcher de mon cul.

221

Laurie attrapa ses fesses et les écarta, montrant son petit trou rose à Danny.

— Merde !

Il bondit du lit. Même la douleur que provoqua ce mouvement ne put l'arrêter. Il tomba à genoux et saisit fortement les fesses de Laurie, puis poussa sa langue entre ses globes magnifiques et lécha, goûta et lécha encore plus.

— Oh, merde. Oui ! C'est génial, oh, Dieu, Danny, c'est super !

Danny écarta plus les fesses et roula sa langue en une barre tournoyante, puis l'enfonça un peu dans le trou de Laurie. Celui-ci cria, tomba à genoux et posa la tête sur ses bras pour donner un meilleur accès à Danny, poussant les fesses contre sa langue inquisitrice. Danny tendit la main sous lui, attrapa son sexe et commença à le caresser. Laurie leva la tête si vite que sa crinière vola autour de lui. Soudain, en un renversement, Laurie s'assit, se décala derrière Danny et lui releva les fesses.

— Lubrifiant ?

— Poche de derrière.

Il pointa le denim sur ses propres fesses.

Laurie tâtonna dans le jean de Danny, froissa du plastique, tendit la main et brusquement le pantalon de Danny fut enlevé et repoussé presque jusqu'à ses genoux. Encore plus de froissements. Deux doigts s'enfoncèrent en Danny et il hurla, mais avant qu'il puisse même comprendre le changement, le membre de Laurie le transperça et s'enfonça en lui.

— Oui !

Laurie poussa la tête de Danny contre ses propres avant-bras.

— Repose-toi.

— Oh, oui. Si reposant.

Laurie se pencha sur son dos et saisit sa queue comme un homme possédé. Ses hanches pilonnèrent en mode marteau-piqueur et sa main branla Danny tout aussi durement. S'il voulait prolonger tout ceci – mauvaise stratégie ! Les testicules de Danny se serrèrent si fort qu'ils auraient pu faire la danse des Raisins Californiens, et des éclairs remontèrent sa colonne comme un fil électrique.

— Laurie, mon Dieu. Arrête ou je vais... Meeeeerde !

Trop tard.

Des giclées de sperme partirent de son sexe sur la main de Laurie et des points lumineux remplirent d'abord sa vue, puis tout son cerveau,

222

alors que son corps tombait au sol. Laurie releva les hanches de Danny et continua de le baiser jusqu'à ce qu'il crie :

— Oh, oh, oh Dieu !

Il retomba sur le dos de Danny, ce qui fit mal – parfaitement.

Pendant plusieurs minutes, ils respirèrent simplement. Enfin, Laurie murmura :

— Nous devrions prendre une douche. Aucune idée où ce sol a été.

Danny rigola et ils réussirent à relever l'autre en position debout, accompagnés par des gémissements et des rires. Les bras autour de l'autre, ils titubèrent vers la salle de bain.

XXVI

DANNY RECONNUT la rue grâce à sa dernière visite, même s'ils approchaient en venant d'une autre direction. Étrange de se sentir nerveux. Il allait simplement entrer, prendre ce chèque dont il avait tant besoin, et ensuite rentrer chez lui avec Laurie pour acheter le terrain qu'il avait désespérément voulu depuis si longtemps. Ce n'était pas un de ces moments où on rencontre les parents. En fait, c'était plus une fin qu'un commencement. *Peut-être que c'est pour ça que je suis nerveux.*

Laurie fit entrer le vieux camion dans l'allée près de la maison et avança doucement jusqu'à une structure du genre abri. Il se gara et regarda Danny.

— Il est possible que mon père n'ait pas encore eu le paiement. Parfois, ces choses-là prennent du temps.

— Je dois juste payer le vendeur avant décembre.

— Oh, ça ne devrait pas être un problème. Je vais lui demander de te faire un chèque, ensuite je t'appellerai quand tu pourras l'encaisser. Ou je peux virer l'argent sur ton compte.

— Un chèque, c'est bien.

— Merci de me faire confiance avec ton argent, souffla-t-il avec un doux sourire.

— Merci de m'avoir sauvé la vie.

Laurie se pencha et l'embrassa, ce qui sembla si foutrement définitif que cela le fit presque pleurer. Puis Laurie sourit.

— Allons-y.

Il descendit de son côté du véhicule avec un léger grincement de la portière et Danny descendit du côté passager avec un énorme grincement de son dos, son ventre et ses épaules douloureuses. Il suivit les hanches ondulantes de Laurie jusqu'à la porte, où ce dernier testa la poignée. Elle s'ouvrit.

— Papa, je suis rentré, appela-t-il.

Des voix venaient de l'autre pièce.

224

Laurie entra et fit signe à Danny de le suivre. Ils traversèrent la cuisine et le père de Laurie passa la porte battante donnant sur la partie avant de la maison.

— Laurie, n'entre pas. Rentre chez toi, je t'appellerai plus tard.

— Quoi ? Pourquoi ?

M. Belmont leva les yeux vers Danny.

— Oh, bonjour. S'il vous plaît, ramenez Laurie chez lui. Vous pouvez utiliser le camion.

— Bon sang, non, se renfrogna Laurie. J'ai amené Danny pour lui rendre son argent. L'argent que je lui ai promis, que tu m'as promis. As-tu rencontré le fils de Paul ?

— Oui.

— Va-t-il acheter l'entreprise ?

— Il y a une complication.

— Quoi ? Pour l'amour de Dieu, Papa, tu as dit que c'était résolu.

M. Belmont regarda Danny.

— Ta mère ne veut pas vendre. Elle est ici et... Laurie, attends !

Laurie dépassa brusquement son père et passa la porte.

Pas moyen que Danny laisse Laurie faire face aux conséquences tout seul. Il y avait plus d'une voix dans l'autre pièce et Danny avait un mauvais pressentiment. Il passa la porte ouverte et fonça presque dans le dos de Laurie, qui se tenait là à fixer le salon derrière la salle à manger. Mme Belmont était assise sur le bord d'une chaise et à côté d'elle, bien sûr, était perché Grove. Danny soupira très doucement.

Laurie croisa les bras sur son torse – le torse qu'il avait dévoilé de façon si magnifique à Danny la nuit d'avant – et se dirigea d'un pas déterminé vers la plus grande pièce. Il jeta un regard noir à Grove.

— Que fais-tu ici, bordel ?

— Lawrence, le réprimanda Mme Belmont, fais attention à ton langage. Et que diable est-il arrivé à mon superbe visage ?

— Pas la moindre chance pour le langage et mon visage n'a pas d'importance. Je veux savoir pourquoi l'homme qui m'a trompé continuellement pendant plus d'un an est assis dans ton salon.

Grove se leva.

— Disons donc, debout dans ton salon, grogna Laurie.

Grove paraissait nerveux et... quoi ? Honteux ?

— Je suis l'avocat de ta mère.

— Depuis quand ?

225

— Depuis qu'elle m'a engagé, mais la raison principale pour laquelle je suis ici, c'est pour te dire à quel point je suis profondément désolé.

— Heu, mauvaise maison, connard, répliqua Laurie en serrant les poings. Si tu voulais me parler, pourquoi es-tu dans cette maison ?

— Ton père a dit que tu étais en déplacement. J'espérais réussir à te voir, dit-il avant de regarder Danny avec de la glace dans les yeux. Mais je vois que tu as été extrêmement occupé.

— Ce que je fais n'est pas tes putains d'affaires.

— Laurie ! hurla sa mère.

— Désolé, Maman, dit-il en se tournant vers elle. Pourquoi te mêles-tu de l'entreprise de Papa ?

— C'est mon entreprise aussi, je ne la laisserai pas être dévaluée dans une vente au rabais.

— Tu sais très bien que l'entreprise est dévaluée parce que je ne pouvais pas lui donner le genre d'attention qu'elle nécessitait, soupira son père avec lassitude. David Anders la remettra sur pied.

— Sottises ! Tu es un technologue talentueux. Il n'y en a pas de meilleur.

— Mais je ne suis pas un manager talentueux. Combien de fois ai-je besoin de le dire ?

— Qu'est-ce que tu mijotes ? demanda Laurie, les yeux plissés vers sa mère.

— Grove va poursuivre David Anders en justice pour obtenir tout ce qu'il a pour avoir interféré avec la valeur de l'entreprise.

— Et quoi ensuite ? Qui va la diriger ? Toi ? Parce que Papa ne va pas le faire.

— Ne sois pas ridicule. Bien sûr qu'il va le faire, sinon, tu le feras.

— Non. Je ne le ferai pas, asséna Laurie, regardant toute la pièce. Et en plus, Papa me doit dix-sept mille dollars et je veux les récupérer. Maintenant !

— Que veux-tu dire ?

Sa mère faisait bonne figure, mais elle semblait inquiète.

— C'est une partie de l'argent que j'ai prêté pour que vous puissiez vivre. Je le récupère. Si tu veux survivre, tu ferais sacrément mieux de vendre quelque chose.

— Tu n'oserais pas faire ça.

— Je vais me gêner, tiens.

226

— Je te donnerai l'argent, Laurie, intervint Grove, fixant ses mains. Je te donnerai tout ce que j'ai. S'il te plaît, essaie de me pardonner. Je veux être avec toi. Je t'épouserai. Nous pourrons installer ton entreprise dans un de mes immeubles et je te présenterai à tous mes clients. Laurie Belmont Designs sera énorme. J'ai fait une terrible erreur. Je me sentais inadéquat et j'essayais de flatter mon ego de la plus stupide des manières possibles. Mais je comprends ce que j'ai perdu. S'il te plaît, donne-moi une chance de faire mes preuves.

La mère de Laurie essuya une larme sur sa joue.

Le ventre de Danny tourna et de la bile remonta dans sa gorge, brûlant comme une saloperie. *Voilà. Tout ce dont Laurie a besoin. Qu'il mérite.*

Il fit un pas en arrière, passa une main sur son visage – *oh oui, je ne devrais pas faire ça.* Un autre pas. Un homme devrait ramener un trésor pour honorer une licorne.

Il se tourna, courut à travers la salle à manger jusqu'à la cuisine et ensuite jusqu'à la porte arrière. Regardant frénétiquement autour de lui, il boita et trottina à moitié sur l'allée et tourna à gauche dans la rue. Le temps qu'il sache où il était – il était perdu.

UNE PORTE claquant résonna derrière Laurie et il se retourna.

— Quoi ? Danny !

— Bon débarras, dit sèchement sa mère.

Il lui montra les dents alors qu'il fonçait vers la porte arrière, pensa que ça faisait sacrément mal, l'ouvrit à la volée, et sortit en courant. *Personne.* Il trotta jusqu'au bout de l'allée et regarda des deux côtés. De nouveau, personne n'était là. *Merde !* Il jeta un coup d'œil par-dessus son épaule. *Et merde, je dois finir une crise avant de faire face à une autre.* Il revint en boitant vers la maison et passa directement par la porte d'entrée.

Ce fut comme s'il avait claqué des doigts et suspendu la scène dans le salon. Tout le monde était assis ou se tenait exactement là où il les avait laissés. Laurie lâcha un long soupir fatigué et totalement dégoûté.

— Laurie, dit sa mère, tu as l'air tout simplement affreux. Que t'a fait cet homme horrible ?

— Mère déclara-t-il, sa voix claquant comme un fouet, ne t'avise plus jamais d'insulter ou de dénigrer une personne à laquelle je tiens. Tu ne diriges pas ma vie. De plus, si tu continues avec cette action en justice, je ne te reparlerai plus jamais. Tu pourras oublier que tu as un fils. Est-ce clair ?

227

— Tu ne le penses...

— Je le pense. Je t'aime, mais je ne t'apprécie pas beaucoup à cet instant. J'en ai assez de tes manipulations. Occupe-toi de ta propre vie.

Les yeux de sa mère s'écarquillèrent, mais il lui tourna le dos et fit face à son père.

— Papa, grandis. Tu n'es pas un enfant dont on doit s'occuper. Tu as pris une décision intelligente, alors, va jusqu'au bout. Entre-temps, je veux mon argent. Considère-moi comme un créancier sans merci. Je me moque de ce que tu dois faire pour l'avoir.

— Je l'aurai plus tard cette semaine, dit-il avec un hochement de tête. Je le promets.

Il jeta un regard vers sa femme. Elle semblait toujours sous le choc.

Enfin, Laurie se tourna vers Grove. Il croisa les bras.

— Tu ne m'aimes pas. Tu ne m'as jamais aimé. Je suis un ornement pour toi, vendu par ma mère. Si je disais que j'allais revenir, tu recommencerais à me tromper en une semaine. En fait, je doute que tu aies un jour arrêté.

— J'ai offert de t'épouser, rappela Grove, les yeux au sol. Est-ce que ce cow-boy sans valeur l'a fait ?

Laurie fixa le visage de Grove et se mit à rire.

La tête de Grove se releva d'un coup.

— Qu'y a-t-il de si drôle ?

— Toi. Tu veux tellement gagner, tu m'épouserais même pour y arriver.

— Laurie, geignit sa mère, tu devrais épouser Grove. C'est un homme bien, il s'assurera que tu aies une vie confortable.

Il jeta un regard à sa mère.

— Le confort. Est-ce de ça qu'il est question dans la vie ? Choisir le plaisant plutôt que le bon ? Accepter l'affection au lieu de lutter pour l'amour ? Amusant. Je pense que j'y croyais aussi, pas vrai ? lâcha-t-il avant de refaire face à Grove. Tu es un homme parfaitement bien, Grove. J'apprécie ce que tu as fait pour moi et même la foi que tu avais en moi, mais il n'est pas question de cow-boys, de mariage ou de m'acheter des cadeaux. C'est ma vie, il est temps que je la vive, dit-il scrutant la pièce, au lieu que tout le monde le fasse. Papa, trouve un moyen de me payer l'argent que tu as promis. J'en ai besoin avant la fin de la semaine.

Essayant de ne pas boiter, il passa directement la porte d'entrée et se dirigea vers le coin de la rue où il pourrait prendre un taxi. Il regarda le ciel sombre de San Francisco. *Super réplique de sortie, Belmont, mais ça ne change pas la moindre chose.*

D'ACCORD, J'ABANDONNE. Danny arrêta de marcher, sortit son téléphone de sa poche et composa un numéro.
— Salut, Danny.
— Salut.
— Tout va bien ?
— Non.
— Où es-tu ?
— Quelque part à San Francisco.
— Bien. Tout comme Manolo.
— Quoi ?
— Je l'ai envoyé en ville faire quelques courses – juste au cas où.
Danny s'appuya contre le côté d'un immeuble.
— Je ne sais pas comment te remercier.
— Bien. Ne le fais pas. Regarde le panneau des rues et dis-moi où tu es.
Danny leva les yeux. Il lut les noms inconnus.
— Vois-tu un café ?
— Euh, oui, dit-il en regardant autour de lui. De l'autre côté.
— Comment s'appelle-t-il ?
— Jimmy Jack's.
— Va là-bas, commande du café en intraveineuse et attends Manolo.
— Merci de t'adapter à la bêtise de tes employés, souffla Danny en secouant la tête.
— J'ai le t-shirt où il y a écrit *Idiot par Amour*, mon vieux. Je te vois dans quelques heures.
Ignorant le mot en A, Danny tituba vers le panneau qui indiquait Jimmy Jack's.
Après avoir bu deux tasses de café légèrement crémeux, Manolo entra, ayant l'air en meilleure forme qu'un matin de Noël. Il croisa les bras et secoua lentement la tête.
— *Chico*, tu as une mine plus horrible qu'un déterré.
Danny eut un sourire en coin.
— J'ai l'impression d'être tombé d'un pont autoroutier...
— Sur un camion de graviers
— Qui allait à Fresno.

229

Ils rigolèrent alors que Danny jetait de l'argent sur la table et refusait l'offre d'aide de Manolo pour aller jusqu'au van. Cinq minutes plus tard, il était attaché et s'appuyait contre le repose-tête tandis que Manolo les faisait manœuvrer dans le trafic vers l'autoroute

LA CHOSE suivante que Danny remarqua, ce fut Manolo le poussant gentiment.

— Hé, cow-boy, tu es trop gros pour que je te porte. Réveille-toi. Nous sommes rentrés.

Il leva la tête et en fut immédiatement désolé. Son cou donnait l'impression d'avoir décidé de pousser sur le côté de ses épaules.

— Aïe.

Il fixa le pavillon du ranch par le pare-brise et Manolo se tint près de lui, tenant la portière ouverte.

— Désolé, fils. Tu t'es endormi et il n'y avait rien que je puisse faire pour te mettre plus à l'aise et conduire en même temps.

— Ça va. Merci. Je m'excuse de ne pas avoir été de bonne compagnie.

— Je n'ai jamais vu un homme qui avait plus besoin de sommeil. Je demanderais bien ce que tu as fait, mais je sais que Rand et Kai veulent l'entendre aussi, donc allons faire notre rapport.

Ce n'était pas sa conversation numéro un attendue avec impatience. Il traîna ses fesses jusque dans le pavillon. Kai sortit de la cuisine avec du chocolat chaud. D'accord, ceci en valait la peine.

Rand entra d'un pas nonchalant et s'assit près de Kai. Tous les quatre soufflèrent ensemble sur leur chocolat chaud. Enfin, Rand demanda :

— Alors ?

Danny s'appuya sur ses genoux, regardant fixement sa tasse.

— J'ai terminé à la seconde place durant le rodéo. J'ai gagné un peu d'argent. Je me suis fait sauter dessus par un mec faisant cent-trente kilos et mon père. Laurie Belmont m'a sauvé. Nous avons fini tous les deux à l'hôpital, mais vous le savez déjà.

Il sirota la douce boisson chaude et sucrée. *Chaude et sucrée. Comme Laurie, si vous ajoutez beaucoup de piment de Cayenne.*

— Quoi qu'il en soit, je suis allé à San Francisco pour récupérer mon argent chez le père de Laurie. Nous avons découvert que ce n'était pas aussi simple. Je suppose que la mère attaque en justice le type qui essaie

230

d'acheter la compagnie et utilise Grove comme avocat, et celui-ci veut récupérer Laurie et a offert de l'épouser et...

Il avala si fort que ça lui fit mal jusque dans la poitrine.

— Alors je ne suis pas resté pour prendre le chèque, mais j'imagine qu'ils finiront par me l'envoyer. Ou peut-être pas avant que la vente soit conclue. Je ne sais pas.

Il posa la tasse sur le côté. Parfois, même les bons petits plats réconfortants ne l'étaient pas.

Les sourcils sombres de Kai touchaient presque son nez.

— Ce qu'il y a, Danny, c'est que M. Banks a eu une autre offre pour la propriété.

S'il avait eu un instant de doute sur le fait de vouloir ce terrain, il disparut dans un océan de perte pure.

— Oh.

— L'autre acheteur offre trente pour cent de rabais. Banks dit qu'il préférerait te le vendre, mais tu devrais trouver les vingt mille en deux semaines.

— Doux Jésus, murmura-t-il, son pouls battant dans sa gorge. J'ai gagné presque quatre milles. Je peux monter à Sacramento ce week-end et autre part la semaine prochaine. Si je peux gagner, je devrais avoir douze milles environ. Mais le reste ?

Il secoua la tête. Rand se pencha en avant.

— Nous vendrons Star Sight.

— Putain, non ! s'exclama Danny, bouche bée.

— Un des Star rapporterait le plus haut prix.

— Nous pourrions contracter un second prêt pour le ranch, suggéra Kai en regardant son mari.

Danny se releva si vite qu'il renversa presque sa tasse.

— Non. Je trouverai un moyen. Vous faites déjà suffisamment pour moi tous les jours.

— Tu ne peux pas monter, Danny, dit Rand en lui faisant les gros yeux. Tu peux à peine marcher.

Danny essaya d'être canaille avec son sourire.

— Ne le dis pas aux taureaux.

Il se dirigea vers la porte. *Je dois appeler Maury.*

Boitant vers le baraquement, il leva le téléphone à son oreille, mais il se mit à sonner. Danny sursauta et regarda l'écran. *Oh waouh. Laurie.* Son doigt survola le bouton Répondre – et s'arrêta.

231

Que va-t-il dire ? Qu'il aura l'argent d'une manière ou d'une autre. Que Grove le lui donnera et qu'il me le donnera. Ah non, bordel ! Je ne veux pas d'argent venant de Grove et je ne veux pas être la raison pour laquelle Laurie lui doit quelque chose

Il tira le bord de son Resitol plus bas. Après leur mariage, l'argent de Grove serait aussi l'argent de Laurie. Tout ce que Laurie donnait à Danny viendrait de Grove.

Putain ! Le dos d'un taureau n'avait jamais semblé aussi bien.

XXVII

DANNY MARCHA lentement vers l'arène essayant d'avoir l'air décontracté au lieu de blessé. Il avait rencontré les gens de l'ACRP la veille. Il aurait dû recevoir un Oscar, ou au moins un Golden Globe. Harve était assurément sceptique. Le médecin avait dit que Danny était à la limite, mais pouvait monter. C'était dû à un grand nombre de « non, ça ne fait pas mal » quand ça faisait mal. Bien sûr, bien plus que son corps faisait mal, mais les taureaux ne pouvaient pas briser son cœur.

Il passa par l'entrée des concurrents en portant son équipement et un garde vérifia sa carte d'identité. Deux cow-boys passèrent à côté. L'un d'eux hocha la tête.

— Boone.

Danny rendit le signe de tête. Son ventre tendu donnait l'impression qu'il avait mangé sa boucle de ceinture. Il détestait cette sensation. Tout homme qui montait un taureau était sage d'être prudent et un peu nerveux avant de monter dessus. Ça sauvait la vie. Ceci était différent. Quand il était enfant, il avait supposé qu'il gagnerait. Après ça, il avait voulu, mais ne s'en était pas soucié. Maintenant, il se sentait désespéré. Le désespoir et la monte de taureaux revenaient à se suicider.

— Danny, par ici.

Maury lui fit signe depuis une table ronde de monteurs attendant tous que l'événement commence. Danny avança. *Ne boite pas.* Maury se leva et tendit une main.

— Salut, vieux, content de te voir. Comment vas-tu ?

— J'ai été mieux, mais ça va.

Il sourit et s'assit sur une chaise vide. Un des cow-boys, Lorenzo, grogna.

— Assez bien pour nous botter les fesses, je suppose, dit-il avant de sourire. Content que tu ailles bien, Danny. Que s'est-il passé exactement ?

— Quelques types, presque aussi gros que des taureaux, me sont tombés dessus et ils ont fait des dégâts.

— C'est quoi ce bordel ? Où étais-tu ?

— Dans l'arène à Vegas. Je suis allé aux toilettes et ils m'ont suivi.

233

— Doux Jésus, comment es-tu resté en vie ?

— Un type est arrivé et est intervenu, puis deux autres. Finalement, les flics sont arrivés, mais je suis resté à l'hôpital pendant un jour et demi.

— Merde, mon vieux, avec des connards comme ça, qui a besoin de taureaux ?

Danny hocha la tête.

Maury lui lança un regard en biais. Il en avait probablement entendu plus de la part de Harve, mais il ne dit rien.

Ils papotèrent tous pendant quelques minutes. Étrangement, les plaisanteries avec un groupe de monteurs auraient dû le détendre, mais il continuait de devenir encore plus anxieux. Quand deux des hommes démarrèrent un bras de fer, Maury se pencha plus près de lui.

— Tu te sens assez bien pour monter, Danny ?

— Oui. Le toubib m'a donné le feu vert.

— Tu es sûr ? Peut-être qu'une semaine de plus de repos serait bien.

Danny réussit à sortir un sourire.

— Tu veux te débarrasser de la concurrence ?

— Non, grogna-t-il. Enfin, oui, mais je ne pense pas que tu devrais monter si tu es blessé.

— Je vais bien. Vraiment, dit-il en regardant ses mains.

Beaucoup de bruit arrivait de l'arène désormais, des acclamations et des applaudissements. Maury hocha la tête.

— Ce sera bientôt à toi.

— Quel taureau as-tu tiré, Danny ? demanda Lorenzo.

— Scorpion, avoua-t-il en lâchant un lent soupir.

— C'est pas vrai ! Qui a assez de malchance pour tirer Scorpion deux fois en un mois ?

— Moi.

— Merde, marmonna Maury.

Danny hocha la tête.

D'accord, on y va. Il se leva et saisit son équipement. Maury lui attrapa le bras.

— Je pense vraiment que tu devrais reconsidérer...

Danny entendit Lorenzo, qui était assis à la droite de Maury, prendre une inspiration. Il leva les yeux vers le visage de l'homme. Il regardait derrière Danny, comme s'il avait vu – quoi ? En fait, tous les gars regardaient fixement dans cette direction.

Danny suivit leur ligne de mire. *Merde alors.*

234

Là se tenait Laurie, entre Danny et les cages. Des bottes noires brillantes, un jean moulant rentré dedans, un col roulé noir en maille et la crinière rose tombant sur ses épaules. Brillant au milieu de son torse se trouvait le pendentif licorne. Mi-ange, mi-dominatrice.

Danny regarda les hommes autour de la table, qui s'étaient tous transformés en statues. Clairement, aucun homme dans l'arène n'avait un jour vu quelque chose comme Laurie. Bon sang, qui donc avait un jour vu ça ?

— Salut, Laurie. Pour un homme qui déteste les rodéos, tu viens à un bon nombre d'entre eux. Comment es-tu arrivé ici ?

— J'ai conduit.

— Non, je veux dire *pourquoi viendrais-tu ici ?*

— Tu n'as pas répondu à mes putains d'appels.

— Je ne pensais pas qu'il y avait autre chose à dire.

Il posa les yeux vers les cow-boys qui les regardaient fixement comme si c'était leur propre feuilleton télé.

Laurie tendit un bout de papier. Danny s'avança et le prit. Un chèque de banque pour dix-huit mille dollars.

— Ton père a vendu l'entreprise ?

— C'est en cours.

Un jeune cow-boy arriva précipitamment.

— Danny. Tu dois aller à la cage.

— Non ! s'exclama Laurie.

Le type le regarda comme s'il était fou.

— Allez, Danny.

Laurie posa les mains sur ses hanches.

— Danny Boone, tu ne vas pas monter sur ce putain de taureau. Tu n'es pas guéri. C'est trop dangereux. Tu n'as plus besoin d'argent.

— Qui diable est ce mec ? demanda quelqu'un.

— On dirait un pédé selon moi, murmura une voix.

Celle de Maury arriva de derrière lui.

— Fermez-la, si vous voulez continuer à vivre ! dit-il avant de se tourner vers Danny. Écoute-le. Tu dois faire attention aux gens qui tiennent à toi.

Laurie regarda Maury et hocha la tête, puis revint vers Danny.

Celui-ci avala simplement sa salive. Tenait à lui ? Peut-être. Mais ça ne changeait rien. Il s'éclaircit la gorge.

— Pourquoi ne l'as-tu pas simplement envoyé par courrier ?

— Parce que j'ai appelé le ranch et entendu parler de cette foutue mission suicide, je n'allais pas te laisser faire ça sans me battre.

235

Le jeune cow-boy tira sur le bras de Danny.

— Allez.

Laurie le regarda, les yeux plissés.

Danny lui arracha son bras.

— Alors tu as conduit jusqu'ici juste pour m'arrêter ?

— Oui. Et pour te donner l'argent, pour que tu saches que tu ne dois pas faire de folies.

— Je ne veux pas de l'argent de Grove, putain, lâcha-t-il, les dents serrées.

— Pourquoi penses-tu que c'est son argent ? se renfrogna Laurie.

— Biens communs, cracha-t-il.

Le pli entre les sourcils de Laurie s'approfondit.

— Je n'épouse pas Grove.

— Depuis quand ?

— Depuis toujours. Si tu ne t'étais pas enfui comme un adolescent martyr, tu m'aurais entendu le rejeter.

— Danny ! Tu dois venir maintenant.

Le gamin regardait frénétiquement par-dessus son épaule.

Danny fixa ce magnifique visage. Le mot en *A*. Pour Laurie. *Je ne peux pas l'avoir – mais ça ne signifie pas que je ne peux pas l'aimer.* Et s'il aimait Laurie, il ne pouvait pas lui faire de mal.

— Dis-leur que je suis désolé. Je dois abandonner. Je suis toujours blessé.

— Tu es sûr, Danny ?

— Oui.

Le gamin décampa et, derrière lui, il entendit Maury lâcher un soupir.

Danny croisa les bras sur son cœur.

— Qu'aurais-tu fait si j'avais décidé de monter ? Sauter sur mon dos et me frapper avec un marteau en métal ? questionna-t-il en montrant les dents.

— J'ai le marteau dans ma botte.

— Merci pour l'argent, dit-il en forçant un sourire.

— Ça signifie que tu peux acheter le terrain, pas vrai ?

— Oui. Ceci, plus ce que j'ai gagné la semaine dernière couvrira l'acompte.

— Bien.

Son magnifique visage semblait triste.

— Comment va ton affaire ?

236

— C'est prometteur.

— Bien.

Danny le regarda.

— Entre le marteau et l'enclume.

Laurie fit les quelques pas entre eux. Pendant une seconde, Danny gigota et regarda les cow-boys qui les fixaient, captivés. *Est-ce que je m'en soucie ? Oh, putain, non.* Il fit le dernier pas en avant et les lèvres de Laurie rencontrèrent les siennes, doucement, brièvement et tristement.

Il recula et leurs yeux s'ancrèrent pendant un instant. Que disait le vieil adage ? Aimer Laurie et le perdre était mieux que de ne pas l'avoir aimé du tout.

Soudain, la voix de Lorenzo brisa le silence :

— Hé, qui êtes-vous, bordel ?

Laurie lui lança un regard de ses grands yeux sombres.

— Je suis le type qui a sauvé la vie de Danny – deux fois.

Il tourna les talons de ses bottes et marcha vers la porte de l'arène.

Quelqu'un derrière Danny dit :

— Meee-rde.

DANNY PASSAIT lentement l'étrille sur le flanc de Star Sight. Apaisant – pour lui. Il espérait que ça l'était aussi pour le cheval. Un tressaillement dans sa poche lui fit attraper son téléphone. *Merde.* Juste un message du garage disant que les pièces de son camion étaient là. Il passa sur sa boîte mail et la fixa – comme il l'avait fait cinquante fois précédemment. Beaucoup de messages, aucun d'eux venant de Laurie Belmont.

Souffler un flot d'air lui valut un regard du cheval et il retourna à sa tâche de passer le peigne.

— Désolé.

— Oncle Danny !

Aliki vola par la porte de l'écurie à sa vitesse habituelle. Vite.

— Salut, Aliki ?

— Je peux aider ?

— Bien sûr. Attrape un peigne et va travailler de l'autre côté.

Il le fit, jetant un regard à Danny de temps en temps.

— Tu t'es vraiment assuré que tous les chevaux soient beaux, Oncle Danny.

— Merci.

237

Une brève pause.

— Papa dit que tu devrais dormir plus et passer moins de temps avec les chevaux.

Danny eut un sourire tendu. S'il voulait savoir ce qui se passait, il devait seulement écouter Aliki.

Star Sight hennit, peut-être à cause de l'étrillage enthousiaste administré par Aliki.

— Oncle Danny ?

— Hmmm ?

— Quand Laurie va-t-il revenir ?

Mince. Aliki aurait pu tout aussi bien lui donner un coup de pied dans la poitrine. Sa règle tacite sur les trois dernières semaines était qu'il pouvait ressasser le manque de communication de Laurie, mais il valait mieux que personne d'autre ne l'évoque. Les adultes avaient eu l'info. Il passa une main sur le joli flanc de Star.

— Je ne pense pas qu'il va revenir.

Ce visage adorable entouré de cheveux d'un noir d'encre apparut sous le ventre de Star. Il contourna le cheval et se planta devant Danny.

— Quoi ? C'est n'importe quoi !

Jamais mots plus vrais n'avaient été prononcés.

— Oui, eh bien, ce sont les faits.

— Mais c'est ton ami. Il tient vraiment à toi. Pourquoi ne viendrait-il pas te voir ?

Cela faisait trop mal de répondre, alors il haussa les épaules.

— Tu devrais aller le voir, dit-il avec un sourire. Je viendrai avec toi.

Danny arrêta d'étriller et posa la tête contre le flanc de Star.

— Je pense que tu veux vraiment le voir, Danny.

Il tourna la tête sur le côté pour qu'il puisse voir Aliki et entendre le cœur de Star à travers ses cheveux.

— Le fait est que Laurie a son entreprise et sa famille à San Francisco et j'ai mon travail et mon terrain ici, à Chico. Nous avons deux vies différentes, déclara-t-il en s'écartant de Star. J'apprécie vraiment Laurie, alors le voir simplement pour une journée est difficile.

— N'est-ce pas mieux que rien ? demanda Aliki, le front plissé.

— Eh bien, je le pensais aussi, mais je n'ai pas eu la moindre nouvelle venant de Laurie. Je lui ai envoyé des messages et essayé de l'appeler plusieurs fois, mais pas de réponse. Alors je pense qu'il a peut-être d'autres amis avec qui il passe du temps.

238

— Tu veux dire qu'il a un petit ami différent.

Il sourit et hocha la tête.

— Oui.

Aliki y réfléchit bien pendant une minute.

— Je ne pense pas. Je veux dire, il avait ce type riche avec la voiture chic et il te préférait quand même.

— Tu le penses ?

— Oui, je le sais. Je peux parler des garçons parce que j'ai beaucoup d'entraînement avec mes papas.

Danny abandonna et éclata de rire même s'il y pourrait y avoir du verre brisé dans sa gorge.

Aliki posa les mains sur ses hanches.

— Sérieusement, tu n'as pas idée comme ce fut difficile pour Lani et moi de mettre Rand et Kai ensemble. Réfléchis, nous parlions de Maui et de la Californie. C'est bien plus loin que San Francisco. Je veux dire, il y a l'océan et tout.

— Je garderai ça à l'esprit, Aliki. Mais je ne peux pas l'obliger à vouloir être avec moi.

Il recommença à étriller. Aliki se rapprocha, enroula un bras autour de la taille de Danny et s'appuya contre lui.

— N'abandonne pas, Oncle Danny.

Il caressa les cheveux soyeux d'Aliki tandis qu'il peignait le cheval.

— Je n'abandonnerai pas, Aliki, mais je dois suivre la ruade.

Six semaines plus tard

DANNY ARPENTAIT la poussière sur la petite côte, près du taillis de grands arbres sur son terrain. *Ça semble un bon emplacement pour la maison.* Il devrait faire une analyse de sol avant de pouvoir dresser des plans. Si près des fêtes cependant, il devenait difficile d'attirer l'attention de quelqu'un.

Il s'accroupit et regarda autour de lui. Il était stupide de penser à aimer des acres de boue – mais c'étaient les faits. Il comprenait pleinement l'attachement de Rand à son ranch et sa terre. Maintenant, Danny avait les siens. Ça devrait suffire.

Il entendit un moteur et se tourna vers la route poussiéreuse qu'ils avaient damée entre son emplacement et le Ranch McIntyre. Le second van, le vieux qu'ils utilisaient surtout en renfort puisqu'ils avaient le nouveau pour

239

les clients, avançait vers lui. Il salua d'une main le véhicule – probablement Manolo – puis attrapa le petit carnet dans sa poche et nota des mesures basiques. Ce n'était pas comme s'il avait déjà l'argent pour construire, mais au moins il pouvait commencer à imaginer ce dont il avait besoin.

Amusant comme il n'avait plus sérieusement pensé à essayer un autre concours de monte de taureaux depuis ce jour où Laurie avait envahi l'ACRP. C'était une vie différente. Un grand monde macho où il ne vivrait plus. Malheureusement, Laurie vivait dans un grand monde empli de champagne, de voitures de luxe et de succès.

Il devait arrêter de penser à Laurie, mais parfois penser était mieux que rien.

Le van se gara au pied des arbres et le moteur s'arrêta.

Danny continua d'écrire.

Des pas.

— Salut, lança Danny.

Il nota la direction du soleil sur la potentielle porte d'entrée.

Le bruit de bottes dans la poussière vint à côté de lui. Il se tourna, sourit et s'arrêta. Pas simplement d'écrire. Son cœur, ses poumons, son cerveau arrêtèrent tous de fonctionner.

Laurie.

— J'orienterais la porte un peu plus dans ce sens et je planterais des arbres directement derrière pour couper le pire du soleil sur les fenêtres à l'arrière, conseilla celui-ci avec un sourire. Je peux dessiner le plan pour toi, si tu veux.

— Ça, heu, ça serait génial, balbutia-t-il, le cœur battant dans sa gorge.

— Bien. Viens.

— Où ?

— Le dessiner.

— Maintenant ?

— Bien sûr.

Laurie commença à s'éloigner, comme il l'avait fait ce jour-là deux mois auparavant quand il avait quitté l'arène de Sacramento sans un regard en arrière, ou appelé, ou envoyé un mail, ou un message, ou rappelé. Mais cette fois, Danny le suivit.

Il monta dans le van à côté de Laurie, qui sourit simplement et démarra. *Bordel ?*

— Que se passe-t-il ? Pourquoi es-tu à Chico ?

Laurie plaça un long doigt contre ses lèvres d'Angelina.

— Tout sera communiqué.

Que pouvait-on attendre d'une licorne si ce n'était du mystère ?

Il fallut seulement quelques minutes pour arriver au ranch. Laurie se gara devant et arrêta le van, puis laissa les clés et sortit.

— Viens.

— Où ? se renfrogna Danny.

Rand cria depuis le porche :

— Vas-y simplement, Danny. Ne discute pas.

Laurie avait déjà grimpé sur le siège conducteur d'une Prius bleue. Danny fit le tour de la voiture et se glissa sur le siège passager.

— Jolie ? À toi ?

— Ouaip.

Il jeta un regard aux mains de Laurie sur le volant. Pas d'anneau. Cela soulagea son cœur.

Laurie guida la Prius sur la route bosselée vers la nationale et tourna à gauche vers Chico.

— Où allons... ?

— Chuuut.

— Comment vont tes parents ?

— Bien.

Vraiment ?

— Ton père a-t-il vendu ?

— Oui, répondit-il avec un sourire.

Laurie entra en ville comme s'il en était originaire, tourna dans une petite rue et s'arrêta dans un parking à étages sécurisés. Il utilisa une carte pour y entrer. Danny tourna la tête.

— Où sommes-nous ?

— Tu verras.

Puisque c'était dimanche, il y avait plein de places libres sur le parking, mais Laurie sembla en choisir une en particulier. Il éteignit la voiture silencieuse et sortit. Danny suivit alors que Laurie passait l'entrée vers la partie artistique de la ville qu'ils avaient visitée tous ces mois auparavant. Il tourna à droite.

— Nous cherchons des antiquités ?

— Toujours.

Laurie sourit, fit encore quelques pas et s'arrêta au milieu du trottoir. Danny s'arrêta à côté de lui.

241

— D'accord. La galerie marchande d'antiquités est ouverte les dimanches, je pense.

— Oui, elle l'est.

Des gens flânaient sur les trottoirs, des écharpes autour du cou, portant des paquets. Une femme passa rapidement près d'eux avec des tasses à café sur un plateau en carton.

— Salut, Laurie.

— Salut, Denise.

Elle lança à Danny un regard rapide de la tête aux pieds, puis disparut par la porte d'une boutique.

— Tu la connais ?

— Oui. C'est une voisine.

— Quoi ? Voyons, Laurie, que diable...

Laurie fit un geste de la main vers une porte. Au-dessus, une enseigne disait Lawrence Belmont Arts et Intérieurs.

— Quoi ? lâcha-t-il en la regardant fixement.

— À quoi ça ressemble ?

— Ta boutique. Je veux dire, comme un bureau.

Il croisa enfin les yeux de Laurie qui étaient plissés sous son sourire, mais avec quand même un peu d'appréhension.

— Oui.

— Tu as ouvert un bureau à Chico ?

Laurie acquiesça. Des yeux comme des soucoupes maintenant.

— Pourquoi ?

— C'est une petite ville de Californie géniale et chic, avec beaucoup de clients potentiels qui aiment mon style, dit-il, ressemblant à une brochure.

— Quand as-tu fait ça ?

— Je l'ai tout juste fini la semaine dernière – dans la mesure où c'est fini. Viens jeter un coup d'œil.

Il utilisa sa clé et ouvrit la porte qui menait du trottoir dans une zone d'accueil, petite, mais super-chic, qui mélangeait des canapés vraiment confortables d'une couleur rose avec beaucoup de genres différents d'antiquités – ou des vieux trucs, au moins.

— C'est magnifique.

— Merci, dit Laurie, irradiant d'enthousiasme. J'ai déjà trois clients. Mon amie et cliente Viola connaît des gens partout.

— Alors ton affaire va bien ?

— S'il te plaît, assieds-toi. Je vais te montrer le reste dans une minute, ensuite je pourrai commencer à dessiner ce plan du site pour toi.

Il s'assit sur un canapé et croisa ses jambes interminables. Danny se laissa tomber sur la causeuse en face.

Dieu, sa tête faisait mal sous toutes les questions – celles qu'il avait peur de poser.

Laurie appuya ses mains l'une contre l'autre.

— Maman dirige le bureau de San Francisco pour que je puisse démarrer les choses ici.

— Maman ?

Laurie hocha la tête.

— Oui, elle avait vraiment besoin de quelque chose de constructif à faire et je préfère qu'elle dirige mon bureau que ma vie, avoua-t-il avec un rire.

— Mais... que pense Grove du fait que tu sois à Chico ?

— Qu'est-ce que Grove a à dire là-dessus ? demanda-t-il, un sourcil levé.

— Tu as dit que tu ne l'épouserais pas, mais je pensais que, peut-être, vous vous étiez remis ensemble ou autre.

Laurie bondit du canapé pour atterrir à côté de Danny sur la causeuse.

— Non, non. Rien de tel. Je ne retournerai jamais avec Grove. Tu le sais.

— Mais ça fait des mois. Tu n'as jamais appelé ou répondu à mes appels, indiqua-t-il avec un haussement d'épaules.

— Je sais. Je devais démêler ma vie tout seul. Depuis que je suis petit, tout a été décidé pour moi par d'autres personnes. Maman surtout, mais aussi Grove et mon employeur et Papa et... d'autres. Cette fois, ça devait être ma décision. Si je t'avais demandé ce que je devais faire, je me serais toujours inquiété que mon amour pour toi m'ait fait choisir ce que je pensais que tu voulais. Je ne pouvais simplement pas faire ça. Je devais être égoïste et décider pour moi.

Danny sentit ses sourcils se rapprocher, mais sa poitrine résonnait comme un tambour.

— Euh, excuse-moi ? Pourrais-tu revenir sur ce que tu as dit ?

— Que tout avait toujours été décidé pour moi ? questionna Laurie avec un sourire.

— Non.

— Que je devais être égoïste ? répéta-t-il, ses fossettes s'approfondissant.

— Non !

243

Danny attrapa Laurie et le tira sur ses genoux, puis regarda ce visage magnifique. Il toucha sa pommette.

— Tu es tout guéri.

— Oui, répondit-il, son sourire taquin s'adoucissant. De plus d'une manière.

— Alors, redis-le.

Danny embrassa sa paupière.

— Mon amour pour toi.

— Est-ce réel ? Vraiment ?

— Oui. Depuis un long moment. Peut-être bien depuis que je suis sorti de la voiture de Grove et que je t'ai vu avancer vers nous, j'ai su que tout était sur le point de changer. Ma vie était sur le point de commencer.

Danny se rassit un peu pour qu'il puisse voir Laurie clairement.

— C'est une petite ville. Je suis un homme de petite ville. Tu es une créature de mythe et légende, sauvage et exotique. Peux-tu vraiment être heureux ici ?

— J'y ai réfléchi de toutes les façons depuis que je t'ai quitté ce jour-là. Honnêtement, j'ai envisagé même des choses stupides. Faire le mannequin, l'acteur, toutes les choses que les gens m'ont dit que je devrais faire depuis que je suis petit. Mais je ne veux pas être riche ou célèbre ou puissant. Je veux être heureux. Et peu importe comment je secoue la boule à neige, elle me montre toujours le même paysage. Je ne suis vraiment heureux qu'avec toi.

— Waouh.

— Et toi, mon cow-boy ? As-tu trouvé quelqu'un d'autre pendant que je me débattais dans les mauvaises herbes ?

Il passa une main sur les cheveux de Danny, ce qui envoya des flèches dans son cœur.

— Parce que si tu as trouvé quelqu'un, je pourrais être obligé de le tuer.

— Je te l'ai dit dans ce motel merdique, personne d'autre ne me plaît autant, Laurie. C'est toi. Je t'aime. Le mot en *A*. Quand tu as quitté l'arène ce jour-là, j'ai pensé que je passerais ma vie à être satisfait sans être heureux. J'ai de l'entraînement pour ça. Je ne suis pas sûr de savoir comment faire face à de la vraie joie.

Laurie passa une main sur les joues de Danny et elle s'en écarta, humide.

Danny tâtonna son visage. *Fils de pute !*

Laurie posa la tête sur l'épaule de Danny.

— Cela te dérangerait-il si je vivais ici la plupart du temps ? Je pense que je retournerai en ville quelques jours par mois. Maman peut s'occuper

244

des rendez-vous avec les clients le reste du temps et je ferai le travail d'ici. Je te promets que je ne te gênerai pas.

Danny inspira jusque dans son âme l'odeur d'orange et de cannelle.

— Gêner ? Vas-tu faire ce plan de site pour moi ?

Laurie parut un peu surpris, mais sourit.

— Bien sûr. Ce sera un brouillon un peu préliminaire jusqu'à ce que je puisse regarder une carte topographique et des choses comme ça. Viens.

Il glissa des genoux de Danny et prit sa main.

La serrant, Danny le suivit derrière la cloison qui séparait l'accueil de l'espace de travail. Il semblait y avoir de la place pour plusieurs personnes. Laurie entra dans un bureau privatif et s'assit derrière un meuble en verre bien ordonné, où reposait son ordinateur portable. Il l'ouvrit. Danny regarda l'espace magnifiquement conçu autour de lui.

— Comment as-tu fait tout ça ? As-tu déjà gagné autant d'argent ?

— Non, ricana Laurie. Il s'avère que je possédais vingt-cinq pour cent des actions de l'entreprise de mon père. Il m'en a fait cadeau quand ils m'ont adopté, mais je ne l'avais jamais su. Je les ai vendues aussi et j'ai pris l'argent pour soutenir mon affaire. Au fait, Papa travaille pour eux comme directeur scientifique. Il s'éclate.

— Extraordinaire ! Alors tout a bien fonctionné pour toi.

Danny déglutit et observa Laurie tripoter son clavier, ensuite, il attrapa une autre chaise, la rapprocha et sortit les notes qu'il avait prises.

— Alors, crois-tu qu'une maison de plain-pied ou avec un étage serait mieux sur ce site ?

— Préfères-tu avoir de grands panoramas ou une atmosphère plus enracinée ?

— Qu'en penses-tu ?

Laurie se rassit.

— J'ai toujours pensé que les ranchs devraient être de plain-pied et plutôt étalés, pas toi ?

— Ça semble bien. Où devrait être la porte ?

— Eh bien, les chambres ont besoin de saisir le lever de soleil pour ce merveilleux électrochoc du matin, tu ne penses pas ?

— Bien sûr. Ai-je besoin d'une grande salle à manger ?

— Eh bien, tu as tous ces amis géniaux que tu voudras recevoir, pas vrai ?

— Oui, je suppose, admit Danny avec un sourire.

— Combien de chambres ?

— Probablement quatre, non ?

245

— C'est beaucoup, avoua Laurie en le regardant, mais bien sûr. Prépare-toi.

Il se tourna de nouveau vers l'écran.

— Et une grande suite parentale avec une belle salle de bain et des placards géants et...

— J'ai seulement quelques jeans, rigola Danny.

— Vrai. Désolé. Je me suis laissé emporter. Mais tu voudras de la place pour un grand lit, pas vrai ?

— Certainement. De quel côté du lit veux-tu dormir ?

Les doigts de Laurie s'arrêtèrent sur les touches.

— Quoi ?

— Ça semble bête de gaspiller de l'argent à vivre dans deux endroits quand tu ne vas jamais arrêter de me baiser assez longtemps pour dormir ailleurs, déclara Danny en le regardant. Tu ne penses pas ?

— Tu veux que je vive avec toi ?

— Oui.

Laurie essuya ses propres joues, cette fois.

— Je ne vais pas t'encombrer ?

— Seulement si tu monopolises les couvertures.

— Tes amis sauront... que tu es gay, je veux dire.

— Chaque ami auquel je tiens le sait déjà.

— Ça ne te dérangera pas... ?

Danny posa un doigt sur les lèvres pleines de Laurie.

— Chut. Je t'aime. Reste avec moi pour toujours. Nous pouvons parler mariage, enfants et de démarrer des services de décorateur sur la lune. Tout ce que tu veux. Je serai heureux si je suis avec toi.

Danny se pencha et embrassa Laurie, de cette façon qu'ils partageraient chaque jour de leur vie, il le savait. Pas remplie de passion à cet instant, mais de douceur, de bien-être et la perfection de l'amour.

Laurie regarda profondément dans ses yeux.

— Seras-tu heureux sans monter de taureaux ?

— Oui. Je serai trop occupé à aller en cours, construire notre maison, apprendre à nos enfants à monter – les chevaux, je précise.

Laurie montra une fossette et glissa son pendentif le long de la chaîne en or qui pendait autour de son cou.

— Et nos enfants sauront que leur papa est un héros.

— Pourquoi ça ?

— Tout le monde sait qu'il faut un vrai cow-boy pour chevaucher une licorne.

246

TARA LAIN écrit sur ce qu'elle appelle les Beaux Gosses de la Romance et met en vedette ses héros uniques et charismatiques dans des romans d'amour LGBT. Ses romans les plus vendus ont reçus les prix de Meilleure Série, Meilleur Roman Contemporain, Meilleure Romance érotique, Meilleur roman Ménage à trois, Meilleur Roman LGBT et Meilleurs Personnages Gay. Tara a également été nommée Meilleur Auteur de l'année aux prix LRC. Les lecteurs qualifient souvent ses livres de « doux » malgré les scènes de sexe torrides, parce que Tara croit en l'amour et que ses livres ont toujours des fins heureuses. Dans son autre métier, Tara dirige une agence de publicité et de relations publiques. Sa passion à trouver des titres de livres vient des années passées à chercher des slogans accrocheurs pour tout, allant d'instruments analytiques à des semi-conducteurs. Elle fait des ateliers à la fois pour aider les auteurs à se promouvoir et pour aider les écrivains amateurs à écrire. Elle vit avec son mari et son chien (qui est un peu jaloux de toutes ces photos de chats que Tara poste sur FB) à Laguna Niguel, Californie, à proximité des villes balnéaires où elle situe l'action d'un grand nombre de ses livres. Passionnée par la diversité, la justice et les nouvelles expériences, Tara dit que sur sa pierre tombale, il sera gravé « Oui ! »

E-mail : tara@taralain.com
Website : www.taralain.com
Blog : www.taralain.com/blog
Goodreads : www.goodreads.com/author/show/4541791.Tara_Lain
Pinterest : pinterest.com/taralain
Twitter : @taralain
Facebook : www.facebook.com/taralain
Barnes & Noble : www.barnesandnoble.com/s/Tara-Lain?keyword=Tara+Lain&store=book
Amazon : www.amazon.com/Tara-Lain/e/B004U1W5QC/ref=ntt_athr_dp_pel_1

Also from Dreamspinner Press

LES COWBOYS
SE MURENT DANS
LE SILENCE

TARA LAIN

www.dreamspinnerpress.com

Une Histoire de Ce que font les Cow-boys

Rand McIntyre se contente d'une vie satisfaisante. Il aime son petit ranch en Californie, élever des chevaux et apprendre à monter aux enfants – mais pour avoir ses propres enfants et une personne à aimer, il serait obligé de révéler son homosexualité et cela mettrait en péril tout ce qu'il a construit. Un jour, malgré sa phobie de l'avion, il va en vacances à Hana, Hawaï, avec ses parents et rencontre le sombre et mystérieux Kai Lealoha, un vrai cow-boy Hawaïen. Rand se prend d'affection pour le petit frère et la petite sœur de Kai autant qu'il s'éprend du jeune homme, mais Kai est plus piquant qu'un lézard à cornes et plus mystérieux que le pays exotique dont il est originaire.

Kai a mérité son intimité et vit pour protéger ses « enfants ». Pour le bien de tout le monde, il vaut mieux qu'il garde ses distances avec le beau et grand cow-boy – mais comme cet homme n'est qu'un « haole » venu pour de courtes vacances, peut-il vraiment causer des dommages ? Quand toutes les grandes peurs de Kai et les cauchemars les plus atroces de Rand deviennent réalité en même temps, il y a peu d'espoir pour une relation entre deux cow-boys qui ne peuvent pas – ou ne veulent pas – se révéler au grand jour.

www.dreamspinner-fr.com

Par TARA LAIN

Une mariée sur mesure

LA BALLE AU BOND
Volley-ball
Boules de feu

CE QUE FONT LES COWBOYS
Les cowboys se murent dans le silence
Les cowboys ne chevauchent pas de licornes

LES CONTES DE PENNYMAKER
Les braises sous la cendre
Blanc comme neige
Beauty, Inc.

Publié par DREAMPSINNER PRESS
www.dreampsinner-fr.com